U0119184

自然地圖‧02

THE MAP OF WILD BIRD WATCHING

台灣賞鳥地圖

東眼山森林遊樂區

小烏來風景區

達觀山自然保護區

文　王惠姿

攝影　周大慶　陳加盛　許晉榮　周大慶

晨星出版

序

　　賞鳥活動在台灣雖已行之有年，但卻在近六、七年各地鳥會陸續成立之後才蓬勃發展。目前，幾乎各縣市均有鳥會成立或正在籌設中，鳥會龐大的會員及義工動員力量，宛如第三政黨，叫人難以忽視。各地鳥會成立的主要宗旨除了帶動賞鳥風氣，更積極的目的是藉賞鳥活動提昇保育觀念，和喚醒社會大眾心中沈睡的自然環境保護意識。

　　猶記得在加入鳥會之前，出門僅識得麻雀、白頭翁、綠繡眼等尋常鳥類，至於他們有什麼樣的習性？吃什麼？住哪裏？則是一竅不通，更遑論在生態上的重要性。但在加入鳥會之後，短短幾個月內，14種台灣特有種、五、六十種特有亞種皆能朗朗上口；只要是前輩帶領看過的鳥兒，牠們的特徵、習性如數家珍，點滴不漏；各環境會出現哪些鳥種，更是瞭然於心。從前唸書也未必如此認真投入，難怪有人說大自然是活的教室，讓人永不倦怠。瞧我說的癡迷，各位讀者是否也想經歷一下賞鳥的樂趣，相信您和您的子弟一定會很快愛上這個活動。可是謹記一點，賞鳥如同練功修行，頭幾回必須得名師指點，以後只要一本圖鑑和一本指南，勤快出遊，必然會有所成果；至於登峰造極，就在個人修行了。但是名師要何處尋呢？其實很容易，而且不用繳學費，只要您注意各地鳥會的活動訊息，並且報名參加，就有一「堆」名師來指導您。等到您參加了活動，接觸鳥友間無私無我、熱忱奉獻的氣氛之後，就算趕也趕不走您了。

　　相信各位讀者一定很喜歡有線電視頻道上所播放的國外各種自然生態影片，這些影片內容精彩，重現大自然的瑰麗與神奇。可是您知

道嗎，號稱寶島的台灣，在大肚溪和濁水溪口每年冬天有上千隻的大杓鷸群在那裡待上半年，飛起時足以蔽天；在墾丁每年秋末有上萬隻的灰面鷲和赤腹鷹過境，黃昏時，在你的四周盤旋，然後降落在身旁的樹林裡；基隆港的老鷹已經習慣輪船、汽車和港邊熙來攘往的人群，肆無忌憚，就近在你咫尺前狩獵；還有各處山巔海涯的飛翔小精靈為了生存和繁衍，不斷上演一幕幕的生命戲碼，不斷教你感動。這本書就是為了傳遞這些訊息而催生。可是受限於篇幅，只能列入個人三分之一的賞鳥心得，不過也沒有關係，等到各位成為鳥人之後，就會發現野鳥其實就在你身旁，不見得非去名山大川、熱門地點不可。謹記，山不在高，有鳥則靈。

　　過去政府、教育單位與傳播媒體一直忽略了我們本土珍貴的自然資產，長久以來只有少數的個人和團體默默在記錄和耕耘。因為我們欺侮我們周遭的自然太久了，鳥獸的淨土可以任意的開發甚至棄置垃圾，這兩年環境惡化得連自然也進行反撲，人也不得不反彈。因此您如果是因為這本書的引領而踏入賞鳥的領域，懇請也期待您多踏一步，加入各地鳥會的行列，成為保育的生力軍，一起為台灣這塊土地的未來努力。

王惠姿
1999.4.30

C.O.N.T.E.N.T.S

第三章、台灣常見的鳥類圖鑑

地圖圖例說明

高速公路		山洞	
省道		隧道	
縣道		牧場	
鐵路		湖泊	
旅遊據點		公園	
著名旅遊點		公園大門	
學校		水庫	
醫院		瀑布	
山峰		閘門	
賞鳥點		紀念碑	
山鳥		核能電廠	
水鳥		港口	
橋樑		燈塔	
停車場		砲台	
加油站		工業區	
車站		寺廟	
郵局		遊樂場	
小吃		魚塭	

第一章　賞鳥入門

賞鳥活動是現代人接觸台灣大自然的一扇窗口，藉由
各個賞鳥團體的帶領，熱心義工的解說，吸引您認識
台灣野鳥的瑰麗及其有趣的行為。

本章入門篇主要提供賞鳥入門必須具備的基本知識，
攜帶裝備、辨識技巧，以及獲得各鳥會團體的資訊管
道、可供參考的書籍及網路資源，減少自行摸索的時
間，讓您輕輕鬆鬆踏入賞鳥的領域。

裝備篇

鳥類是大自然的精靈，牠就像跳躍的音符飄盪在森林之中。牠們美麗的身影、繽紛的色彩、靈巧的姿態及悅耳的鳴唱聲，永遠吸引人注意。只要我們稍加留心，生活周遭很容易便能發現麻雀、白頭翁、綠繡眼、斑鳩、烏秋…等各種野鳥。仔細觀察這些野鳥的生活習性，可以讓人一再的回味，永不厭倦。

賞鳥活動這麼吸引人，同時兼具知性與感性，應該如何開始呢？要準備那一些裝備呢？又該去哪裡賞鳥呢？以下針對初入門的鳥友按部就班提示選擇器材、收集資訊的方法，然後帶著本書和一顆關懷自然的心，就可以開心地開始賞鳥了。

項　目		說　明
望遠鏡	雙筒望遠鏡	賞鳥人的千里眼是必備用品
	單筒望遠鏡＋腳架	單筒望遠鏡是觀看水鳥的必要裝備
圖鑑		有一本「葵花寶典」相助，才能鳥功大進
地圖		有一本地圖才不會迷路
筆與筆記		勤作筆記
水壺		為了您的健康
服裝	暗色衣物及帽子	減少突兀的服裝，以免驚擾鳥類
	雨具	
背包		一個輕便多功能的背包，可將上述器具一舉囊括
瑞士刀		野外活動必備
醫藥		個人醫藥或防蟲、防曬、擦傷藥等急救用品可以免除您在野外突發狀況的需要
身分證件		進入管制區查驗身分以免被拒門外
其他裝備	指北針	在林中不易迷失方向
	錄音機	收聽天氣及交通狀況，趨吉避兇
	照相機	留下記錄
	計數器	調查時，方便計算鳥口
	手電筒、電池	避免摸黑找路
	多功能手錶	一只包含高度、溼度、方位、溫度、氣壓的多功能手錶，可以免除攜帶一大堆儀表的麻煩
食物	乾糧、巧克力	備五臟廟不時之需

望遠鏡的種類

　　望遠鏡是賞鳥者的千里眼，是賞鳥活動必備的工具。賞鳥用的望遠鏡分為單筒及雙筒兩類，雙筒望遠鏡適用於近距離的陸鳥觀察為主，以方便攜帶，越輕巧越好，不會因吊掛脖子而疲勞酸痛。雙筒望遠鏡的倍率選擇以7-10倍為宜。太高倍率的望遠鏡反而容易因手晃動而看不清楚目標。單筒望遠鏡一般倍率比較高，主要用來觀看遠距離的水鳥，或山林中不太移動的陸鳥。因為單筒望遠鏡倍率高、體積大、重量重，所以必須搭配一副穩固的腳架來使用，才能保持影像的清晰與穩定性。

望遠鏡的選購

　　初入門的朋友購買望遠鏡時以五千元上下價位即可，待相當投入之後，如果不滿意原先器材的光學品質再更新即可。望遠鏡上常標示一些數字，例如「10×25」、「8×30」等，這些數字符號在×號之前的一個數字代表倍數，×號之後的數字代表最前端鏡片直徑。前一個數字越大，倍率也越高；後一個數字越大，觀看的事物越明亮。但是這些數字和望遠鏡品質沒有直接關係，一般越知名的廠牌望遠鏡價格越高昂，但售後服務及品質較有保障。

雙筒望遠鏡	是賞鳥人必備的個人裝備，體積小、視角大、機動性強、適合觀賞活動力較高的陸鳥時使用，倍數以7x-10x為宜，倍數過高易產生視覺上的不適。
單筒望遠鏡	不若雙筒望遠鏡靈巧，通常用於觀察水鳥，倍數較高，適合長距離觀察使用，缺點是視野小，需配合三腳架使用。

望遠鏡的保養與使用

望遠鏡使用之後一定要擦拭乾淨，放在乾燥通風的地方，以避免污物及鹽分發霉腐蝕鏡片及外殼，使用除濕機、購買乾燥箱或連同乾燥劑一起丟入塑膠袋內均是不錯的方法。

初使用望遠鏡的方法

賞鳥時，通常是先用肉眼尋找目標之後才用望遠鏡對準辨識。第一次使用望遠鏡常常無法快速找到目標，可以先練習用肉眼盯著目標物，不移動視線，再舉起望遠鏡到眼前對焦，練習數次就可以輕易的使用您的器材找到目標。

圖鑑

市售圖鑑的種類主要有照片式與繪圖式兩類，使用上各有優點。照片式的圖鑑色彩真實、畫面生物，充分表現鳥類及其生態

◆台灣地區實用圖鑑一覽表

1. 台灣鳥類彩色圖鑑 · · · · · · · · · · 禽影圖書有限公司
2. 台灣野鳥圖鑑 · · · · · · · · · · · · · 亞舍圖書公司
3. 台灣濕地鳥的辨識 · · · · · · · · · · 台北市野鳥協會
4. 中國野鳥圖鑑 · · · · · · · · · · · · · 翠鳥文化事業有限公司
5. 忽影悠鳴隱山林 · · · · · · · · · · · 玉山國家公園
6. 台灣風景區賞鳥手冊 · · · · · · · · 交通部觀光局
7. 留鳥 · · · · · · · · · · · · · · · · · · · 渡假出版社
8. 候鳥 · · · · · · · · · · · · · · · · · · · 渡假出版社
9. 台灣的陸鳥 · · · · · · · · · · · · · · 禽影圖書有限公司
10. 台灣的水鳥 · · · · · · · · · · · · · · 禽影圖書有限公司
11. 台灣脊椎動物誌下冊（鳥綱部份）· · 台灣商務書局

前四本屬攜帶型手冊，便於外出賞鳥時攜帶，其餘參考書籍適合於室內研讀用。

環境。繪圖式的圖鑑便於對照比較，特徵充分表現。囊括的種類較爲完整，各位讀者可根據下列一覽表到各大書局及鳥會選購。基本而言，照片式及繪圖式至少須各買一冊。方便比較使用。

小背包，連同水壺、乾糧、雨具、藥品、工具等一起打包，最是方便不過。此外、野鳥視覺敏銳，警覺性高，選購色彩與自然環境較融合的衣服，可降低對野鳥的干擾，也較易接近觀察。

服裝的搭配

從事野外活動，服裝不外是輕便、舒適、耐用，若能有數個大口袋可方便攜帶圖鑑、筆記本等，自然更佳；若有一個輕便的

計數器

電擊器

迷彩帽

多功能表

單筒望遠鏡

指北針

雙筒望遠鏡

小腰包

急救包

小背包

雙筒望遠鏡

全球定位儀

工具刀

輕便鞋

其他裝備

　　以下特殊裝備係針對長時間野外賞鳥及戶外活動所設計，一般社會大眾可以根據需要參考選擇。

戶外活動裝備檢查表

物品名稱	用　　途	物品名稱	用　　途
營帳	營帳就是你在戶外的家，所以要注意防水、防蚊蟲性	隨身聽	建議你最好多聽聽風聲、流水聲、海浪聲，如果什麼聲音都沒有時才使用它
背包	背包就是雙腳的行李廂	收音機	收聽氣象
小背包	營地附近走走背個小背包可以減輕雙手負擔	瑞士刀	開罐頭、香檳、修繕全靠它
睡袋	即使是夏天，野外的清晨4、5點也是很冷的	折合圓鍬	臨時的挖土工具
睡墊	想要睡得舒服及防潮溼就需要一塊睡墊	塑膠袋	除了腳印，什麼都帶走
瓦斯爐	已有取代汽化爐的趨勢	針線包	捕破衣褲
營燈	可以減輕電池的消耗	盥洗用具	個人清潔
炊具	根據行程使用2人、4人、6人或10人的野外組合炊具	衛生紙	如果不想用石頭或樹枝代替
碗筷	吃飯像伙別忘了帶，否則只好用手抓	野外輕便廁所	可保私人隱私
燃料、火種	不可任意砍樹，只能在規定區域使用	雨具	如果沒有大頭……
食物	以容易處理免保鮮者為佳	急救包	一定要帶，還要懂得怎麼用
冰箱	是那種用冰塊冷凍的克難冰箱	蛇咬急救器	解長蟲之吻
水袋	如果不想用芋葉盛水	手電筒	不想摸黑就要帶
換洗衣物	不小心淋雨還有得救	防蚊藥水	有些人特別需要
太陽眼鏡	在高海拔可使你的眼睛舒服一點	地圖	先學怎麼判讀再說
哨子	是你一親嘴就會尖叫的救命情人	指北針	有地圖沒指北針還是等於睜眼瞎子
放大鏡	滿足小朋友看花、小貝殼、小螞蟻……的好奇心	登山杖	增加耐力的第三隻腳
照相機	做為吹牛的呈堂証供	防曬用品	可與熱情的太陽親熱
星象圖	夜晚在野外賞星星的最好工具	手套	避免細嫩的手被茅草割傷

如何踏出賞鳥的第一步

A.老鳥的帶領

幾乎所有成功的賞鳥者，入門時皆由一位熱心仔細、有經驗的老鳥引領，他可以快速辨識鳥種，附帶解說鳥的行為及生態，減少翻圖鑑摸索及不帶肯定的時間浪費。

B.賞鳥的技巧

一、熟悉術語

下列名詞為鳥人之間溝通的術語，賞鳥人不可不知。

留鳥：一年四季在台灣皆可見到的鳥類。

冬候鳥：以台灣而言，秋、冬季節由北方較高緯度地區來台灣渡冬的鳥類。

夏候鳥：春、夏由南方較低緯度地區來台灣繁衍，秋天再回到南方渡冬的鳥類。

過境鳥：在鳥類春、秋遷徙過程中，選擇台灣為暫時歇息驛站的鳥類。

迷鳥：原先分布及遷徙區域不在台灣，卻因天候〈如颱風〉等因素迷途，而在台灣出現的鳥種。

逸鳥：由籠中或經不當放生之進口觀賞鳥。

成鳥：已發育成長完全的鳥。

亞成鳥：由幼鳥或雛鳥經第一次換羽至成鳥之間階段的鳥。

夏羽：鳥類繁殖時期的羽色。

冬羽：鳥類非繁殖時期羽色。

二、辨識要領

野鳥活動靈活，不時地跳動飛翔，不容易看清楚，必須依照棲地環境、大小、顏色、型態、行為等順序加以辨別。

1.各種棲地環境

各類鳥兒棲息環境各不相同。在高山、平地、樹林、湖泊、海岸、溪流等環境各有不同的鳥類出沒，當我們到野外去賞鳥時，只需稍加注意當地的環境，大概就可以推測當地可以看到那些鳥類。

2.大小

此為辨識野鳥的第二個要點，在野外透過望遠鏡賞鳥，因為不易判斷鳥的實際大小，所以必須拿一些熟悉鳥種來作為大小比較的依據，譬如「比麻雀略大」，或「像白頭翁那麼大」，或「和斑鳩差不多」。以免張冠李戴，造成誤導。

3.型態顏色

辨認鳥種的第三個要點是注意牠的主要特徵，不需要每一個部位都記住，只要最明顯的部位形狀和顏色就可以，例如全身顏色條紋的分佈、嘴巴的彎直、身體的肥瘦、翅膀的形狀、尾巴的分叉及長短，乃至於鳴叫聲的特色，均為我們辨別和請教的依據。

4.形態

辨識鳥類的第四個要點就是鳥的體態，是胖、是瘦、是修長可以拿常見鳥類如鴿子、鷺鷥、麻雀等形容。

5.行為

鳥類的行為可做為我們辨別時輔助的依據，譬如八哥和鴉科鳥類喜歡站的直挺挺，鷺類姿態常成水平，伯勞喜歡站在孤枝上將尾巴一直打轉，鶺鴒喜歡邊走邊做上下擺動尾部，河鳥喜歡在石頭上做蘿蔔蹲。我們從上述的特殊行為，就可稍加肯定大概是那一類的鳥。

C.加入鳥會的行列

鳥會的成員和義工是由一群熱愛大自然無私無我奉獻的民眾組成，加入鳥會不僅可以得到許多賞鳥活動的訊息，參加鳥會活動更可以得到許多免費義工解說員的協助，體會他們的熱情。待你成為鳥人之後，你也可以透過鳥會的活動，回饋他人。

各地鳥會諮詢資料

◆中華民國野鳥協會

地址：110台北市永吉路30巷119弄34號1F

電話：02-87874551

傳真：02-87874547

E-mail:cwb@ms4.url.com.tw

www:http:

//com5.iis.sinica.edu.tw:8000/~cwbf

◆基隆市野鳥協會

地址：200基隆市仁二路212巷15-3號4F

電話：02-24274100

傳真：02-24274100

劃撥帳號：17356740

E-mail:c115@tpts5.seed.net.tw

◆台北市野鳥協會

地址：106台北市復興路二段160巷3號1F

電話：02-23255084
　　　02-23259190
傳眞：02-27554209
劃撥帳號：07857882
E-mail:wbst@ms12.hinet.net
www:http:
//bravo.ee.ntust.edu.tw/~wbst

◆桃園縣野鳥學會
地址：338桃園縣蘆竹鄉大竹
　　　村明光街15號
電話：03-3235063
傳眞：03-3235063
劃撥帳號：18475530

◆新竹市野鳥學會
地址：300新竹市光復路2段
　　　246號4F-1
電話：03-5728675
傳眞：03-5728676
劃撥帳號：1476167
E-mail:yuhina@alumni.nctu.edu.tw
www:http:
//alumni.nctu.edu.tw/~yuhina

◆南投縣野鳥學會
地址：545南投縣埔里郵政第
　　　101號信箱
電話：049-903450
傳眞：049-903450
劃撥帳號：21070959
E-mail:garrulax@ms24.hinet.net

www:http:
//www.nantou.com.tw/birds/

◆彰化縣野鳥學會
地址：500彰化市南郭路一段
　　　63-4號3FB
電話：04-7283006
傳眞：04-7288972
劃撥帳號：21513321
E-mail:chwbs@ms18.hinet.net

◆嘉義市野鳥學會
地址：600嘉義市民生南路433
　　　巷14號
電話：05-2354704
傳眞：05-2354704
劃撥帳號：31309541

◆台南市野鳥學
地址：703台南市臨安路一段
　　　249號2F
電話：06-2505968
傳眞：06-2503614
劃撥帳號：30968826

◆屏東縣野鳥學會
地址：900屏東市大連路62-15
　　　號
電話：08-7377545
傳眞：08-7377545
劃撥帳號：41857013
E-mail:heron@ms16.hinet.net

www:http:
//www3.nsysu.edu.tw/shrike

◆台東縣野鳥學會
　地址：950台東市正氣路192號
　電話：089-322678
　傳眞：089-318231
　劃撥帳號：06636166

◆花蓮縣野鳥學會
　地址：970花蓮市開發新村2號
　電話：03-8237313
　傳眞：03-8237313
　劃撥帳號：06645380
　E-mail:wbsoh@hello.com.tw
　www:http:
//www.hello.com.tw/~whsoh/

◆澎湖縣野鳥學會
　地址：880澎湖縣馬公市文光
　　　　路168巷23號
　電話：06-9277563
　傳眞：06-9265600
　劃撥帳號：41691541
　E-mail:tayar@ms6.hinet.net

◆金門縣野鳥學會
　地址：892金門縣金寧鄉湖下
　　　　村163之1號
　電話：0823-25036
　傳眞：0823-52414/0823-22323
　劃撥帳號：19113787楊瑞松

◆苗栗縣野鳥學會
　地址：361苗栗縣造橋鄉造橋
　　　　村11鄰11號
　電話：037-540155
　傳眞：037-540155
　劃撥帳號：21915840

◆台灣省野鳥協會
　地址：402台中市建成路1727
　　　　號2F
　電話：04-2856961　04-2856957
　傳眞：04-2859293
　劃撥帳號：20957583
　E-mail:birdtw@ms24.hinet.net
　www:http://chps.tcc.edu.tw/~merrian

◆高雄市野鳥學會
　地址：807高雄市三民區建國
　　　　一路411號2F
　電話：07-2256954　07-2257183
　傳眞：07-2221073
　劃撥帳號：4093800
　E-mail:kwbs@ksts.seed.net.tw

◆宜蘭縣野鳥學會
　地址：265宜蘭縣羅東鎮四雀
　　　　路166號3F
　電話：03-9567663　03-9500413
　傳眞：03-9567351
　劃撥帳號：19233847
　E-mail:sllu@mail.erieb.gov.tw

D.賞鳥的行為規範

◆賞鳥基本守則

願我們在賞鳥時能謹守以下守則：

- 觀賞自然界野生鳥類，不抓鳥入籠中。
- 賞鳥活動，謹遵領隊指導，以不騷擾鳥類爲準則；領隊儘量以靜態等待，替代動態追趕。
- 賞鳥時，遇到鳥類進行築巢或育雛，應即遠離，以免親鳥因而棄巢，導致幼雛死亡，並不要告知他人。
- 觀察鳥類，不可使用不當方法引誘其現身，如丟石頭，以免干擾正常習性。
- 不可追逐鳥類，尤其是候鳥或過境鳥，避免影響其休養生息。
- 不可爲了觀察或攝影，破壞鳥棲地及附近植被生態。
- 不放生進口鳥類，以免破壞鳥類生態平衡。
- 賞鳥過程中，不隨意採集挖掘野生動植物、礦物岩石、或任意棄垃圾，破壞生態環境。

賞鳥的成就感

以往鳥界的人以每認識50種鳥定爲一顆星，因此如能認識150種鳥，則有三顆星，用這種方法來激勵初期賞鳥興趣。

很多人常問賞鳥要到那裡去賞？其實野鳥是無所不在的，至於該到那裡去賞鳥，則是完全要看賞鳥人個人的目的和態度而定。有的人只想增加鳥種，非稀有鳥種不看；有的人是只要有鳥看，休閒就好了；更有些人披星載月只爲一睹某種朝思暮想的鳥兒。一般而言，越瞭解鳥類的習性，就越容易找到鳥。

所以新鳥友外出賞鳥時，如果能有資深的鳥友陪同或跟著賞鳥團體一起活動，藉由資深鳥友的解說指導，可以一方面增進鳥類知識，一方面也不會因找不到鳥而失去賞鳥的興趣。當然坊間的其他賞鳥書籍也可供參考，多蒐集資料也可減少乘興而去，敗興而歸的機會。

多做記錄、筆記

勤做筆記可以加深印象，避免犯錯，而且求教時言之有物。書中附錄三、四的表格爲賞鳥者常用之兩種格式記錄表，附錄三之表格適用於種類及數量的調查；附錄四的表格則適合個人觀察記錄，各位讀者不妨影印利用。

多聽演講

　　由各地鳥會、保育團體、國家公園等機關團體，定期舉辦與自然生態主題相關的各項演講均相當精彩。演講者經常是將一、二十年觀察心得濃縮於一、二個小時的介紹中。多參加演講及研討會，是快速進階的方法之一。

台灣鳥類知多少

　　台灣高低崎嶇起伏的地形，草木繁盛，物種繁雜，蘊育各種不同鳥類棲息環境。加上季風、雨量的運作，產生了熱帶、亞熱帶、溫帶、寒帶等氣候，因此鳥種繁多而複雜。

　　台灣已知鳥類記錄約450種，其中留鳥佔30%；秋季來台灣渡冬，春天北回的冬候鳥佔20%；夏季來台灣繁殖，秋季南下渡冬的夏候鳥佔3%；春、秋遷徙過程，路經台灣的過境鳥佔25%；迷鳥和少數的籠中逸出鳥佔20%，總共佔世界9000種鳥類1/20之強。

　　台灣島原本是和大陸相連的陸塊，後因地殼變動，冰河時期消退，逐漸和大陸分離。在第三世紀之前，許多擴散到台灣的鳥種，因長久隔離，在演化上逐漸形成許多特有種（14種），和特有亞種（69種），這些鳥類是台灣獨一無二的寶藏。

　　這些天空的原住民對於自然界的穩定平衡和人類的價值極其重要。在重視資源保育的今天，各位讀者在步入賞鳥領域過程中，要對鳥類的行為、生態、保育等方面問題多加關心，才能樹立正確的賞鳥態度和台灣生態觀。

參考書籍

由於保育風氣提昇，各地縣市政府機關及保育團體或多或少皆有出版當地本土性資源解說手冊，以下所列書籍，各位讀者可就近向發行單位洽詢索取。以獲得地方上更詳盡的鳥類資訊。

賞鳥前如果可仔細翻閱個相關參考資料、圖鑑、文獻、圖片，並向各地鳥會詢問最新交通、鳥況，可以確保行程順利，滿載而歸。

各縣市地區鳥類資源建議參考書籍：

國有林自然保護區 · · · · · · · · · · 台灣省林務局
台灣地區的野生動物保護區 · · · 台灣省林務局
國有林森林遊樂區遊遊指南 · · · 台灣省林務局
飛羽 · · · · · · · · · · · · · · · · 東海岸風景特定管理處
東北角野生鳥類 · · · · · · · · · 東北角海岸風景特定區管理處
宜蘭縣鳥類資源 · · · · · · · · · 宜蘭縣政府
和平島公園解說手冊 · · · · · · 基隆市立文化中心
情人湖公園解說手冊 · · · · · · 基隆市立文化中心
陽明山國家公園解說叢書賞鳥篇 · 陽明山國家公園
貢寮田寮洋賞鳥手冊 · · · · · 台北縣貢寮國民小學
關渡自然公園的生態情緣 · · · · 台北市野鳥學會
關渡生態之旅 · · · · · · · · · 台北市野鳥學會
淡水河沿岸濕地鳥類調查 · · · · 台北市野鳥學會
彩羽飛揚 · · · · · · · · · · · · · 台北市政府建設局
色彩音籟之美 · · · · · · · · · · 桃園縣野鳥協會
大坪頂許厝港的鳥類 · · · · · 青溪國小
彩翼快影 · · · · · · · · · · · · 新竹市野鳥學會
苗栗縣野鳥風情錄 · · · · · · · · 苗栗縣政府
台中縣鳥類資源 · · · · · · · · 台中縣政府
大甲溪生態之旅 · · · · · · · · 大甲溪生態環境雀護協會
大肚溪口鳥類資源 · · · · · · · 中華民國野鳥學會
谷關區自然生態之美 · · · · · · 中台科學技術出版社

網路資源

　　以下所列爲網路上常見討論自然生態的網址或網站，僅供參考，各位可以另外上網檢索，獲得最新網站資訊。

賞鳥

　　談什麼是賞鳥、賞鳥需要哪些裝備、野外鳥類識別要領、賞鳥手則等。

　　http://www.outdoor.com.tw/land/bird.htm,k

中華民國野鳥學會全球資訊網Chinese Wild Bird Federation

　　介紹台灣野鳥生態、賞鳥活動、生態保育等。

　　http://com5.iis.sinica.edu.tw:8000/~cwbf/chnindex.html,k

自然小徑

　　本站內容包含觀鳥入門、觀鳥臺、觀察小屋、賞鳥心得等。

　　http://nature.ficnet.net.tw/indexbsd.html,k

讓生活與工作徵笑起來

　　野遊賞鳥觀星的望遠鏡，捕捉精彩生活畫面的照相機。

　　http://www.jmlm.com.tw/j005.htm,k

南投縣野鳥學會

　　提供南投縣鳥類生態介紹及縣內賞鳥資訊消息。

　　http://www.nantou.com.tw/birds,k

台南市野鳥學會

　　提供台南地區賞鳥情報、野鳥生態、及黑面琵鷺、水雉等自然保育調查報告。

　　http://210.59.17.1/machine/yy/bird,k

嘉義市野鳥學會

　　鳥會簡介服務，嘉義地區野鳥記錄，賞鳥入門及雲嘉南之賞鳥點。

　　http://homepage.ttvs.cy.edu.tw/bird,k

花蓮縣野鳥學會　wild bird society of hulien
　　介紹花蓮地區賞鳥點及鳥況。

　　http://www.hello.com.tw/~wbsoh,k

自然之旅伙伴　nature partner
　　與喜歡自然生態旅遊之同好分享資訊，介紹國外賞鳥地點。

　　http://www.geocities.com/RainForest/Jungle/1502/,k

台北市露營協會　taipei camping assocation
　　這是一個專業的野外活動社團，包含有露營，植物，賞鳥，星象
等內容。

　　http://www.camp.org.tw,k

馬蓋先休閒生活館　Macgyver Outdoor Place
　　介紹登山、露營、休閒、旅遊、岩攀、溯溪、軍用品等。

　　http://www.macgyver.com.tw,k

台灣地理深度之旅（拓樸工作室）Insight of Taiwan
　　建立一個質量俱佳的旅遊網站是我們最後的目標，也歡迎大家踴
躍提供資料。

　　http://crl.geog.ntu.edu.tw/travel,k

葉蒲小站（旅遊中繼站）amate's Homepage of Fraveling's
informations
　　提供快速連結國家公園、森林遊樂區、社區樂園、動植物園等新
潮活動站台。

　　http://www.tssh.cyc.edu.tw/amateur,l

健野戶外休閒用品
　　本站提供了陸上活動、水上活動、空中活動、特別活動等不同的
戶外活動。

　　http://www.outdoor.com.tw,l

第二章 台灣賞鳥地圖

本章節依各縣市行政區收錄台灣、離島及金馬地區素有鳥況之賞鳥地點,各地點按其位置、交通、路線、鳥種季節性及其他相關事項等主題簡明加以介紹,以提供賞鳥行程安排的大方向依據,部份地點因開發等因素,環境變化相當大,僅提供相關位置、交通資訊,不詳述區內賞鳥路線,請讀者細察。

此外,各位讀者若要獲得各地即時的賞鳥訊息,可翻閱前章諮詢資料,前往每一地點前必須事先聯絡查詢,以免環境變化,鎩羽而歸。

宜蘭縣

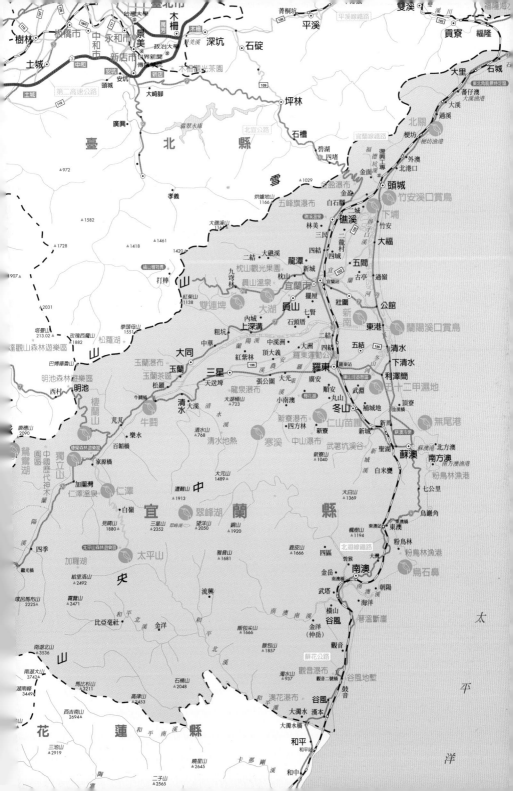

北關

　　北關的海潮公園位宜蘭縣東北方，靠近台北縣，為一著名的休憩景點。鳥種以海濱礁石地形及低海拔山鳥為主。在春、秋鳥類過境的季節，許多鶯、鴝、雀類的鳥喜在此處暫留覓食，在非週末時段，此處是一個非常好的觀光兼賞鳥點。

　　但在此處無食、宿供應須另行安排，前往風衣、雨具必備。

　　最佳賞鳥季節乃避開人潮，四季皆宜。

　　賞鳥地點在台2縣濱海公路135.6公里處，

樹鵲

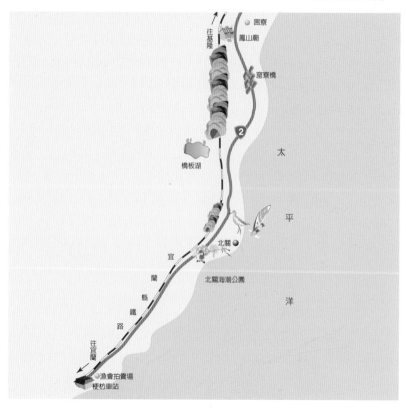

往基隆

罟寮

鳳山廟

窟寮橋

2

橋板湖

太

平

洋

北關

宜

蘭

縣

鐵

路

北關海潮公園

往宜蘭

漁會拍賣場

梗枋車站

紫嘯鶇

北
關

五色鳥

可見鳥種

1.留鳥

老鷹、鳳頭蒼鷹、大冠鷲、
竹雞、五色鳥、樹鵲、台灣藍
鵲、繡眼畫眉、紅嘴黑鵯、褐頭
鷦鶯、斑文鳥、八哥、磯鷸、紫
嘯鶇、岩鷺。

2.冬候鳥或過境鳥

藍磯鶇、紅尾伯
勞。

路旁之北關海潮公園及公路對面
密林。賞鳥路線為公園內步道及
對山山丘。

藍磯鶇

竹安溪口、下埔

竹安溪口

位宜蘭縣蘭陽平原的北方與蘭陽溪共同沖積出蘭陽平原。竹安溪源自雪山山脈的最北方尾支稜，此處的賞鳥重點以春、秋候鳥遷徙季節，南來北返的水鳥和

麻雀

過境鳥種為主。

竹安溪河道曲折，兩岸的水田、沼澤、魚塭等面積甚廣，提供很多的冬候鳥在此覓食與休息。但是近年受到魚塭養殖業爭相設立，與濕地爭地的結果，環境破壞，鳥況已有明顯的減少了。少人為干擾的濕地和廢魚塭，鳥類無形中於此集中，在數量和密度上似乎有所提高。

下埔

位於竹安溪的西方，主要的賞鳥區域在191縣道兩側，此處原本是一大片濕地，一直延伸至壯圍。以前下埔地區鳥況相當的好，至民國75年發展為養殖專業區之後，鳥況一落千丈。目前只能在零星的廢魚塭中發現鳥群，未來北宜高速公路通車之後，勢必又帶來了另一波衝擊。儘管如此，下埔能仍是宜蘭北部的候鳥驛站之一，對於喜歡尋找稀有迷、候鳥種的朋友，不妨到此碰碰運氣。

最佳觀賞季節

以春秋過境的水鳥為主，10至12月，3至4月間的鳥況最佳。觀賞時間需要配合潮汐。

白頭翁

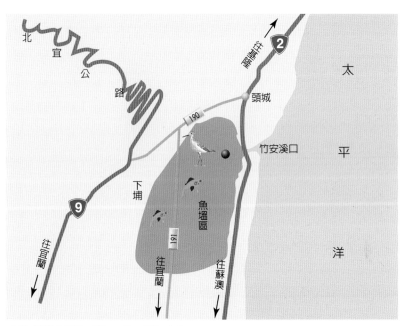

鄰近替代地點

北關海潮公園、蘭陽溪口。

位於頭城鎮內，沿台2線南下經過頭城鎮中心，再行駛約2公里可看見一大片魚塭與竹安溪口，可在這附近觀賞。

無特定路線，可在漲潮時沿河口濕地及輪休之魚塭區尋找鳥蹤。

可見鳥種

1.留鳥

紅鳩、麻雀、白頭翁、斑文鳥、洋燕、白腰文鳥、家八哥、小鷿鷈、白腹秧雞、紅冠水雞。

2.冬候鳥或過境鳥

魚鷹、紅隼、野鴝、大葦鶯、小水鴨、尖尾鴨、花嘴鴨、白翅黑燕鷗、白冠雞、東方鴝、磯鷸、濱鷸、磯雁、澤鳧、鈴鴨、黑鸛、聖䴉。

3.夏候鳥

小燕鷗。

鵐鴨

蘭陽溪口、新南

蘭陽溪口

蘭陽溪口源自雪山山脈，蘭陽縱谷積蓄的雨水，終年流注入蘭陽平原，灌溉此處的農業及風土人文。蘭陽溪口三角洲由蘭陽溪和三條河川匯流而成，分別是宜蘭河、冬山河、羅東溪；在此有複雜的生態環境，如沙洲、沼澤、耕地、防風林等，且濕地所孕育的魚、蝦、貝、無脊椎生物等食物繁多，所以每年都吸引大批的水鳥來避冬或過境。廣闊的濕地，多草澤，人不易接近，形成安全隱蔽的空間，是宜蘭最重要的水鳥觀賞重地；只不過觀賞水鳥要配合潮汐時間，和鳥類遷徙的季節，才比較容易滿載而歸。

夜鷺

新南

新南位於宜蘭東北區域之蘭陽溪口北側，蘭陽溪口沖積了來自上游的土壤及有機物質，孕育了許多小底棲生物，自古即是候鳥南來北返的中繼站。新南地區由大片水田構成，在每年秋冬休耕期間，都有大批鷸鴴科及雁鴨類鳥類來此棲息。在蘭陽溪河床因西瓜栽種及採砂石，許多雁鴨失去棲地而向農地轉進，啄食稻秧，造成生態失衡問題。這個現象讓農民頭痛，卻樂了賞鳥人，因為賞鳥者可以在此找到一些稀有鴨子或過境鳥。最佳觀賞的季節在每年10～12月及2～4月鳥類遷徙過境的時候，只是觀賞水鳥時必須注意潮汐，以免潮水退去，露出廣大的潮間帶，鳥兒就分散不易見到。

灰頭鷦鶯

最佳觀賞季節：

　　每季均有特色，以秋末的10、11月及初春的3、4月可見較多的鳥類。觀賞時間需要配合潮汐（漲潮前後各一小時）。

鄰近替代地點：

　　五十二甲濕地、冬山河、無尾港。

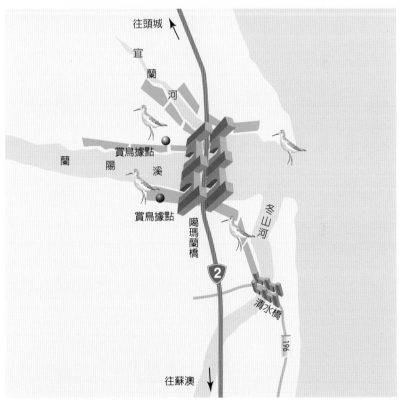

往頭城

宜
蘭
河

蘭　陽　溪

賞鳥據點

賞鳥據點

噶瑪蘭橋

冬山河

2

清水橋

196

往蘇澳

　　開車至此處，可沿台2線南下通過噶瑪蘭大橋後，第一個十字路口左轉，在丁字型路口右轉，沿道路開上堤防約100公尺可看見指示標誌，停車走過耕地即可觀賞。

最主要的賞鳥地點是在蘭陽溪口，可由蘭陽溪南北兩岸堤防及防汛道路往前進，此處開闊，鳥類繁多，沿路東望水田及沼澤地最容易觀察。

可見鳥種

1.留鳥

彩鷸、東方鴴、小環頸鴴、番鵑、翠翼鳩、珠頸斑鳩、紅鳩、褐頭鷦鶯、灰頭鷦鶯、錦鴝、小雲雀、粉紅鸚嘴、綠繡眼、小雨燕、家燕、洋燕、棕沙燕、斑文鳥、白腰文鳥、八哥、白鶺鴒、棕背伯勞、翠鳥、牛背鷺、夜鷺、小白鷺、白腹秧雞、紅冠水雞。

2.冬候鳥、過境鳥

澤鳧、魚鷹、紅隼、黑臉鵐、野鴝、藍磯鶇、黃尾鴝、赤腹鶇、虎鶇、大葦鶯、短翅樹鶯、赤喉鷚、黃鶺鴒、紅尾伯勞、尖尾鴨、琵嘴鴨、小水鴨、綠頭鴨、澤鳧、紅嘴鷗、黑嘴鷗、蒼鷺、大白鷺、中白鷺、番石鷸、濱鷸、田鷸、大杓鷸、白腰草鷸、鷹斑鷸、青足鷸、磯鷸、赤足鷸、金斑鴴、小辮鴴、紅嘴鷗、黑尾鷗、長耳鴞、短耳鴞、禿鼻鴉、金鵐、冠鷿鷈、白額雁、豆雁、鳳頭燕鷗、反嘴鴴、黑面琵鷺、聖鸝、黑鸛、蠣鴴。

3.夏候鳥

筒鳥、小燕鷗、蒼燕鷗、燕鴴。

東方環頸鴴

蘭陽溪口、新南

綠繡眼

五十二甲濕地

中白鷺

五十甲沼澤區位於羅東鎮東方、五結鄉利澤與成興附近。此處居蘭陽平原中心，地勢低窪，附近有多山河流經，經常積水，逐漸形成大片的草澤。這裡是宜蘭地區僅存的一處內陸沼澤，也是南來北往水鳥的最佳棲息地，但現今受到任易傾倒廢土及人為開發的壓力下，環境逐漸遭受破壞，濕地已有逐漸消失的趨勢。儘管如此，春、秋候鳥季鳥況仍然十分精彩。此處非觀光風景區，食宿需事先安排，水鳥的觀察需單筒高倍率望遠鏡才易觀察。

最佳觀賞季節：

每年10至12月水鴨大群南下時鳥況最好。

赤頸鴨

濱鷸

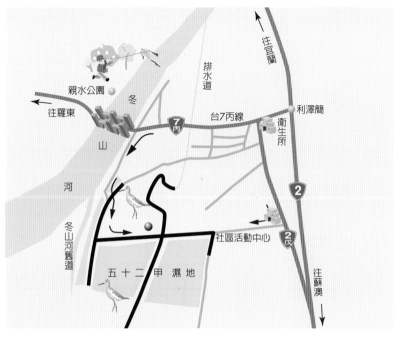

　　由宜蘭沿台2線南下至利澤簡接台7丙線往羅東方向，在台7丙線與冬山河東岸間的濕地即是。無特定賞鳥路線，可沿濕地內小徑步行賞鳥。

可見鳥種

1.留鳥

　　白腹秧雞、紅冠水雞、白冠雞、緋秧雞、彩䳍、番鵑、紅鳩、灰頭鷦鶯、褐頭鷦鶯、雲雀、綠繡眼、小雨燕、家燕、洋燕、赤腰燕、棕沙燕、八哥、麻雀、斑文鳥、白鶺鴒、棕背伯勞、翠鳥、小鷿鷈、小白鷺、栗小鷺、黃小鷺、夜鷺、東方鴴、高蹺鴴、小環頸鴴。

2.冬候鳥或過境鳥

　　澤鳧、黑臉鵐、野鴝、大葦鶯、藍磯鶇、紅尾伯勞、尖尾鴨、琵嘴鴨、小水鴨、綠頭鴨、花嘴鴨、赤頸鴨、紅嘴鷗、蒼鷺、大白鷺、中白鷺、濱鷸、田鷸、斑尾鷸、黑尾鷸、白腰草鷸、鷹斑鷸、青足鷸、小青足鷸、金斑鴴、灰斑鴴、小辮鴴、赤腹鷹、金鵐。

3.夏候鳥

　　燕鴴。

無尾港

　　無尾港位於蘇澳及大坑罟之間的海邊，原爲一狹長的水道，後來由於出海口淤塞，水流無法渲洩，久而久之形了一個遍佈蘆葦的沼澤，再加上四周防風林緊緊圍繞，不易進入，其內隱蔽而寧靜，成了水鳥的最佳棲所。行政院農委會在1993年將它劃定爲「無尾港水鳥保護區」，現由宜蘭縣政府、中華民國野鳥學會等單位積極規畫中，除了希望能將此地自然資源妥善保存並營造成一個水鳥和候鳥棲息的場所，更能夠提供賞鳥，教學、戶外活動、探索自然野趣的最佳去處。

最佳觀賞季節：

　　以冬天11月起至翌年2月間鳥況最佳。

太　平　洋

民眾活動中心

永安宮

港口路

大眾廟

永安宮

住宿區

蘇澳榮民醫院

岳明國小

② 派出所

岳明新村

派出所

↓往蘇澳

白鶺鴒

魚鷹

開車到無尾港，可沿濱海公路台2線南下，至蘭陽隧道北口前的榮民醫院對面進入，經岳明國小，沿著圖示小徑及路標至賞鳥木屋。

可見鳥種

1.留鳥

栗小鷺、黃小鷺、白腹秧雞、白冠水雞、磯鷸、東方鴒、麻雀、白鶺鴒、棕背伯勞、小鸊鷉、夜鷺、岩鷺、小白鷺、鳳頭蒼鷹、大冠鷲、番鵑、珠頸斑鳩、金背鳩、紅鳩、竹雞、白頭翁、錦鴝、灰頭鷦鶯、雲雀、粉紅鸚嘴、綠繡眼、小雨燕、赤腰燕、家燕、洋燕、斑文鳥、八哥。

2.冬候鳥或過境鳥

澤鳧、魚鷹、赤腹鷹、禿鼻鴉、磯雁、澤鳧、紅隼、黑臉鵐、野鴝、黃尾鴝、藍磯鶇、赤腹鶇、鸕鷀、蒼鷺、大白鷺、中白鷺、田鷸、翻石鷸、金斑鴴、黑頭文鳥。

3.夏候鳥

筒鳥、小燕鷗。

烏石鼻

　　此處爲蘇花公路最壯觀的岬山，深入大海，將海域分隔成南澳灣與東澳灣。此區保留相當完整的台灣櫟樹林相已於83年1月10日劃定爲自然保留區，遊客只能遠觀而不可深入，但可由舊有廢棄的蘇花公路進入部份區域。此處雖海拔不高，但許多中、低海拔的山鳥在秋冬季節相當易見。在春、秋鳥類遷徙季節，許多過境鳥經常棲息在此處樹林中，是發現稀有鳥類極富挑戰之地。此處無食宿供應，必須就近

黃腹琉璃鳥

白腹鶇

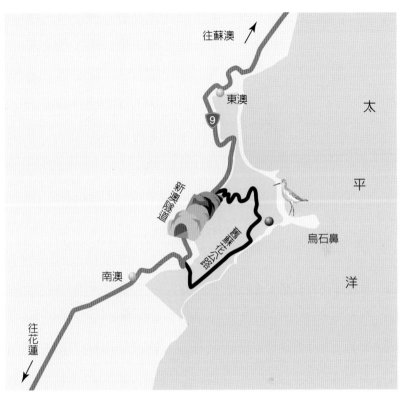

在南澳或東澳安排。

　　烏石鼻海岸自然保留區位於宜蘭縣、蘇澳鎮境內，範圍由舊蘇花公路烏石鼻隧道至海岸線間，遊客可沿台9線南下在新澳隧道北端停車，沿廢棄的舊蘇花公路賞鳥。

可見鳥種

1.留鳥
　　白頭翁、綠繡眼、鷦鶯、翠翼鳩、白耳畫眉、冠羽畫眉、黃腹琉璃鳥、紅山椒鳥、遊隼。

2.冬候鳥或過境鳥
　　白腹鶇、虎鶇、赤腹鶇、樹鷚、稀有鶲、鶺、鴉類。

大湖、雙連埤

大湖

大湖遊樂區位宜蘭縣，員山鄉大湖南方，海拔在100公尺以下，為一相當人工化的遊樂區，但因水域廣大，附近山陵起伏，附近環境複雜，丘陵地至平原的鳥類在此相當普遍易見。在非假日時段，遊樂區內及水域鳥類較不畏人，易於觀察。此遊樂區距宜蘭市區相當近，食宿安排容易，是前去雙連埤及福山等山區賞鳥必經之地，可視時間長短安排前往。

八哥

雙連埤

雙連埤位於宜蘭市西方約15公里路程處，居員山鄉群山之中，全區海拔約在500公尺上下。雙連埤由兩湖泊相連而成，因而得名；四周環山，為谷地地形，湖水面積不定，以雨量多寡決定。此處浮游藻類很多，常有候鳥到此渡冬。近年因地主有意開發此地，一度抽去池水，造成生態失衡，經宜蘭縣政府努力，才保有一線生機。雙連埤附近低海拔鳥類十分豐富，冬季高海拔鳥類亦時常降遷至此。秋、冬為較佳觀賞季節，但此處不供應食宿，且因天候不穩定雨具必備。

最佳賞鳥季節

四季皆宜。

鄰近替代地點

小礁溪、寒溪、蘭陽溪口、竹安河口。

白耳畫眉

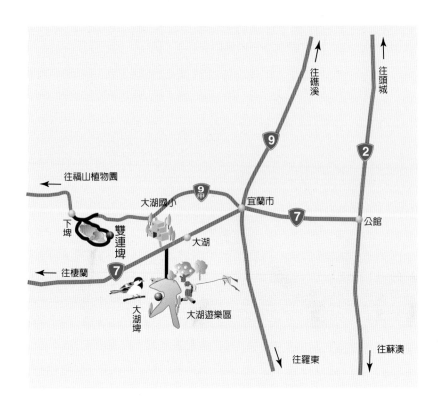

開車到此區賞鳥，從宜蘭市駛台9甲省道西行即可到達。

可見鳥種

1.留鳥

　　台灣松雀鷹、鵂鶹、黃嘴角鴞、領角鴞、珠頸斑鳩、紅鳩、灰頭鷦鶯、褐頭鷦鶯、頭烏線、白耳畫眉、山紅頭、綠畫眉、五色鳥、小雨燕、八哥、白頭翁、綠繡眼、翠鳥、白腰文鳥、小鸊鷉、大冠鷲、鳳頭蒼鷹。

2.冬候鳥或過境鳥

　　紅尾伯勞、短翅樹鶯。

3.常見夏候鳥

　　筒鳥。

紅尾伯勞

紅尾伯勞

仁山苗圃

　　仁山苗圃位冬山鄉，蘭陽平原南方丘陵地上，全區海拔約在100公尺上下，是宜蘭縣政府樹苗栽種區。其上有一廣闊平台，可俯視冬山河流域、蘭陽平原及龜山島，展望甚佳。仁山苗圃區內種植相當多樹種，因定期翻土、施肥，吸引許多鳥在地面活動覓食。苗圃周遭林相鬱密，是許多低海拔山鳥棲息的優異空間。縣府正積極規畫遊憩設施，苗圃內小木屋尚未規畫完成暫不供應食宿，可向苗圃打聽附近民宿，前往必須事先在宜蘭市區預定食宿，雨具必備。

　　由羅東市區尋往丸山之路標，再至太和社區，循仁山指示牌可達，賞鳥路線

赤腹鷹

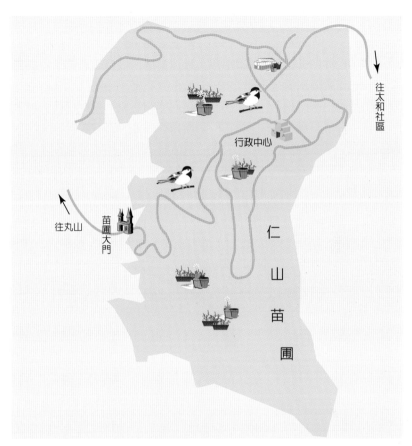

由苗圃大門進入至行政中心及苗圃區，沿路鳥況皆佳。春季鳥類在車道兩旁山坡非常活躍。

可見鳥種

1.留鳥

大冠鷲、鵂鶹、番鵑、珠頸斑鳩、紅鳩、竹雞、樹鵲、朱鸝、紅嘴黑鵯、小彎嘴畫眉、五色鳥、八哥、山紅頭、頭烏線、台灣小鶯、黑枕藍鶲。

2.冬候鳥或過境鳥

赤腹鶇、白腹鶇、虎鶇、黃鶺鴒、紅尾伯勞、灰面鵟、赤腹鷹。

牛鬥

　　牛鬥介於中央山脈與雪山山脈之間，是蘭陽溪流入平原的地方，為蘭陽平原的頂點，溪水在此由湍急轉為平緩。牛鬥山上苗圃可遠望平原，春季花海一片，風景甚是美麗。此處海拔在400公尺左右，低海拔鳥種非常豐富，且冬季中海拔鳥類經常降遷至此避冬，尤其山櫻花開放時，冠羽畫眉、綠繡眼等小型山鳥群集採食花蜜；小卷尾、紅山椒等鳥則守株待兔，捕捉受花香吸引而來的昆蟲，十分熱鬧。一般而言，秋冬是最佳的觀賞季節，清晨6：00～8：00是一天當中最佳的時段。

往宜蘭市

往羅東

牛鬥

牛鬥大橋

派出所

往牛鬥苗圃

簡鳥

開車由宜蘭市區入台7省道往南直駛，至牛鬥左轉牛鬥大橋，由牛鬥大橋前行200公尺至牛鬥派出所旁，右轉，沿指示通往牛鬥苗圃方向約2.5公里。牛鬥大橋及苗圃沿路及苗圃內道路皆為賞鳥路線。交通詢問處：牛鬥苗圃　03-9893728。

可見鳥種

1.留鳥

鵂鶹、珠頸斑鳩、金背鳩、紅鳩、竹雞、巨嘴鴉、樹鵲、朱鸝、紅嘴黑鵯、繡眼畫眉、藪鳥、河鳥、五色鳥、粉紅鸚嘴、紅山椒、小卷尾、八哥、綠簑鷺。

2.冬候鳥或過境鳥

短翅樹鶯、赤腹鷹、花雀、赤腹鶇、虎鶇、極北柳鶯、藍磯鶇。

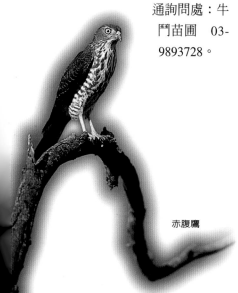

赤腹鷹

太平山公路

棲蘭山─仁澤─太平山─獨立山保護區─翠峰湖

棲蘭山

棲蘭山森林遊樂區位中橫宜蘭支線，海拔約在500公尺上下，今已拓展成「棲蘭森林遊樂區」，距宜蘭與羅東約40公里，是宜蘭往太平山和梨山必經之地。全區面積約1700公頃，面對蘭陽溪、多望溪和田古爾三溪匯流處，形勢壯麗，區內並設計了許多森林浴步道及健康步道，是休憩的好處所。本區因位蘭陽溪谷中，溪澗鳥相當豐富常見，附近山區山勢陡峭，中、低海拔山鳥經常在此來去，是鍛練辨識中、低海山鳥及溪澗鳥的好去處。因地處偏遠，需就近向棲

小水鴨

聯外交通

蘭森林遊樂區事先預定食宿。

仁澤

仁澤是由中橫宜蘭支線前往太平山森林遊樂區的重要據點之一，海拔約500公尺，自然生態極為豐富，鳥類繁多。附近的多望溪，棲息各種溪澗鳥。此處賞鳥觀察四季皆宜，但以春

仁澤

季高山鳥類降遷，尚未返回高山前，鳥況最佳。附近的仁澤山莊是泡溫泉及食宿安排的最佳地點。

太平山

太平山標高1950公尺，孤聳於眾多高峰之間，目前已規劃為

宜蘭縣

太平山

森林遊樂區。各種中、高海拔鳥類非常豐富，常混群來去，連同溪澗鳥，常見鳥種超過三十種，此處賞鳥四季皆宜，但以春季櫻花開放季節，群鳥在花叢中覓食，較不畏人，易於近距離觀察。此地因經常罩雲霧之中，溼氣甚重，區內有許多景點，各呈不同風貌，四季變化很大，適合一去再去。

獨立山保護區

獨立山位於太平山森林遊樂區中，為野生動物保護區，有棧道及蹦蹦車通駛，沿途林相垂直分布，充滿了

原始自然色彩，是享受森林浴及探索大自然的絕佳勝地。

翠峰湖

獨立山

翠峰湖位宜蘭縣西北方，介於太平山與大元山之間，海拔1840公尺，為本省最大的高山湖泊。

翠峰湖四周景色秀麗，湖光山色美不勝收，四時變換。但此處路程遙遠，公車只到太平山森林遊樂區，由太平山至翠峰湖必須自行開車，或步行14公里左右才能抵達。翠

台灣藍鵲

虎鶇

峰湖附近的翠峰山莊食宿需先預定或自行準備，雨具則四季皆需準備。

交通路線可沿中橫宜蘭支線走台7線，遇百韜橋再接台7甲線，沿蘭陽溪右岸前行，過家源橋後左轉進入土場、仁澤、太平山等地。

食宿問題可洽詢以下地點：

羅東林區管理處職工福利會
039-544052．546055

棲蘭森林遊樂區
039-809606-7

仁澤山莊　039-809603

太平山莊　039-809806

翠峰湖山莊　039-322103

交通問題可直接洽詢台汽客運宜蘭站(039-365441)、羅東站(039-567505)公車行走路線。

太平山至翠峰湖無公車行駛，需自行開車或步行前往

小啄木

鄰近替代地點：
　　牛鬥苗圃、太平山、森林遊樂區、翠峰湖。

可見鳥種
1.留鳥
茶腹鳾、紅尾鶲、黃腹琉璃鳥、深山竹雞、橿鳥、林鵰、朱雀、小翼鶇、小剪尾、栗背林鴝、棕面鶯、褐色叢樹鶯、深山鶯、紋翼畫眉、金翼白眉、白耳畫眉、藪鳥、冠羽畫眉、煤山雀、青背山雀、小啄木。
2.冬候鳥或過境鳥
樹鷚、虎鶇、花雀、赤腹鶇。

河烏

鴛鴦湖

　　鴛鴦湖位於北部橫貫公路叉路110林道上，海拔約1670公尺，為一高山湖泊，其中沼澤面積2.2公頃。目前已列為自然生態保護區，由林道入口之退除役官兵輔導委員會森林開發處檢查哨管制，前往必須事先申請通行證及入山證。鴛鴦湖山區植物種類繁多，提供動物覓食、棲息與繁殖的需要，中高海拔鳥類相尤其豐富。此處賞鳥四季皆宜，但以每年4～6月，鳥類繁殖季節鳥況最佳，春、秋候鳥季，偶而可見冬候鳥及過境鳥。

　　進入此處因無大眾交通工

冠羽畫眉

往復興、桃園

往宜蘭

檢察哨

110 林道

鴛鴦湖

保護區指標

往思源、梨山

赤腹鶇

鴛鴦湖

具，必須自行開車，雨季則四驅車必備。

交通路線由宜蘭方向，走台7線，過棲蘭約6.5公里，經森林開發處檢察哨左轉進入110林道。

由110林道約14.5k處之指標步行轉入鴛鴦湖，沿路及環湖步道皆為賞鳥路線。此地需事先申請通行證或入山證，禦寒衣物和雨具必備，注意不供應食宿。

可見鳥種

1.留鳥

櫃鳥、鴛鴦、白尾鴝、小翼鶇、棕面鶯、褐色叢樹鶯、深山鶯、金翼白眉、冠羽畫眉、藪鳥、青背山雀、紅頭山雀。

2.冬候鳥或過境鳥

小水鴨、虎鶇、花雀、赤腹鶇。

3.常見夏候鳥

鷹鵑。

寒溪

寒溪距羅東市約8公里，位於大同鄉羅東溪上游「番社坑」的溪畔。羅東溪源於大元山，屬闊葉林區，溪谷奇石激湍，甚為壯觀。目前少有人跡車輛，路況尚佳，為觀賞低海拔鳥類的好據點。此處無食宿供應，但因交通便捷，可就近安排在羅東市區住宿或紮營。

由寒溪通往太平山的林道短短不到30公里路程由高拔200攀昇至2000公尺，林相、溫度變化

黑枕藍鶲

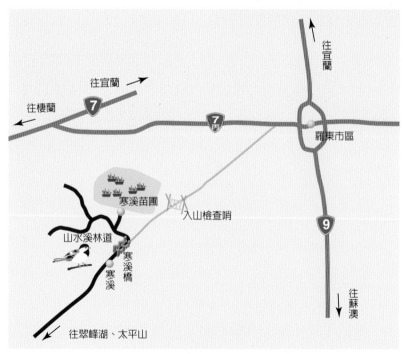

往宜蘭

往棲蘭

往宜蘭

羅東市區

寒溪苗圃

入山檢查哨

山水溪林道

寒溪橋

寒溪

往蘇澳

往翠峰湖、太平山

寒溪

宜蘭縣

寒溪

小剪尾

極大，沿途鳥況極佳，賞鳥四季
皆宜，早晨最佳。但須事先打聽
路況，而且禦寒衣物及雨具必
備。

　　大眾運輸工具有羅東往寒溪
的台汽客運。

鄰近替代地點

　　翠峰湖、牛鬥。

山紅頭

可見鳥種

1.留鳥

　　朱鸝、台灣藍鵲、巨嘴鴉、紅鳩、頭烏線、竹鳥、河鳥、五色
鳥、翠鳥、繡眼畫眉、白耳畫眉、山紅頭、青背山雀、赤腹山雀、黑
枕藍鶲、黃腹琉璃鳥、粉紅鸚嘴、紅山椒鳥、綠繡眼、小卷尾。

2.冬候鳥或過境鳥

　　白鶺鴒、灰鶺鴒、黃鶺鴒。

基隆市

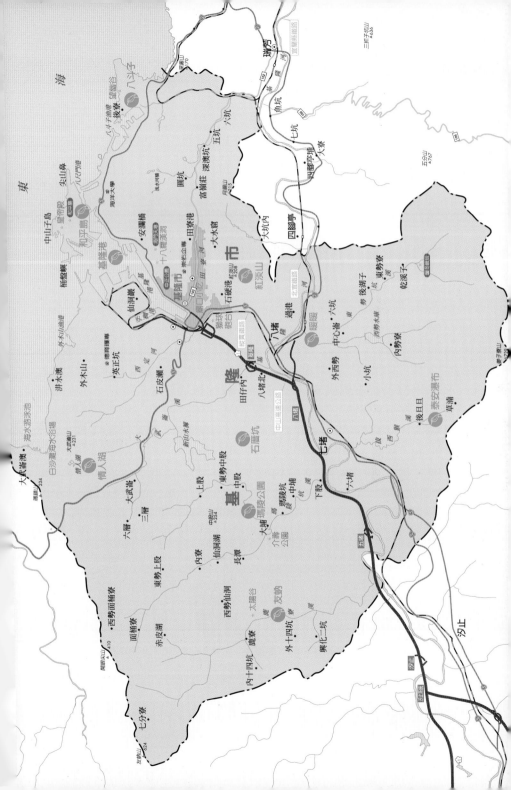

基隆港

基隆港的底端緊接基隆市仁愛市場，市場內攤販丟棄的雞內臟、死魚、肉屑隨下水道排入港區水域，這些垃圾吸引了北部靠海山區的老鷹前來撿食。每天都可以看到三三兩兩的老鷹及小白鷺表演高超的輕功，在港區水域及市區大樓間盤旋追逐，伺機撿食。在此賞鷹以8~10月秋高氣爽雨量少的季節最佳，每日上午9點至下午3點不定

小白鷺

時出現，觀看務必安靜，勿高聲喧嘩。

交通可沿中山高北上，進入基隆市區，由出口匝道下來，至基隆市文化中心旁停車場停車，步行至100公尺外忠一路與孝一路十字路口附近之天橋；或搭台汽、台鐵或基隆客運至基隆市總站下車，步行至港區之人行天橋上觀看。

老鷹

環繞港區的道路及大樓均是賞鷹的好地點，但以忠一路及孝一路口的人行天橋及其附近人行道視野最好，在這裡可以感受鷹飛近至10公尺內的震撼。

鄰近替代地點

情人湖、東北角、金山、野柳。基隆市區住宿交通非常方便，無須擔心，但雨具必備。

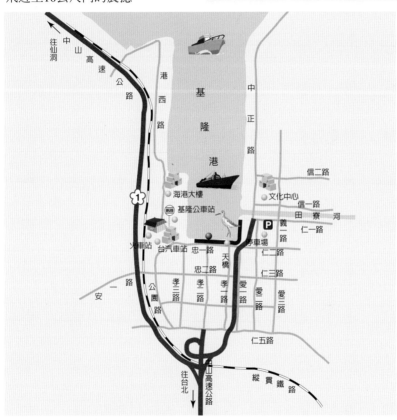

可見鳥種

1.留鳥

老鷹、小白鷺、黃頭鷺、翠鳥、麻雀、白頭翁、家鴿、洋燕。

2.冬候鳥或過境鳥

藍磯鶇、短翅樹鶯、野鴝、遊隼。

八斗子

位於基隆市與台北縣深澳交界，賞鳥地點以八斗子公園為精華區。區內鳥種以平原及低海拔山區鳥種為主，八斗子半島地形是春季候鳥北返及過境台灣的重要地點之一。每年這個季節，天氣轉變前，可以在此看到許多稀有鳥類。

八斗子公園入口旁樹林，經常傳來黑枕藍鶲、山紅頭的叫聲及小彎嘴的身影。沿步道指示牌往山頂走到觀景平台，再沿階梯往下走，小徑兩旁草叢可看到灰頭鷦鶯、褐頭鷦鶯、斑紋鷦鶯、斑文鳥；注意天空，可發現遊隼、紅隼、鳳頭蒼鷹飛過；電線及林緣則有珠頸斑鳩及紅尾伯勞，和不時起降滑翔的家燕、洋燕。

大白鷺

由公園置高點俯看海濱，可看到磯鷸、大、小白鷺及黃頭鷺、台灣紫嘯鶇、藍磯鶇等水鳥。來此賞鳥夏季海邊涼爽，惟冬季海風較強，注意保暖。

交通工具可搭乘基隆市公車望海巷到八斗子站路線。

磯鷸

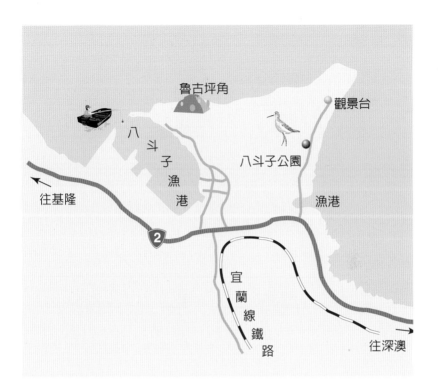

魯古坪角

觀景台

八斗子漁港

八斗子公園

往基隆

漁港

2

宜蘭線鐵路

往深澳

可見鳥種

1.留鳥

山紅頭、小彎嘴、繡眼畫眉、綠繡眼、紅嘴黑鵯、灰頭鷦鶯、麻雀、白頭翁、褐頭鷦鶯，斑紋鷦鶯、翠鳥、鳳頭蒼鷹、黑鳶、小雨燕、家燕、洋燕、小白鷺、黃頭鷺、斑文鳥、大冠鷲、白鶺鴒、藍磯鶇、八哥、粉紅鸚嘴、台灣紫嘯鶇。

2.冬候鳥或過境鳥

灰鶺鴒、紅尾伯勞、遊隼、黃尾鴝、野鴝、磯鷸、短翅樹鶯、大白鷺、、魚鷹、紅領瓣足鷸、藍尾鴝、戴勝。

3.夏候鳥

筒鳥。

和平島

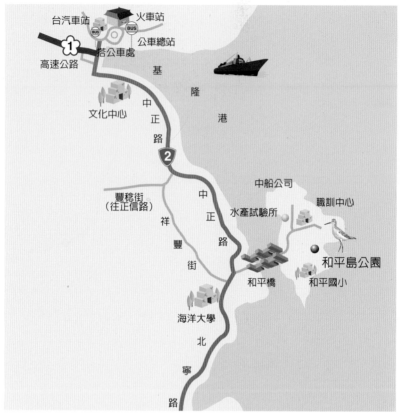

和平島公園位於基隆市東北方和平島公園內。可搭乘基市公車101號往和平島，在職訓中心下車後，再往前行約五百公尺可至和平島公園入口。公園內步道賞鳥皆宜，無特定路線。

本區以海岸型鳥類為主，黑色型岩鷺、藍磯鶇在岸邊常年可見，春秋過境的水鳥及夏季海面上的數種燕鷗。此外再加上內陸地區的陸鳥，此地鳥類資源相當豐富。

藍磯鶇

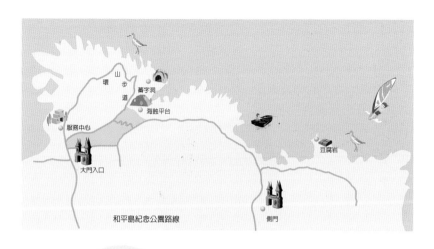

山環步道
蕃字洞
海蝕平台
服務中心
大門入口
和平島紀念公園路線
豆腐岩
側門

可見鳥種

1.留鳥

山紅頭、竹雞、小彎嘴、繡眼畫眉、綠繡眼、白頭翁、灰頭鷦鶯、斑紋鷦鶯、翠鳥、小白鷺、岩鷺、磯鷸、粉紅鸚嘴、小雨燕、洋燕、白腰雨燕。

2.冬候鳥或過境鳥

灰鶺鴒、紅尾伯勞、遊隼、紅隼、黃尾鴝、黃足鷸、小環頸鴴、翻石鷸、蒙古鴴、鐵嘴鴴、紅領瓣足鷸、藍尾鴝、短翅樹鶯、白腹鶇、藍磯鶇。

3.夏候鳥

中杜鵑。

4.稀罕鳥種

軍艦鳥、白腹鰹鳥、鳳頭燕鷗、大黑脊鷗、鶯、日本鴝鳥、地啄木、戴勝。

觀賞季節全年皆宜。活動於海岸礁岩和低海拔丘陵地的鳥種非常穩定,春秋過境時,常可見稀有之鷸鴴科水鳥和陸候鳥。夏天是觀賞海鳥的地點。需要雨具。沿海岸礁岩行走須小心,尤其在漲潮時。

岩鷺

情人湖

情人湖位於基隆市安樂區大武崙山區。為一低海拔湖泊，四周樹林繁茂，低海拔至平原常見鳥種在此可以見到。情人湖風景區在星期假日遊客喧譁造成對鳥類干擾。非不得已，最好選擇在清晨或非例假日造訪。情人湖留鳥四季差異不大頗為穩定，因地理環境居台灣北部，春秋季節時每遇鋒面過境，可觀賞許多過境鳥及冬候鳥。春、夏、秋進入園區小心蛇類及謹防蚊蟲叮咬。

前往交通可在台汽中崙站搭往金山青年活動中心，在「武聖街」站下車，步行前往。或在基隆台汽站搭「淡水」線在「武聖街」站下車。或於「武嶺」站下車步行前往。

若乘基隆客運搭「金山」或「萬里崁腳」線，在「情人湖」站下車，路口即為往「情人湖」與台二線交叉口，步行約1.7公里。

停車場到湖邊一路上常可聽見小彎嘴、繡眼畫眉、山紅頭、白頭翁、頭烏線、黑枕藍鶲、五色鳥等在樹林、灌叢及草叢間鳴叫。大彎嘴及竹雞雖不見其影，但宏亮的叫聲晨昏經常可聞。

沿環湖步道在湖邊岸上是觀賞山紅頭、綠繡眼、灰面鵟鷹、赤腹

洋燕

情人湖

基隆市

鷹、黑鳶、洋燕、
家燕的好地方；灰面鵟鷹
常於清明前後由此群飛出境；各
種燕子會於湖面喝水覓食；湖邊
的灌叢則是欣賞畫眉、斑鳩、鷦
鶯的好地方。

麻雀

由環山步道
步上老鷹岩，沿路不但
鳥蹤頻頻，由老鷹岩上可眺望澳
底漁村、欣賞老鷹晚點名、遊隼
打獵、計算灰面鵟鷹北返。

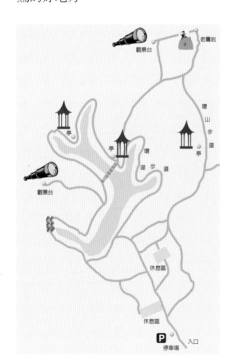

可見鳥種

1.留鳥

樹鵲、山紅頭、五色
鳥、竹雞、小彎嘴、大彎
嘴、大冠鷲、繡眼畫眉、綠
繡眼、紅嘴黑鵯、白頭翁、
頭烏線、鳳頭蒼鷹、斑頸
鳩、褐頭鷦鶯、灰頭鷦鶯、
白鶺鴒、小雨燕、洋燕、台
灣藍鵲、遊隼、老鷹。

2.冬候鳥或過境鳥

灰鶺鴒、紅尾伯勞、黃
尾鴝、白腹鶇、灰面鵟。

3.夏候鳥

中杜鵑。

暖暖

　　暖暖地區賞鳥環境海拔在100公尺上下，區內鳥種以台灣低海拔至平原之鳥種為主，暖暖水庫集水區之山區為主要賞鳥地點，多候鳥及春秋過境之陸鳥非常豐富。每年九月至翌年五月，由於有多候鳥及夏候鳥加入，是最佳賞鳥季節；春、秋季前往可稍為留意天空，山頭稜線可見少量猛禽過境。

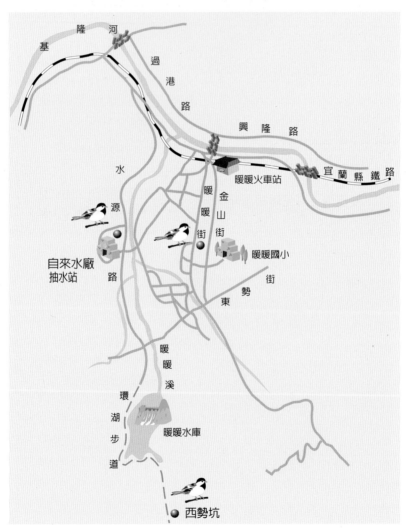

小彎嘴畫眉

紅嘴黑鵯

暖暖位於基隆市暖暖區暖西及暖東里內。前往可搭六○二路公車在水源地站下車。若自行駕車者，中山高速公路往基隆方向，由濱海交流道下高速公路，在第一個紅綠燈右轉，過水源橋右轉暖暖街至水源地接水源路。

暖暖大致有五個賞鳥重點區域：

1.雙龍橋上可見暖暖溪畔兩旁溪澗鳥，如小白鷺、夜鷺、綠簑鷺等常見鳥種。

2.自來水公司抽水站附近的土地公廟，在這區域翠鳥、鉛色水鶇，都喜歡棲立於溪石上等候覓食，常有大卷尾捕捉飛行中的昆蟲。

3.暖暖水源山莊苗圃及樹林有許多鳥蹤，冬季林緣地帶常可發現樹鷚、黃尾鴝、鶇科鳥類在地面覓食。

4.水庫集水區周圍稜線上常出見本土的猛禽，如大冠鷲、鳳頭蒼鷹、黑鳶。過境期可見遷徙性猛禽如赤腹鷹、灰面鵟鷹、紅隼。

5.集水區樹林區以五色鳥、竹雞、綠繡眼、樹鵲、繡眼畫眉、台灣藍鵲最常活躍林間。

暖暖

可見鳥種

1.留鳥

白鶺鴒、樹鵲、山紅頭、五色鳥、竹雞、小彎嘴、大彎嘴、大冠鷲、鳳頭蒼鷹、松雀鷹、繡眼畫眉、綠繡眼、紅嘴黑鵯、白頭翁、灰頭鷦鶯、褐頭鷦鶯、頭烏線、麻雀、綠簑鷺、翠鳥、小白鷺、岩鷺、斑頸鳩、黑鳶、夜鷺、鉛色水鶇、小雨燕、洋燕、台灣藍鵲、小鷿鷈、朱鸝。

2.冬候鳥或過境鳥

灰鶺鴒、紅尾伯勞、遊隼、紅隼、黃尾鴝、短翅樹鶯、藍尾鴝、白腹鶇、灰面鵟鷹、赤腹鷹。

3.夏候鳥

中杜鵑。

泰安瀑布

泰安瀑布位於基隆市南方七堵地區，海拔約200公尺，區內鳥種以中、低海拔山鳥及溪澗鳥為主。由七堵至泰安瀑布、沿路樹林繁茂，除賞鳥之外，亦是郊遊踏青的好地方。本地四季鳥況差異不大，冬季鳥況稍佳。沿途各據點皆可賞鳥，不一定要走到泰安瀑布，可自行衡量體力。

交通：可在基隆火車站前搭往七堵、五堵、六堵工業區之公車皆可，在七堵草濫站下車步行前往。

竹雞

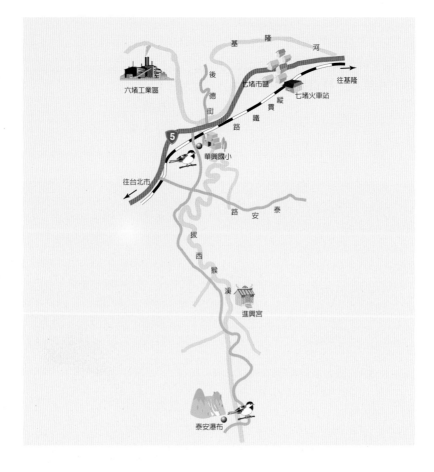

六堵工業區
基　隆　河
後德街
七堵市區
往基隆
七堵火車站
縱貫鐵路
5
華興國小
往台北市
路　安　泰
拔西猴溪
進興宮
泰安瀑布

賞鳥路線由七堵草濫站至泰安公園、拔西猴溪、泰安瀑布。

七堵草濫泰安公園內常見洋燕、小雨燕、大卷尾、紅嘴黑鵯；前行約十分鐘抵達拔西猴溪，橋下溪邊常可看到翠鳥、小白鷺、灰鶺鴒；路邊的樹叢裡偶而可見白腹鶇或赤腹鶇。拔西猴溪至泰安瀑布步行約30分鐘，沿拔西猴溪及路旁菜園，可見到的鳥類大致上有鶺鴒、白頭翁、綠繡眼、紅尾伯勞、五色鳥、白腰文鳥、黃鶺鴒、樹鷚、繡眼畫眉、山紅頭、綠畫眉、黑枕藍鶲等。

可見鳥種

1.留鳥

樹鵲、山紅頭、五色鳥、竹雞、小彎嘴、大彎嘴、大冠鷲、繡眼畫眉、綠繡眼、紅嘴黑鵯、白頭翁、灰頭鷦鶯、褐頭鷦鶯、頭烏線、台灣藍鵲、大卷尾、翠鳥、鳳頭蒼鷹、小白鷺、斑頸鳩、黑鳶、洋燕、小雨燕、白鶺鴒。

2.冬候鳥或過境鳥

灰鶺鴒、紅尾伯勞、赤腹鶇、赤腹鷹、樹鷚。

3.常見夏候鳥

中杜鵑。

4.稀罕鳥種

佛法僧、朱連雀。

鉛色水鶇

石厝坑與新山水庫

本路線橫跨市內二個行政區域，石厝坑位於七堵區，新山水庫則隸屬安樂區。海拔均在100公尺以下，區內鳥種以低海拔山鳥及溪澗鳥為主。本區以留鳥為主，尤其晨昏鳥況較佳，秋冬時節偶有候鳥可見。建議九、十月及三、四月為最佳。前往需備雨具。沿途無廁所，部份路段無人家，結伴同行以策安全。水源保護區管制進入，請勿擅闖。

交通可搭基隆客運402路公車，在七堵國小下車，步行至崇智街進入崇智橋即為賞鳥起點。

此外，亦可搭501線在國家新城終站下車。自行開車可循南榮路行駛經八堵、七堵沿明德一路前進由崇智街右轉進入。

在這區域可觀賞到的鳥類如

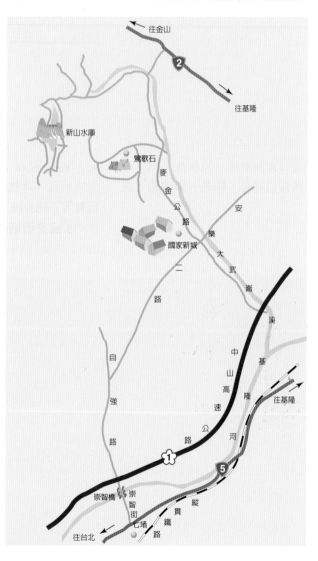

黑枕藍鶲

下：

1.崇智橋上：往基隆河河裡及二旁開墾地可見溪流、草地的鳥類如翠鳥、磯鶇、紫嘯鶇、斑文鳥、鵲鴝等。

2.崇智橋往石厝坑一路行來，路兩旁如小彎嘴、繡眼畫眉、竹雞、黑枕藍鶲、樹鵲、大冠鷲等不絕於途。

3.國家新城往石厝坑以灰頭鷦鶯、褐頭鷦鶯、斑文鳥、小彎嘴、大冠鷲、鳳頭蒼鷹、紅嘴黑鵯、白環鸚嘴鵯等最普遍。

4.水庫區以候鳥為主，鸕鶿是冬季的常客，黑鳶、小鸊鷉，大、中、小白鷺等非常易見。

可見鳥種

1.留鳥

洋燕、麻雀、白頭翁、紅嘴黑鵯、小彎嘴、綠繡眼、小白鷺、夜鷺、黃頭鷺、紫嘯鶇、繡眼畫眉、五色鳥、黑枕藍鶲、大卷尾、灰頭鷦鶯、褐頭鷦鶯、大冠鷲、竹雞、翠鳥、白腹秧雞、斑文鳥、黑鳶、樹鵲、山紅頭、頭烏線、鳳頭蒼鷹、松雀鷹。

2.冬候鳥或過境鳥

磯鶇、鸕鶿、小鸊鷉、灰面鵟鷹、蒼鷺、黑臉鵐。

3.常見夏候鳥

中杜鵑。

大冠鷲

瑪陵

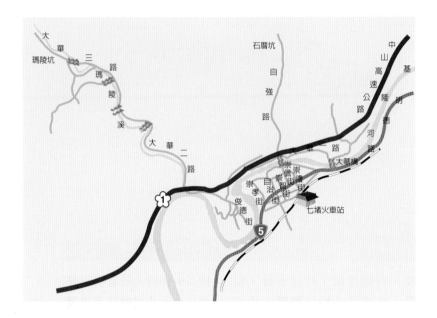

　　位於七堵山區與台北縣萬里交界，海拔在100公尺以下，區內鳥種以低海拔至平原以及溪澗常見鳥類為主。賞鳥季節四季皆宜，夏季進入草叢地帶注意蛇類及蚊蟲叮咬。

　　賞鳥路線沿瑪陵溪邊河谷而行，由市區沿大華一路及瑪陵溪往山區前行，由七堵市區街道往北皆可通往基隆河及高速公路。注意基隆河水域上方燕群與台灣紫嘯鶇，磯鷸等水

台灣畫眉

瑪
陵

白頭翁

鳥、白腹秧雞、紅冠水雞、鷦
鶯、斑文鳥、粉紅鸚嘴活躍草
叢。沿大華二路前行，注意電線
桿上大卷尾來回匆忙覓食；翠鳥
快速在水面穿

梭；9-10時大冠鷲鳴叫聲從天際
傳來；五色鳥躲在遠處茂密的樹
林中敲著木魚；鳳頭蒼鷹與黑鳶
偶然翱翔在天上。

可見鳥種

1.留鳥

粉紅鸚嘴、紅鳩、斑頸鳩、金背鳩、樹鵲、台灣藍鵲、
山紅頭、大卷尾、白頭翁、綠繡眼、繡眼畫眉、小彎嘴、大彎
嘴、台灣紫嘯鶇、黑枕藍鶲、小白鷺、牛背鷺、大冠鷲、翠鳥、灰
頭鷦鶯、褐頭鷦鶯、斑紋鷦鶯、番鵑、洋燕、家燕、小雨燕、老鷹、
鳳頭蒼鷹、松雀鷹、斑文鳥、紅嘴黑鵯、白腰文鳥、麻雀、五色鳥、
台灣畫眉、白腰雨燕、白腹秧雞、夜鷺、白鶺鴒。

2.冬候鳥或過境鳥

灰鶺鴒、紅尾伯勞、紅隼、灰面鵟鷹、赤腹鷹、赤腹鶇、
虎鶇、短翅樹鶯、蒼鷺。

3.夏候鳥

中杜鵑。

友蚋

友蚋位於基隆市七堵區友一里、友二里，緊臨台北縣汐止

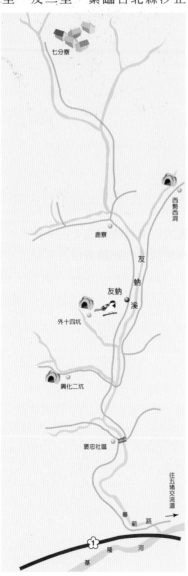

鎮。本區臨近舊煤礦開採區，海拔在200公尺以下，區內鳥種以低海拔山鳥為主。友蚋溪水未受污染，溪澗鳥、水生昆蟲、螢火蟲、蛙類相當豐富，值得從事生態觀察及旅遊。各季節鳥種四季差異不大，但以春季求偶期最精彩，此時期不但是訓練聽力的最好時候，也是辨別雌、雄鳥的機會，更可欣賞到鳥類求偶的行為、動作。

來此步行路途稍遠，請自行衡量體力。搭火車到五堵火車站下車，往友蚋方向前行約三十分鐘；或在七堵國小旁搭七堵702路線公車到「坑口」下車；或開車在五堵交流道往五堵方向溜下來右轉至坑口。

紅嘴黑鵯

可見鳥種

1.留鳥

大彎嘴、小彎嘴、繡眼畫眉、山紅頭、頭烏線、竹雞、五色鳥、綠繡眼、紅嘴黑鵯、白頭翁、大卷尾、綠畫眉、灰頭鷦鶯、褐頭鷦鶯、斑文鳥、白腰文鳥、家燕、洋燕、翠鳥、樹鵲、大冠鷲、鳳頭蒼鷹、松雀鷹、黃頭鷺、番鵑、黑枕藍鶲、台灣藍鵲、台灣紫嘯鶇、領角鴞。

2.冬候鳥或過境鳥

灰鶺鴒、白腹鶇、野鴝、短翅樹鶯、樹鷚、黑臉鵐。

3.常見夏候鳥

中杜鵑。

3.稀罕鳥種

八色鳥。

賞鳥路線主要由褒忠社區沿友蚋溪往鹿寮沿線，沿線上往外十四坑或內十四坑小路皆是重要賞鳥地點。此路線左邊是樹林，右邊則是友蚋溪，沿路都可聽見小彎嘴、山紅頭、綠繡眼、繡眼畫眉等的叫聲。再往前行又可觀看紅嘴黑鵯群聚大樹，經過竹林時請留步聽聽看是否有黑枕藍鶲出現。此外樹林中台灣藍鵲、樹鵲的嘎嘎聲，白頭翁、五色鳥、大卷尾、竹雞喧鬧聲，天空中大冠鷲呼嘯聲，於產業道路上不絕於耳。

小彎嘴畫眉（許晉榮攝）

台北縣

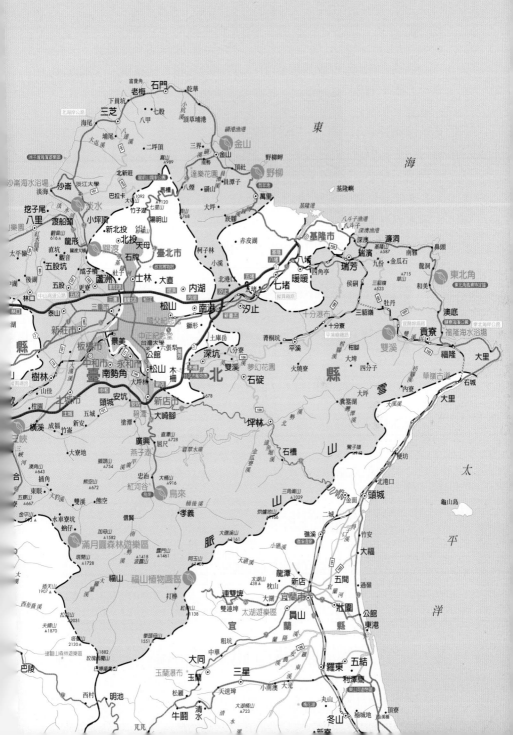

淡水

淡水河流域下游涵蓋挖子尾、竹圍、關渡三個自然保留區及中興橋與華中橋一個野生動物保護區，雖然受大台北都會影響，淡水河普遍鳥況已大不如前，但在這些保留(護)區中，仍然能見到大批的候鳥在此渡冬。淡水位於淡水河入海口，有廣闊沼澤及泥灘，經常可見的鳥類有20餘種，主要以水鳥與海鳥為主。每年十月至十二月、二月至四月水鳥遷徙過境季節鳥況最佳。此地不供應食宿，觀賞時間需要配合潮汐。鄰近替代地點有關渡自然公園及前述各保護區。

白腹秧雞

高爾夫球場

2

淡江文理學院

淡水車站

淡水河

挖子尾紅樹林保護區

15

渡船頭

竹圍紅樹林保護區

淡
水

高蹺鴴

前往淡水可由台北乘火車、公路局班車、捷運或指南客運2、5路均可到達。開車則可由台15線北上或南下在渡船頭附近接105縣道至挖子尾紅樹林保護區。台2線與台2乙線交會處西行即竹圍紅樹林保護區。賞鳥路線以區內步道為主。

可見鳥種

1.留鳥

灰頭鷦鶯、褐頭鷦鶯、白頭翁、綠繡眼、小環頸鴴、小白鷺、夜鷺、紅冠水雞、白腹秧雞、家八哥、黃頭鷺。

2.冬候鳥或過境鳥

黃鶺鴒、紅隼、高蹺鴴、紅領瓣足鷸、金斑鴴、蒼鷺、小水鴨、花嘴鴨、黑臉鵐、大葦鶯、短翅樹鶯、鷹斑鷸。

關渡

位於台北盆地的西北端，地處基隆河與淡水河交會處北側之沖積濕地，鳥類以濕地水鳥為主。淡水河河道至關渡成漏斗狀，是觀察過境水鳥及冬候鳥最佳去處。最佳觀賞季節以9月至隔年4月，皆有候鳥在此停留，但4月及11月為最佳時刻，尤其4月中下旬為春季過境鳥遷移高峰期，不可錯過。

前去需要禦寒衣物，雨具必備，觀賞時間需要配合潮汐，小心風浪，鄰近替代地點有社子沼澤、華江橋雁鴨公園、植物園。關渡一度成為垃圾及廢土棄置的地點，經市政府與中華鳥會積極管理規畫，某些鳥類又重新再出現在此地。

前往可開車由台北市走承德路，經士林接大度路往淡水，由大度路橋下方左轉接知行路到達關渡宮，關渡

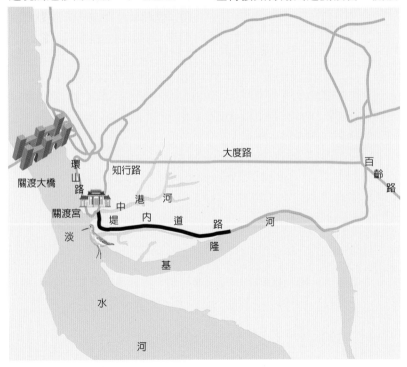

青足鷸

鷹斑鷸

可見鳥種

1.留鳥

小白鷺、牛背鷺、黃小鷺、夜鷺、紅冠水雞、磯鷸、紅鳩、洋燕、大卷尾、錦鴝、褐頭鷦鶯、灰頭鷦鶯、白頭翁、斑文鳥、麻雀、翠鳥、棕沙燕、綠繡眼、東方環頸鴴。

2.冬候鳥或過境鳥

蒼鷺、大白鷺、小水鴨、金斑鴴、東方環頸鴴、小環頸鴴、蒙古鴴、中杓鷸、白腰草鷸、雲雀鷸、青足鷸、黃足鷸、翻石鷸、尖尾鷸、濱鷸、鷹斑鷸、田鷸、姥鷸、紅嘴鷗、赤喉鷚、黃鶺鴒、灰鶺鴒、白鶺鴒、紅尾伯勞、大葦鶯、黑臉鵐、野鴝。

3.常見夏候鳥

小燕鷗。

宮旁有一大型停車場，沿指標進入關渡賞鳥區。

選擇大眾交通工具可在北門塔城街搭302路公車在終點站關渡宮下車。

區內賞鳥路線主要依基隆河北岸防汛道路及堤防而行，可以同時觀賞堤內外沼澤兩種不同的環境景觀和鳥況。很適合闔家半日出遊，安排以賞鳥為主的生態之旅。

野鴝

金山與野柳

金山

　　金山是春過境鳥最喜歡停駐的地方，可說是候鳥在台灣南來北往必經之地，因附近環境複雜，因此提供多類型的鳥類棲息空間。尤其是春季北返的候鳥，如遇上陰雨或大霧迷漫的天氣，常在此停留直到天氣好轉，所以一些稀有的冬候鳥及過境鳥經常在此被發現。4月及11月是最佳的賞鳥月份，而清晨又是一天中的最佳時刻。在此賞鳥需要禦寒衣物，雨具必備，且小心風浪。鄰近替代地點有聯勤金山活動中心、海灘。

白鶺鴒

野柳

　　野柳風景特定區於金山與萬里之間，由一個突出於東海

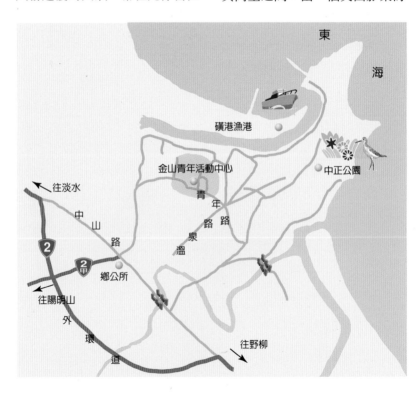

東

海

礦港漁港

金山青年活動中心

中正公園

往淡水

中山路

青年路

泉路

溫

2

2甲

鄉公所

往陽明山

外環道

往野柳

福頭鷦鶯

的狹長小半島。因特殊的地理條件，自然成為北方候鳥南遷北返的重要跳板。和金山一樣因東北季

大卷尾

風及颱風的影響，使各種遷移性鳥類經常在此停棲避風，所以也成為賞鳥者尋探稀有鳥的聖地。每年10月至翌年4月為最佳尋訪季節。

自行開車可由台北經士林，上陽明山直達台2甲省道，接台2省道經金山往基隆方向前行到野柳。或從台北、淡水走台2省道經石

門、金山至野柳。另可由基隆走台2省道，經萬里抵野柳。搭公車在台汽客運中崙站(TEL：02-7119327)搭乘中興號，經高速公路、萬里抵野柳或台汽客運淡水站(TEL：02-6212419)搭車，經三芝、金山到野柳站下車。

食宿問題可洽詢以下各處：
金山青年活動中心，聯絡電話：(02)24981191~3
野柳風景特定區管理所電話：(02)4922016

青足鷸

可見鳥種

1.留鳥

岩鷺、老鷹、藍磯鶇、大卷尾、家燕、洋燕、牛背鷺、珠頸斑鳩、褐頭鷦鶯、灰頭鷦鶯、斑文鳥、八哥、紅冠水雞、小鷿鷉、小白鷺、翠鳥、大冠鷲、鳳頭蒼鷹、白頭翁、夜鷺、東方環頸鴴、磯鷸。

2.冬候鳥或過境鳥

黑臉鵐、紅尾伯勞、赤腹鶇、白腹鶇、樹鷚、藍磯鶇、極北柳鶯、青足鷸、大杓鷸、灰鶺鴒、黃鶺鴒、紅隼、黃尾鴝。

3.夏候鳥

鳳頭燕鷗

4.稀罕鳥種

花雀、黃雀、川秋沙、戴勝、小軍艦鳥、白腹鰹鳥、灰水薙鳥。

小環頸鴴

東北角

　　東北角海岸風景特定區位於台灣東北隅，北起台北縣南雅，南至
宜蘭縣北港口，全長66公里。全區依山傍海，地形灣岬羅列，在夏季
颱風前後，是海鳥最佳的避風港。在廢耕的水田上，常可見鷺科，
鷸鴴等鳥類在此漫步覓食。春季候鳥北返的季節，常可在此發現一些

鼻頭　　　　　　　　　澳底　　　　　　　　　龍門

紅鳩（雄）

紅鳩（雌）

極北柳鶯

3.由龍門社區入口南行至雙溪河，往左或往右沿溪賞鳥。

最佳觀賞季節：

　　觀賞季節：四季皆宜，9~12月，2~4月候鳥遷徙季節尤佳。觀賞時間需要配合潮汐，小心風浪。

稀有的鳥類。

　　前往東北角海岸風景特定區，汽車可沿濱海公路台2線南下，先後可抵達鼻頭(台2線93k)、澳底(台2線104k)、龍門(台2線106k)、田寮洋(台2線108k)。

　　東北角賞鳥路線如下：

　　1.鼻頭漁港－鼻頭國小－鼻頭角燈塔。

　　2.由過港沿石碇溪至海邊

赤腹鷹

可見鳥種

1.留鳥

　　白頭翁、麻雀、綠繡眼、小彎嘴畫眉、山紅頭、紅嘴黑鵯、灰頭鷦鶯、褐頭鷦鶯、樹鵲、竹雞、洋燕、小雨燕、八哥、大卷尾、小白鷺、磯鷸、東方鴴、翠鳥、岩鷺、老鷹、大冠鷲、鳳頭蒼鷹。

2.冬候鳥或過境鳥

　　大白鷺、濱鷸、鷗鷸、黃足鷸、紅尾伯勞、藍磯鶇、赤腹鷹。

3.夏候鳥

　　鳳頭燕鷗。

4.罕見鳥種

　　遊隼。

烏來

烏來距台北市約30公里，位台北市南方，中央山脈最北端，南勢溪與桶後溪交會處。有60多種鳥類的記錄。溪澗鳥、畫眉科及鷲鷹科為此處特色。冬天的朱鸝、小啄木、紅山椒十分吸引人。夏天鳥較少，但綠啄花、綠畫眉

河鳥

不少，值得觀賞。

烏來被觀光局列為「台灣十大國際級賞鳥區」。因為此地特殊的溪流環境，加上遊客的干擾較少，使此地成為特殊的溪澗鳥王國。烏來風景區內有多家旅社可供食宿，但最好事先聯絡。

那魯灣渡假飯店電話：(02)6616906
迷你谷山莊電話：(02)6616388
碧山閣旅社電話：(02)26616342
烏來國際飯店電話：(02)26616351

開車可從台北經新店，走9甲省道(即新烏公路)至烏來站，泊車於附近停車場。

若搭車可在台北公園路台大醫院旁搭乘新店往烏來的新店客運(02-6667611)班車至終點站下車，車程約40分鐘。

烏來賞鳥以桶後溪沿線為主，中段繞行台電宿舍、烏來第一公墓看低海拔鳥類。回到產業路後繼續前進至溪

檢查哨

垃圾焚化場

桶

後

溪

養鹿場

宿舍

台電

派出所

烏來小學

烏來公墓

BUS
烏來車站

烏來遊樂場

斑文鳥

畔，沿途需注意對面山稜隨時變化的鳥況和天空的猛禽。此段路程來回約7公里，步行約5小時。

白鶺鴒

最佳觀賞季節：

9月~隔年1月鳥種較多。7、8月暑假溪邊戲水人潮多，不適合賞鳥，清晨尚可。

鄰近替代地點：

迷你谷、桶後營地、那魯灣廣場、雲仙樂園、內洞森林遊樂區、娃娃谷、福山民宿村、翡翠水庫。

可見鳥種

1.留鳥

白頭翁、綠啄花、綠畫眉、紅山椒、老鷹、巨嘴鴉、鉛色水鶇、翠鳥、紫嘯鶇、河烏、小雨燕、小啄木、竹雞、小彎嘴、五色鳥、大冠鷲、樹鵲、山紅頭、台灣藍鵲、紅嘴黑鵯、繡眼畫眉、竹雞、朱鸝、白尾鴝、藪鳥、白耳畫眉、橿鳥。

2.冬候鳥或過境鳥

灰鶺鴒、虎鶇。

三峽、滿月圓森林遊樂區

三峽大部份區域屬低海拔丘陵地，背山面水，處於平原和山地的交接處。再加上境內有中央山脈北段的北插天山聳立，因此山川季麗，溪流縱橫，擁有豐富的自然景觀。此地記錄共有83種鳥類。三峽地區之樂樂谷、滿月圓森林遊樂區、東眼山森林遊樂區及沿線風景據點，皆為賞鳥地點。由於滿月圓為一低海拔森林遊樂區，北插天山、滿月圓山、拉卡山等群山環繞以及蚋仔溪的長年侵蝕，使得滿月圓擁有許多壯觀美麗的瀑布群，是觀瀑、登山、戲水、賞鳥、享受森林浴的

五色鳥

好地方，也是北台灣著名的賞楓景點。

前往可從台北貴陽街、中華路搭往三峽的台汽客運或台北客

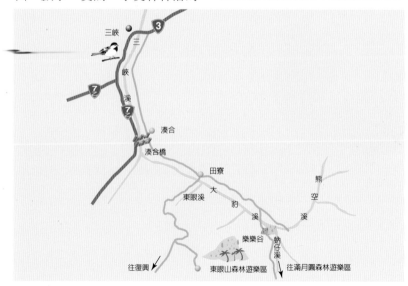

三峽

三峽溪

湊合

湊合橋

田寮

東眼溪

大豹溪

熊空溪

樂樂谷

蚋仔溪

往復興

東眼山森林遊樂區

往滿月圓森林遊樂區

鳳頭蒼鷹

白尾鴝

最佳觀賞季節

在寒冷的冬季，由高海拔下移的留鳥，以及冬季大批飛來的候鳥，是最適觀察的季節，而一天之中，又以清晨和黃昏最佳，因可看到大批外出覓食的鳥群。

鄰近替代地點

樂樂谷、蜜蜂世界、碧潭、大溪。

運班車，在三峽站下車、或從新店搭台北客運班車，在東峰橋站下車，下車後取橋前右岔路直行約2.2公里，途經薛家山莊、鄭白山莊，不久即抵滿月森林遊樂區入口，步程約需40分鐘。

開車可由台北市循行台3號省道，經板橋、三峽至大埔轉接7乙省道，或由桃園走110縣道，經鶯歌、三峽，接3號省道至大埔接7乙省道，在湊合過湊合橋直走大豹產業道路至樂樂谷。遊樂區：02-26720004

薛家山莊與鄭白山莊皆有食宿設備，房間以通舖為主，各可容納180人及140人，聯絡電話：薛家山莊(02)6720366、鄭白山莊(02)6720126

可見鳥種

1.留鳥

麻雀、小白鷺、綠繡眼、白頭翁、家燕、大冠鷲、鳳頭蒼鷹、紅山椒、紅嘴黑鵯、樹鵲、五色鳥、冠羽畫眉、赤腹山雀、鉛色水鶇、河烏、紫嘯鶇、小剪尾。

2.冬候鳥或過境鳥

極北柳鶯、短翅樹鶯、赤腹鶇、虎鶇、樹鷚。

3.夏候鳥

中杜鵑。

4.稀罕鳥種

黃山雀、大赤啄木。

福山植物園

位於宜蘭員山鄉與台北鳥來鄉交界，全區佔地約410公頃，是台灣最大的植物園。園內有自導性解說步道及解說牌供遊客暢遊。園方為維護區內生態，每日限制300人入園參觀。本區鳥種以低海拔山鳥、溪澗鳥及冬候鳥為主。周圍高山環繞，中海拔鳥類冬季有時降遷至此度冬。前去須事先申請通行證或入山證，且事先預定食宿。此外禦寒衣物，雨具必備。

這裡是全台灣首座優先為保護動植物，而實施生物乘載量（遊客乘載量）限制的自然公園。

因為交通不便，所以須自備汽車。開車可由台北經新店，沿北宜公路抵宜蘭市後，從台7

離瓣花區

園

區

步

道

草本植物區

哈

盆

溪

水生植物池

員工宿舍行政區、出口 →

號省道往員山方向，再由員山接
台9甲省道經雙連埤，接福山植
物園聯外道路，抵管制站，停車
檢查入園證後，直行不久過分叉
路，右邊往教育推廣中心和行政
中心，左行可抵植物園區入口及
停車場。

　　搭車由宜蘭市至福山植物園
約22公里，車程約60分鐘，可由
宜蘭市包計程車前往。由雙連埤
至本園區道路及步道均適合賞
鳥，但不同環境分布不同鳥種，
需要不同的賞鳥技巧，精華區為
水生植物池至哈盆溪的步道。

台灣藍鵲

小卷尾

可見鳥種

1.留鳥

翠鳥、鉛色水鶇、鴛鴦、小
鷺鷈、白腹秧雞、小白鷺、大冠
鷲、鳳頭蒼鷹、紅山椒鳥、紅嘴
黑鵯、白耳畫眉、冠羽畫眉、竹
雞、山紅頭、頭烏線、台灣藍
鵲、五色鳥、樹鵲、灰林鴿、繡
眼畫眉、大、小彎嘴、小卷尾。

2.冬候鳥或過境鳥

黃鶺鴒、白腹鶇、赤腹鶇、
虎鶇。

3.夏候鳥

中杜鵑。

4.稀罕鳥種

鴝鳥、佛法僧。

最佳觀賞季節

全年鳥況穩定。11月至12
月，因冬候鳥和高山降棲的鳥
類，呈現一年中最繽紛多彩的鳥
況。

鄰近替代地點

雙連埤。

台北市

■華江橋
■植物園
■陽明山公園、大屯自然公園

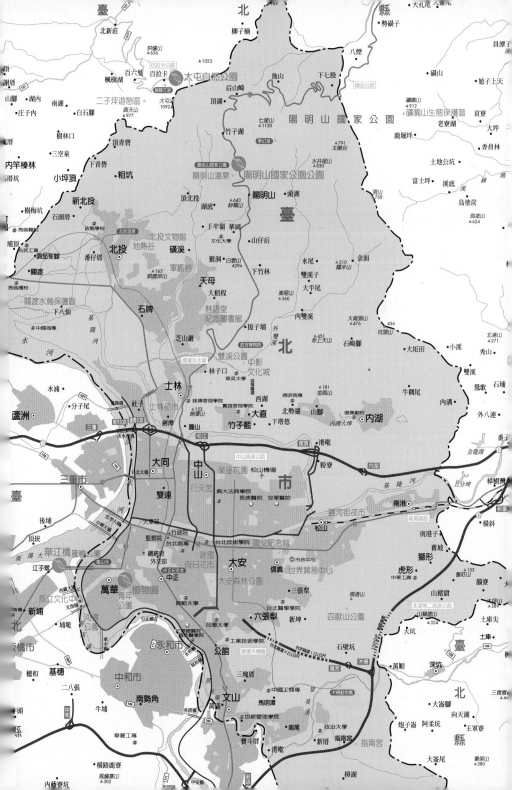

華江橋

淡水河面在此區變為寬廣，退潮時露出大片沙洲。每年冬季數千隻雁鴨鳥類於此聚集，有16種之多，佔本省雁鴨科記錄之半數。台北市政府基於保育及生態教育考量，特將此地規劃為華江橋雁鴨公園，區內步道、解說設施相當完善。

前往此地可搭7或○西公車至桂林分局下車，由桂林路底三極高工旁之新建水門進入。

由水門孔道進入，先向右方行約80公尺，有一凹入之小水灣，為第一賞鳥點；之後再回頭往約400公尺外一汽車教練場，此處雁鴨靠得更近，同

蒼鷺

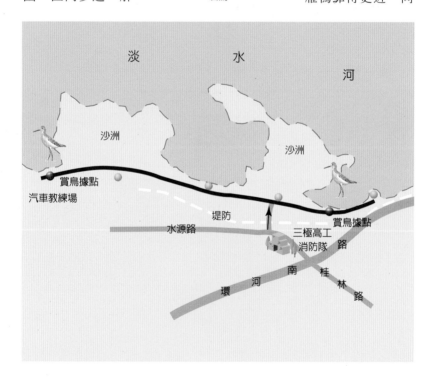

華江橋

台北市

濱鷸

時有地形及芒草提供掩護，可謂是最佳賞鴨據點。此處賞鳥需要禦寒衣物、雨具必備，若有偽帳更佳。住宿可洽南海路教師會館，聯絡電話：(02)23419161。

最佳觀賞季節

每年10月雁鴨陸續抵達，隔年2月到最高峰達數千隻，至3月底逐漸北返離去。

鄰近替代地點

植物園。

可見鳥種

1.留鳥

白頭翁、麻雀、灰頭鷦鶯、褐頭鷦鶯、紅鳩、八哥。

2.冬候鳥或過境鳥

紅嘴鷗、雁鴨科鳥類（小水鴨、白眉鴨、尖尾鴨、綠頭鴨）、濱鷸、環頸鴴。

3.稀罕鳥種

野鴝、金鵐。

小水鴨

白腹秧雞

植物園

另有每年固定會到拜訪之冬候鳥。由於各區有鐵柵隔開人群，故只要不大聲驚擾，通常都很容易觀察。清晨為最佳時刻，但有

位台北市西南，面積有11公頃，是一座以熱帶及亞熱帶植物為主的林園。由於四季皆有花果提供鳥類為食，故有40多種鳥類於此駐足，其中半數多為普遍留鳥，

翠鳥

許多人於此運動，最好能避開人群及音樂再去

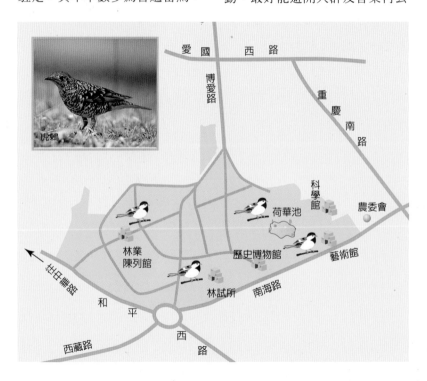

虎鶇

愛國 西 路

博愛路

重慶南路

科學館

農委會

荷華池

林業陳列館

歷史博物館

藝術館

林試所 南海路

延平南路

和 平 西 路

西藏路

賞鳥。本區無特定賞鳥路線，精華路線可由行政中心（林試所）或從國立藝術館後面入口沿荷花池、林試所、林業陳列館、至竹類標本園。

食宿詢問，可洽南海路教師會館，聯絡電話：(02)3419161。

交通方面，開車可從台北火車站前忠孝東路接重慶南路直行，經總統府遇南海路右轉，不久即抵達。

搭車可搭台北市聯營公車，在植物園站下車。

最佳觀賞季節

為10月至翌年5月，有冬候鳥及過境鳥加入為最佳季節。

鄰近替代地點

華江橋雁鴨公園。

可見鳥種

1.留鳥

白腹秧雞、夜鷺、翠鳥、珠頸斑鳩、金背鳩、黑枕藍鶲、白頭翁、綠繡眼、小雨燕、家燕、紅嘴黑鵯。

2.冬候鳥或過境鳥

虎鶇、赤腹鶇、灰斑鶇、蠟嘴雀、白腹鶇、短翅樹鶯、極北柳鶯、紅尾伯勞。

3.稀罕鳥種

小桑鳲、鳳頭蒼鷹、黑冠麻鷺。

4.籠中逸鳥

相思鳥、鸚鵡。

麻雀

紅冠水雞

陽明山國家公園

陽明山國家公園宛如台北市的後花園，因交通便捷，每年造訪人次相當多，此處海拔約500公尺左右，是一較人工化的賞鳥區。因地處東北季風的背風面，秋冬時常雲霧繚繞，加上後火山地形，環境富變化，而擠上國家公園之林。陽明山國家公園主要的賞鳥點有七處，分別在陽明公園、竹子湖、二子坪、小油坑、大屯自然公園、冷水坑、擎天崗草原，其中以大屯自然公園的春季鳥況最為精彩。

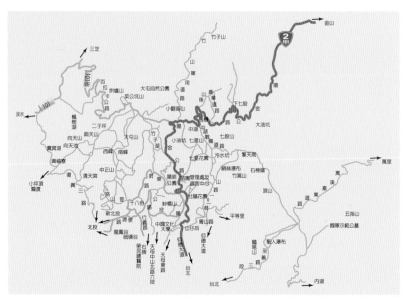

黑冠麻鷺

本區因附近無高山，冬季少降遷鳥種，留鳥十分穩定，但秋冬時節多候鳥則十分可觀，與留鳥分享山林的資源。

來此賞鳥需要禦寒衣物，雨具必備。食宿交通可詢問陽明山國家公園管理處。

除了陽明公園及附近的停車場常見的白頭翁、綠繡眼、紅嘴黑鵯，冬季則常見黃鶺鴒、白鶺鴒、赤腹鶇、虎鶇、樹鷚滿地走。

竹子湖及附近的中正山區常

台灣藍鵲

見的鳥類為小白鷺、牛背鷺、家燕和鶺鴒；樹林區常見藍鵲呱噪，冬季赤腹鶇、黃尾鴝經常在

此逗留。各種低海拔的山鳥十分普遍易見，有時抬頭還可見大冠鷲和鳳頭蒼鷹在天上飛過。

二子坪由百拉卡公路進入約2公里，這裡的鳥種以鶲科的白頭翁、紅嘴黑鵯和白環鸚嘴鵯和畫眉科的山紅頭、頭烏線、台灣亞眉、繡眼畫眉、小彎嘴畫眉為主，其他如竹雞、五色鳥、粉紅鸚嘴亦十分普遍。

小油坑地區植被單純，區內鳥種相較其他各區，略顯單薄，主要以粉紅鸚嘴、繡眼畫眉、山紅頭和空中的家燕、小雨燕為主。

出了二子坪，沿百拉卡公路往新莊方向，車行不久，即達大屯自然公園。公園四周樹林是台灣藍鵲、五色鳥、白頭翁、綠繡眼的天下。沿著公園內步道可以發現草叢中竹雞、大、小彎嘴畫

白尾鴝

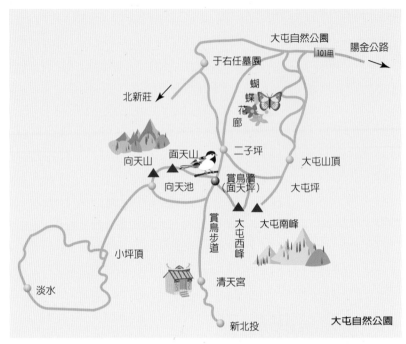

大屯自然公園

眉、山紅頭和頭烏線是主角。天空則不時有小雨燕和家燕、洋燕穿梭；水邊則是小白鷺、牛背鷺、白腹秧雞的活動地盤，偶爾翠鳥來湊熱鬧。

冷水坑是由陽金公路往擎天崗方向，本區位七星山東側，因以草生地為主，所以鳥種以低海拔開闊地鳥種為主。這裡除了可以發現常見的白頭翁、綠繡眼，草叢內外的小鶯、山紅頭、白腰文鳥、粉紅鸚嘴、灰頭鷦鶯、繡眼畫眉、頭烏線亦相當活躍，大鳥番鵑，在夏季更不時以

「嘓嘓」聲吸引你的注意。

擎天崗草原鳥種近似冷水坑，但是小雲雀和冬候鳥如赤腹鷚、黃尾鴝、野鴝、黑臉鵐則為主角。

開車前往可由士林走仰德大道(省2甲)，或由北投走陽投公路上山可抵。

搭車則可搭260或230路公車

陽明山國家公園

台北市

紫嘯鶇

可見鳥種

1.留鳥

褐頭鷦鶯、灰頭鷦鶯、綠繡眼、麻雀、白腰文鳥、小白鷺、黃頭鷺、大冠鷲、鳳頭蒼鷹、台灣松雀鷹、竹雞、番鵑、珠頸鳩、領角鴞、小雨燕、五色鳥、小雲雀、粉紅鸚嘴、台灣藍鵲、頭烏線、繡眼畫眉、小彎嘴、山紅頭、綠畫眉、紅嘴黑鵯、白頭翁、紫嘯鶇、鉛色水鶇

2.冬候鳥或過境鳥

小水鴨、野鴝、黃尾鴝、虎鶇、藍尾鴝、赤腹鶇、短翅樹鶯、極北柳鶯、樹鷚、白鶺鴒、灰鶺鴒、黑臉鵐

3.夏候鳥

筒鳥、家燕、洋燕

4.稀罕鳥種

黃喉鵐、花雀

可抵，搭301直達底站再步行至公園入口。

觀賞路線：陽明公園第二停車場→（陽金公路）竹子湖、中下山區→（陽金公路）小油坑→冷水坑→擎天崗→百拉卡公路→二子坪→大屯自然公園。

最佳觀賞季節

10月~翌年4月為候鳥過境期，11月及3月為最佳月分，特別是11月達最高峰。

鄰近替代地點

二子坪(中興農場)、竹子湖、擎天崗。

麻雀

桃園縣

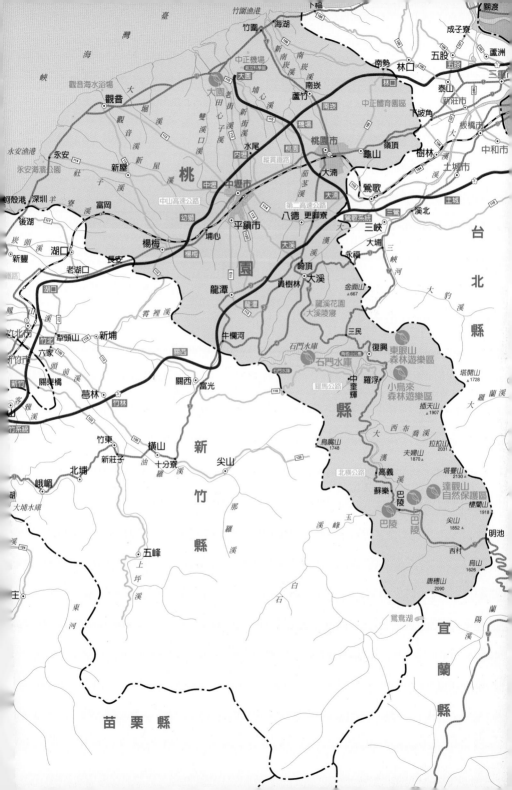

大園（大坪頂與許厝港）

這兩個相鄰的賞鳥區位於桃園縣西濱沿海之大園鄉沙崙、圳頭、內海、北港等四村，本區因水系發達，河口潮間帶、沼澤、沙洲、埤塘、農田等多樣的生態環境，提供濕地留鳥及過境水鳥最佳棲息場

所。特別是秋末至來年春天瓜田及水稻田在休耕浸水期間，形成的臨時水澤是南來北往的候鳥驛站。

交通路線可沿台15線在保安宮牌樓轉入，向海邊行，經沙崙國小、沙崙油庫之後左轉、看到圳頭村12、13鄰之鄰里標示牌即達賞鳥區。

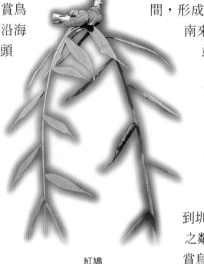

紅鳩

台　　灣　　海　　峽

許厝港賞鳥區

內海賞鳥區

大坪頂賞鳥區

老　街

往竹圍

貴文宮

內海國小

埤心溪

油庫

雙田心子溪

新街

頂古亭

沙崙國小

潮音國小溪

大工路

溪大莊子

大園工業區

民生路工業區

新街溪

后厝國小

保安宮

往觀音

福忠宮

往竹圍

15

斑文鳥

大園（大坪頂與許厝港）

最佳觀賞季節

　　每年9月至12月、2月至4月。備有單筒望遠鏡及腳架較佳。

田鷸

可見鳥種

1. 留鳥

彩鷸、磯鷸、小鸊鷉、黃頭鷺、小白鷺、夜鷺、竹雞、白腹秧雞、紅冠水雞、緋秧雞、小環頸鴴、東方環頸鴴、斑頸鳩、紅鳩、金背鳩、番鵑、翠鳥、棕沙燕、大卷尾、白鶺鴒、喜鵲、白頭翁、灰頭鷦鶯、褐頭鷦鶯、棕背伯勞、歐洲八哥、麻雀、斑文鳥。

2. 冬候鳥或過境鳥

蒼鷺、中白鷺、大白鷺、小水鴨、花嘴鴨、綠頭鴨、澤鳧、紅隼、鐵嘴鴴、蒙古鴴、金斑鴴、小辮鴴、高蹺鴴、田鷸、寬嘴鷸、黃足鷸、鷹斑鷸、青足鷸、小青足鷸、赤足鷸、反嘴鷸、紅領瓣足鷸、灰瓣足鷸、翻石鷸、尖尾濱鷸、黑腹濱鷸、紅腹濱鷸、彎嘴濱鷸、紅胸濱鷸、長趾濱鷸、大杓鷸、中杓鷸、黑脊鷗、赤喉鷚、大花鷚、黃鶺鴒、紅尾伯勞、黑臉鵐、灰椋鳥。

3. 夏候鳥

小燕鷗

4. 稀罕鳥種

黃頸黑鷺、大麻鷺、黑面琵鷺、埃及聖鷿、跳鴴、灰瓣足鷸、禿鼻鴉、金鵐。

石門水庫

台灣藍鵲

石門水庫位於大漢溪石門峽谷，海拔約200公尺，民國53年峻工後成為台灣第一座多功能水庫。水庫周圍集水區因受保護，環境良好，所以水庫四周及湖面上不時可觀賞低海拔山鳥及水鳥。尤其是每年春季台灣藍鵲繁殖，及夏初八色鳥在此活躍，莫不吸引各地許多鳥人到此找尋鳥蹤。

石門水庫賞鳥區精華地點有三：一為大壩，二為大壩往阿姆坪半路上的水井苗圃，三為阿姆坪至百吉沿路。另水庫四周有許多小型產業道路均是一級探鳥點。沿湖許多人跡罕至之山坡是許多猛禽繁殖棲息的場所。

角板山公園旁之青年活動中

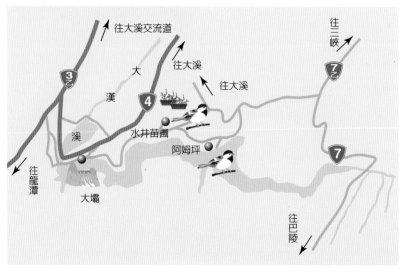

往大溪交流道

往大溪

往三峽

大漢溪

往大溪

水井苗圃

阿姆坪

往龍潭

大壩

往巴陵

鳳頭蒼鷹

心，食宿方便，是可供住宿的考
慮地點。

　　前往此地，可從桃園市搭桃
園客運或台北萬華搭新店客運直
達車，在石門水庫下車。

八色鳥

可見鳥種

1.留鳥

麻雀、白頭翁、綠繡眼、台灣藍鵲、紅嘴黑鵯、白環鸚嘴
鵯、小雨燕、洋燕、大冠鷲、鳳頭蒼鷹、斑頸鳩、斑文鳥、白鶺
鴒、五色鳥、紫嘯鶇。

2.冬候鳥或過境鳥

樹鷚、黃尾鴝、紅尾伯勞、赤腹鶇。

3.夏候鳥

八色鳥、筒鳥（中杜鵑）。

4.稀罕鳥種

魚鷹、綠鳩。

東眼山森林遊樂區

東眼山森林遊樂區在桃園縣復興鄉。海拔約在800~1200公尺之間，總面積約900多公頃，山中林相整齊優美。東眼山森林遊樂區有

樹鵲

各種山鳥在林中活動的曼妙姿態。此處環境穩定，觀鳥四季皆宜。但要事先預定，禦寒衣物及雨具必備。

前往東眼山森林遊樂區以自行開車較方便，由大溪經復興後，轉成福道路前

十分廣闊的森林浴場，住宿、休憩設備齊全。在此區看以看到大部份台灣中低海拔的山鳥。沿區內設施完善步道，可以輕鬆觀察

行，經運材道路可抵，共計33公里；若由三峽進入，共約37公里。

本區賞鳥路線有四條，分別

桃園縣

可見鳥種

1.留鳥

鳳頭蒼鷹、大冠鷲、深山竹雞、竹雞、藍腹鷴、斑頸鳩、金背鳩、領角鴞、鵂鶹、五色鳥、小啄木、洋燕、灰鷽鴒、灰喉山椒鳥、紅嘴黑鵯、白頭翁、小翼鶇、白尾鴝、台灣紫嘯鶇、白耳畫眉、藪鳥、冠羽畫眉、棕面鶯、小鶯、青背山雀、紅尾鶲、綠繡眼、白腰文鳥、巨嘴鴉、樹鵲、松鴉。

2.冬候鳥及過境鳥

虎鶇、樹鷚、赤腹鶇、紅尾伯勞。

3.夏候鳥

鷹鵑、筒鳥。

4.稀罕鳥種

林鵰。

是沿區內之東滿健行步道、森林浴步道、自導式步道及森林浴場。

門票／全票$80（假日$100）

半票$50

開放時間／08:00~17:00

藪鳥

山紅頭

小烏來森林遊樂區

地處桃園縣復興鄉，海拔約在500公尺左右，之前受到甲種山地管制區的保護，故未遭太多人為破壞。地形以瀑布最為有名，林相以低海拔闊葉林為主。

搭乘大眾

番鵰

交通工具須事先打聽最新時刻表，前往需要禦寒衣物，雨具必備。此地不供應食宿，需要自備偽裝、帳篷等設備，進入溪流小心溪水暴漲及午後雷雨。

小烏來附近有民宿可供住宿及三餐，洽詢可電(03)3822278聯絡。如果開車，也可以就近至

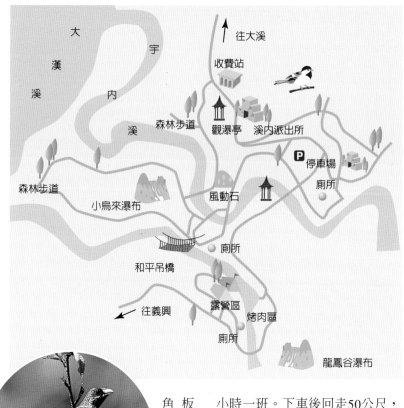

大漢溪

大宇內溪

往大溪

收費站

森林步道 觀瀑亭 溪內派出所

停車場

森林步道 廁所

小烏來瀑布 風動石

廁所

和平吊橋

往義興 露營區

烤肉區

廁所

龍鳳谷瀑布

白環鸚嘴鵯

角板山復興青年活動中心投宿。電話:(03)3822789
前往此地的交通路線有以下選擇:
1.由大溪搭往巴陵的台汽客運,在復興橋站下車。班次約1小時一班。下車後回走50公尺,循指標右轉,經檢查哨後續行30分可抵。

2.由大溪搭往小鳥來的桃園客運,每天僅0740、1130、1440、1615四班。

3.由新竹關西搭往復興的新竹客運,在復興橋站下車。每天僅0550、1130、1430三班車。自行開車由南崁交流道下高速公路,走4號省道至大溪,轉7號省道至復興,過霞雲坪後,續行0.5

赤腹鶇

小鳥來森林遊樂區

公里遇岔路，直行是往復興橋，取左上行往小烏來瀑布。由交流道至此約47公里。

本遊樂區以森林步道鳥況較佳，溪澗鳥如鉛色水鶇、河烏、紫嘯鶇，在河床和林緣非常活躍，可於清晨至此，九點前後即可休息，前往其他地點。

可見鳥種

1.留鳥

綠簑鷺、小白鷺、大冠鷲、竹雞、翠翼鳩、班頸鳩、金背鳩、紅鳩、番鵑、翠鳥、五色鳥、小啄木、小雨燕、白鶺鴒、灰鶺鴒、灰山椒鳥、紅嘴黑鵯、白頭翁、白環鸚嘴鵯、河烏、紫嘯鶇、鉛色水鶇、畫眉、山紅頭、冠羽畫眉、灰頭鷦鶯、白腰文鳥、麻雀、山麻雀、大卷尾、巨嘴鴉、樹鵲、喜鵲、台灣藍鵲。

2.冬候鳥

紅尾伯勞。

小鳥來森林遊樂區

冠羽畫眉

門票／全票$50、優待票$30
停車費／大型車$100
小型車$50、機車$10
開放時間／08:00~17:00

最佳觀賞季節
　　春、夏兩季。
鄰近替代地點
　　角板山公園、枕頭山。

巴陵、上巴陵、達觀山自然保護區

　　巴陵、上巴陵位桃園縣復興鄉境內，海拔約1000餘公尺，主要林相為針闊葉混合林，境內鳥相以中、低海拔山區及溪澗鳥類為主。經過巴陵與上巴陵可抵達觀山自然保護區。

　　由巴陵至上巴陵沿線少人為開發之景點皆為賞鳥點。

　　達觀山原名拉拉山，位於桃園縣復興鄉與台北縣烏來鄉交界處，民國75年成立達觀山自然保護區之後，由林務局竹東林區管理處負責管理與維護。區內面積約6390公頃，海拔約1000～2000公尺，其中以稀有的紅檜巨木群

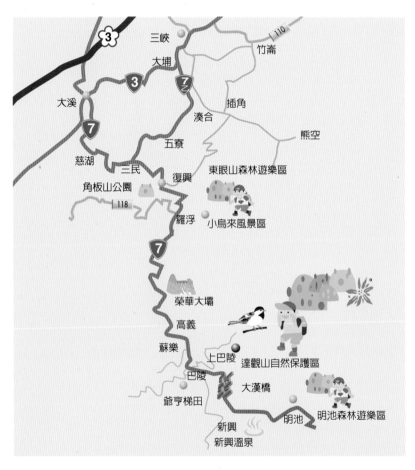

三峽
三峽
大埔
竹崙
110
大溪
插角
湊合
熊空
大溪
慈湖
五寮
三民
復興
東眼山森林遊樂區
角板山公園
118
羅浮
小烏來風景區
榮華大壩
高義
蘇樂
上巴陵
達觀山自然保護區
巴陵
大漢橋
爺亨梯田
明池
明池森林遊樂區
新興
新興溫泉

最為吸引人。鳥類分布以台灣中低海拔山鳥及溪澗鳥為主。拉拉山神木群因天限及天災，已有多株枯死，遊客前往請多加愛護珍惜。沿聯外步道進入保護區，接著沿檜香步道走一圈回到出發點。

　　有一條登山步道可通往烏來，可安排一天的時間慢慢享受森林浴。

搭車自宜蘭或桃園大溪搭往巴陵的台汽客運，在下巴陵下車，由上巴陵循產業道路前行，遇岔路採左道往卡拉社，續直行，約6.6公里抵收費站，由收費站前行2公里可抵第二停車場。

　　開車可自中壢交流道下高速公路，沿112道至大溪，再轉7號

黃腹琉璃鳥

生態展示館

停車場

上巴陵

聯外步道

檜香小徑

黃腹琉璃鳥（雌）

黃腹琉璃鳥（雄）

省道至下巴陵，過巴陵山莊，左
轉產業道路至上巴陵，上巴陵至
保護區路線同上。或由台北出發
者，循3號省道台北縣大埔，接7
乙省道至三民轉7號省道抵下巴
陵，下巴陵至保護區路線同上。
此處賞鳥需要禦寒衣物，雨具必
備。

門票／全票$100，半票$50
停車／大型車$100，小型車
$50，機車$10。
開放時間／不限
　交通可洽新竹市中山路2號
新竹林區管理處林務局　(03)388
2038

桃園縣

黃嘴角鴞

小啄木

紅頭山雀

鵂鶹

巴陵、上巴陵、達觀山自然保護區

可見鳥種

1.留鳥

　　五色鳥、黃山雀、茶腹鳾、大冠鷲、深山竹雞、小啄木、松鴉、紅頭山雀、青背山雀、白耳畫眉、藪鳥、鱗胸鷦鷯、山紅頭、冠羽畫眉、小翼鶇、棕面鶯、小鶯、紅尾鶲、黃腹琉璃、紅嘴黑鵯、小彎嘴。

2.冬候鳥或過境鳥

　　藍尾鴝、紅尾伯勞、赤腹鶇、虎鶇、灰鶺鴒。

3.夏候鳥

　　鷹鵑。

4.特殊鳥種

　　林鵰。

新竹縣

客雅溪口、金城湖
李棟山、司馬庫斯

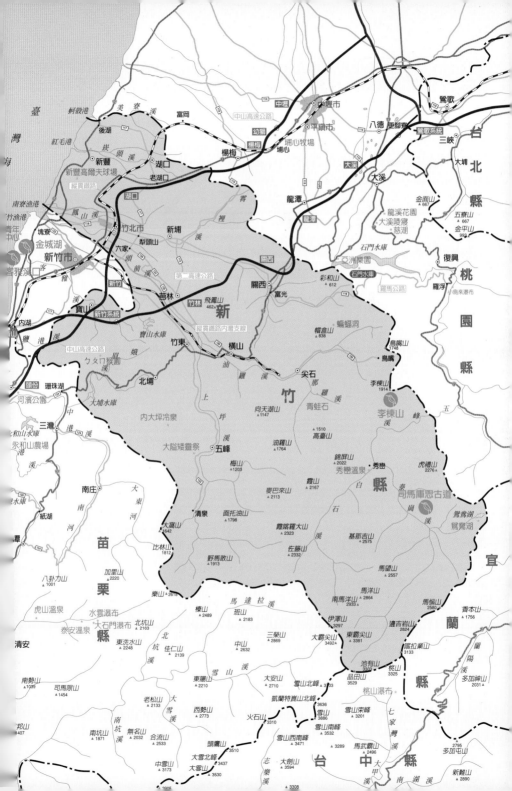

客雅溪口、金城湖

此地為觀光局推薦的十大賞鳥路線之一，也是被行政院農委會列為保護的水鳥保護區。每年9月至次年5月為賞鳥的好時間，其中3到5月大量過境鳥伴同稀有迷鳥，更是許多賞鳥人相約之時。客雅溪口整片海埔新生地，因有整齊的水田、濕地，加上路旁有高大防風的木麻黃林，還有出海口外的泥質海灘，魚

高蹺鴴

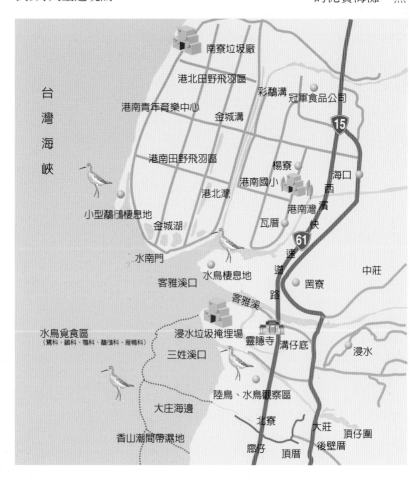

台灣海峽

南寮垃圾廠
港北田野飛羽區
彩鷸溝　冠軍食品公司
港南青年育樂中心
金城溝
15
港南田野飛羽區
楊寮
海口
港南國小
西
港北灣
濱
小型鷸鴴棲息地
港南灣
金城湖
瓦厝
快
水南門
61
速
水鳥棲息地
道
客雅溪口
中莊
客雅溪
路
罟寮
浸水垃圾掩埋場
水鳥覓食區
靈隱寺　溝仔底
（鷺科、鷸科、鴴科、鷺鴴科、雁鴨科）
浸水
三姓溪口
陸鳥、水鳥觀察區
大庄海邊
北寮
大莊
頂仔圍
香山潮間帶濕地
廊仔　頂厝　後壁厝

蟹螺貝非常豐富，成為各種遷徙候鳥的棲息重地，對當地漁民及南來北返候鳥有著相當的重要性。著名保育類鳥類黑面琵鷺也經常利用這塊濕地做為中繼站。在金城湖和堤防上是觀賞水鳥的最佳位置。來此觀賞時間需要配合潮汐。

在溪口南側的香山濕地物種豐富，1996年3月19日於澳洲布里斯班舉行的第

六屆國際拉姆薩公約組織會議，鑑於此地的重要性，已正式將此列入東亞重要濕地及水鳥保護網。雖然國際及民意如此重視這塊濕地，新竹市政府似乎執意積極開發這裡，一場經濟效益和生態保育所引發的爭議，難有交集，香山濕地的前景堪虞。

前往可開車從中山高速公路新竹交流道下，接光復路，經東光路左轉經國路，再轉延平路接台15省道行北，在左側有銅像的海埔路左轉直行，抵金城橋即進入賞鳥區。

小鷿鷈

小環頸鴴

斑文鳥

可見鳥種

1.留鳥

小鷿鷈、黃頭鷺，小白鷺、中白鷺、白腹秧雞、紅冠水雞、東方環頸鴴、小環頸鴴、磯鷸、彩鷸、紅鳩、珠頸鳩、大卷尾、翠鳥、家燕、洋燕、喜鵲、白頭翁、粉紅鸚嘴、錦鴝、褐頭鷦鶯、綠繡眼、麻雀、斑文鳥，八哥、白頭錦鴝、夜鷺。

2.冬候鳥或過境鳥

大白鷺、小水鴨、尖尾鴨、灰斑鴴、金斑鴴、蒙古鴴，鐵嘴鴴、大杓鷸、翻石鷸、濱鷸、穉鷸、鷹斑鷸、青足鷸，田鷸、黃鶺鴒、白鶺鴒、灰鶺鴒、紅尾伯勞、赤腹鶇、灰椋鳥、花雀。

客雅溪口、金城湖

搭車可於新竹火車站前搭乘新竹客運，至海埔地站下車，往對面海埔路步行前往。

最佳觀賞季節

9月至次年5月，其中3~5月有大量過境鳥或稀有鳥種。

鄰近替代地點

港北地區、客雅溪至三姓溪附近。

紅冠水雞

新竹縣

客雅溪口、金城湖

新竹沿海地區潮汐表

潮別	大　月			潮別	小　月		
	農曆	滿潮	乾潮		農曆	滿潮	乾潮
大潮	1 16	11:00	4:48	大潮	1 15	11:00	4:48
	2 17	11:48	5:36		2 16	11:50	5:36
	3 18	13:36	6:24		3 17	12:40	6:28
中潮	4 19	1:24	7:12	中潮	4 18	1:30	7:18
	5 20	2:18	8:00		5 19	2:20	8:08
	6 21	3:00	8:48		6 20	3:10	8:58
	7 22	3:46	9:36		7 21	4:00	9:48
小潮	8 23	4:36	10:24	小潮	8 22	4:50	10:38
	9 24	5:24	11:12		9 26	5:40	11:28
	10 25	6:12	12:00		10 24	6:30	12:18
長潮	11 26	7:00	12:48	長潮	11 25	7:20	1:08
	12 27	7:48	1:36		12 26	8:10	1:58
	13 28	8:36	2:24		13 27	9:00	2:48
	14 29	9:24	3:12		14 28	9:50	3:38
	15 30	10:12	4:00		28	10:40	4:28

小雲雀

李棟山、司馬庫斯

　　新竹縣的山區有幾處重要觀鳥地點：尖石鄉的李棟山、司馬庫斯、五峰鄉的花園林道、石鹿古道、122縣道上的清泉，及往觀霧森林遊樂區叉路口的檜山及樂山。這幾個地點的海拔都在1500公尺以上，環境類似。本章僅對具傳奇色彩的李棟山莊和司馬庫斯部落加以介紹。李棟山由一位退休老榮民單人雙臂耗費數十年獨立修築完成，令人敬佩。李棟山莊附近林相繁茂，昆蟲豐富，是許多職業捕蟲人的最愛地點之一。因為環境優良，鳥況也相當不錯，尤其是賞鳥人的重量級目標「林鵰」，春、夏在此時常出現，往司馬庫斯的林道上帝雉、藍腹鷳清晨五、六點經常可見，草叢及樹林各種山雀科及畫眉科鳥類不斷鳴叫，吸引你的視線。

林雕

往龍潭

往大溪

復興

羅浮

關西

合興

③

橫山

豐原

尖石

內灣

樹林

118

李棟山

▲

李棟山莊

⑦

巴陵

那羅

宇老派出所

馬美林道

石磊

司庫馬庫林道

林道

往梨山、宜蘭

秀巒

司馬庫斯

鎮西堡

栗背林鴝

　　李棟山位於新竹縣尖石鄉，開車由北二高在關西或竹林交流道下，沿123縣道往尖石方向，過尖石大橋後往錦屏、那羅方向前進，過柿山橋沿錦屏後山產業道路至宇老派出所左轉即可。另外可由桃園縣走台7線

在巴陵轉往三光，沿武道能敢道路前去約十公里可達。

　　要去司馬庫斯在宇老派出所不左轉，往右前方直行走秀巒產業道路至秀巒，再取司馬庫斯道路至司馬庫斯山莊。

可見鳥種

1.留鳥

大冠鷲、熊鷹、深山竹雞、灰林鴿、鵂鶹、褐林鴞、小雨燕、小啄木、大赤啄木、毛腳燕、巨嘴鴉、松鴉、紅頭山雀、黃山雀、青背山雀、茶腹鳾、紋翼畫眉、灰頭花翼、白喉笑鶇、金翼白眉、白耳畫眉、藪鳥、鱗胸鷦鷯、山紅頭、冠羽畫眉、小翼鶇、栗背林鴝、棕面鶯、褐色叢樹鶯、深山鶯、紅尾鶲、黃腹琉璃、灰鶲、褐鶲。

褐色叢樹鶯

2.冬候鳥或過境鳥

白腹鶇、虎鶇、藍尾鴝。

3.夏候鳥

筒鳥。

4.稀罕鳥種

藍腹鷴、帝雉、林鵰。

苗栗縣

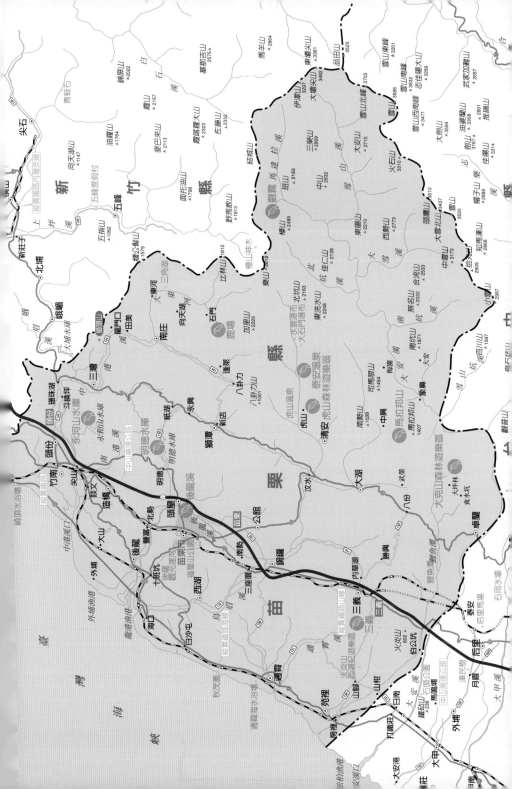

後龍溪

後龍溪下游介於台13甲和台1線之間的河域，面積相當廣闊，當地人慣以後龍湖稱之。區內淺潭、急流、草澤、高、低灘地、環境多變化，因此提供了許多鳥類棲息的空間，是當地保育團體和民眾賞鳥最喜歡的場所。這兩年因雁鴨暴斃事件，這塊野鳥樂園才漸受重視。此區目前由苗栗鳥會、苗栗縣政府、各級水利單位正積極規畫此地，並重點加強中、上游污染防治，期待維護這塊屬於苗栗縣民的自然資產。

前往後龍湖可走中山高在苗栗公館交流道下，往苗栗方向，一過龜山橋即右轉，

紅尾伯勞

後龍溪

苗栗縣

田鷸

沿外環道（台13甲），至北勢大橋，過橋即左轉126縣道，126縣道旁有一東西向快速公路正在修築，原本126縣道有許多小路通向後龍溪，現階段因工程多不通暢，可在後龍溪橋上或橋南側便道上觀賞較佳。

此處留鳥鳥況四季穩定，秋冬及早春因冬候鳥及過境鳥加入較為熱鬧。尤其河床及沙洲上載浮載沉的雁鴨，草叢中活躍的鷚、鵐、鶇等科鳥類不時帶給賞鳥人意外的驚喜。

可見鳥種

1.留鳥

夜鷺、黃頭鷺、小白鷺、紅冠水雞、小環頸鴴、磯鷸、翠鳥、紅鳩、洋燕。

2.冬候鳥或過境鳥

蒼鷺、大白鷺、尖尾鴨、琵嘴鴨、花嘴鴨、小水鴨、赤頸鴨、澤鳧、濱鷸、赤足鷸、青足鷸、鷹斑鷸、田鷸、中杓鷸、大杓鷸、翻石鷸、赤喉鷚、藍磯鶇、紅隼。

3.夏候鳥

燕鴴、小燕鷗。

4.稀罕鳥種

埃及聖䴉有增多趨勢。

紅隼

小雲雀

三義

三義火炎山標高596公尺，屬崩落地形，區內有一個馬尾松保護區，林相特殊。此地因緊鄰大安溪，鳥類以平原至低海拔丘陵地鳥種為主。火炎山和大甲鐵砧山因鄰靠西海岸，每年三月底至四月初

棕三趾鶉

灰面鵟鷹循海岸線北返時，經常在此降落休息，尤其每當這個時節，三義附近經常大霧籠罩，除了鵟鷹類，許多鶇、鶲、鷚、鵐等鳥類亦選擇此處為落腳點。在火炎山和大安溪交界的河床，是小雲雀、栗小鷺、紅鳩、夜鷹聚集之地，黃昏時經常可以見到夜鷹三三

三義

苗栗縣

斑文鳥

前往此處，開車在三義交流道下高速公路，往三義方向，走台13線往南，經一長下坡抵達大安溪邊，在與130甲縣道交會處有一販水處，未到販水前右手邊有一往上坡叉路可進入火炎山。

沿上火炎山路線沿線及大安溪河床皆為賞鳥地點。唯進入大安溪河床應挑砂石車較少通行時刻，晨、昏較為理想。

兩兩在空中拍翅慢飛，張開大嘴捕捉空中飛蟲。往火炎山的小路上，夜間偶爾可以聽到灰胸秧雞的兄弟灰腳秧雞的叫聲。

紅鳩

可見鳥種

1.留鳥

夜鷹、小雲雀、棕三趾鶉、麻雀、白頭翁、綠繡眼、紅鳩、栗小鷺、斑文鳥。

2.冬候鳥或過境鳥

灰面鷲、赤腹鷹、虎鶇、紅尾伯勞。

3.夏候鳥

筒鳥。

4.稀罕鳥種

灰腳秧雞。

明德水庫、永和山水庫、鯉魚潭水庫

苗栗三大水庫及其附近環境海拔皆在200公尺左右，水庫及其集水區因受法令保護，環境維持良好。集水區山頭林相茂密，低海拔的鳥類十分豐富，沿著環湖公路賞鳥，一面可以領略湖光山色，一方面可以欣賞鳥叫蟲鳴。苗栗縣三水庫交通便利，是民眾晨起運動、郊遊踏青的好去處。水庫的留鳥四季穩定，但在冬天有冬候鳥加入，尤其以鷺鶿的族群為最龐大。

白頭翁

往頭份

往汶水

往苗栗市

往台中

教師會館　明德水庫

獅潭川

往獅潭

藍鵲

明德水庫

苗栗縣

明德水庫

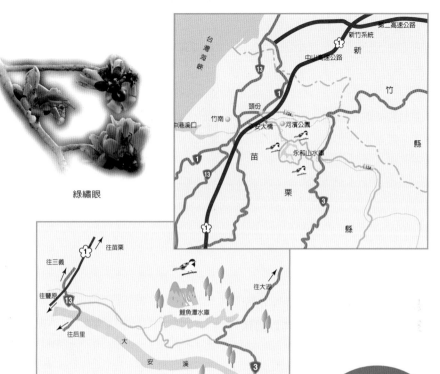

綠繡眼

往苗栗
往三義
往雙潭
13
往后里
鯉魚潭水庫
往大湖

大

安　溪
3
往卓蘭

可見鳥種

1.留鳥

麻雀、白頭翁、綠繡眼、白環鸚嘴鵯、紅嘴
黑鵯、大彎嘴畫眉、小彎嘴畫眉、竹雞、斑文鳥、
白腰文鳥、灰頭鷦鶯、褐頭鷦鶯、繡眼畫眉、山紅頭、頭烏線、黑
枕藍鶲、喜鵲、珠頸斑鳩。

2.冬候鳥或過境鳥

鸕鷀、樹鷚、虎鶇、赤腹鶇、灰面鵟、魚鷹。

3.夏候鳥

筒鳥、八色鳥。

4.稀罕鳥種

魚鷹、綠鳩。

鸕鷀

虎山森林遊樂區與泰安溫泉

虎山森林遊樂區

　　虎山森林遊樂區位於苗栗縣泰安鄉錦水村，海拔約600公尺，地處汶水溪上游，特色是森林和溫泉。

　　虎子山下的岩壁上時常可見台灣獼猴，藍腹鷴也時有所見，使本區成爲欣賞野生動物的好地點，是台灣難得一見的野生動物樂園。

　　只不過要期待有好鳥況必須在清晨5、6點就得在林道上尋尋覓覓。本地賞鳥時機以冬末春初最佳，因多候鳥和由

白鶺鴒

大冠鷲

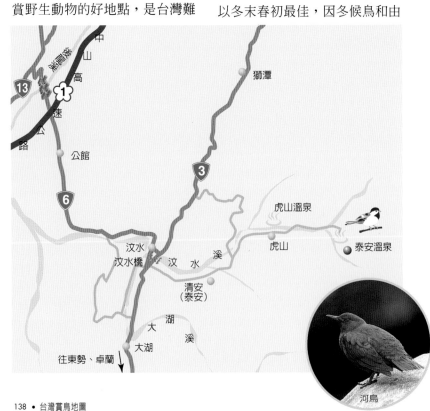

13

1

中山高速公路

縱貫森林

公館

6

獅潭

3

虎山溫泉

虎山

泰安溫泉

汶水
汶水橋
汶水溪

清安
（泰安）

大湖溪

大湖

往東勢、卓蘭

河鳥

可見鳥種

1.留鳥

紅嘴黑鵯、白環鸚嘴鵯、黑枕藍鶲、山紅頭、頭烏線、繡眼畫眉、台灣小鶯、竹雞、大冠鷲、藍腹鷴。

2.冬候鳥或過境鳥

樹鷚、虎鶇、黃尾鴝、紅尾伯勞。

3.夏候鳥

筒鳥。

高海拔躲避寒冷的山鳥降遷至此。

泰安溫泉

泰安溫泉為一位於苗栗縣汶水溪上游之地熱溫泉，海拔在600公尺上下，附近因高山環抱，氣候宜人，草木繁茂，中、低海拔鳥類豐富。

前往交通路線可由中山高速公路在公館下，沿台6線省道至汶水，過台3線省道注意往清安、虎山方向車行約20公里可達虎山溫泉與橫龍社區的叉路口，往左下約300公尺，可抵虎山溫泉。續由騰龍溫泉沿產業道路前行，約1.7公里可至泰安溫泉。食宿或交通詢問處：虎山溫泉大飯店 Tel:03-7941001。

最佳賞鳥季節

初春。

鄰近替代地點

巨石谷、大石門瀑布、水雲瀑布。

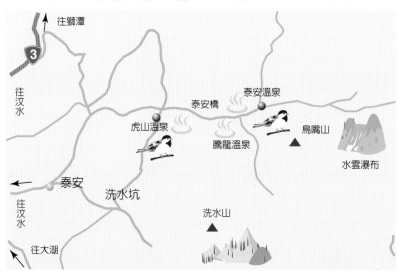

大克山與馬拉邦山

大克山

　　大克山與馬拉邦山爲苗栗縣南方靠近台中縣的兩個低海拔與中海拔的山林遊樂區，因鄰近大安溪及雪霸國家公園，因此鳥況相當不錯，是安排一至二日遊的好地點。

　　大克山位於苗栗縣卓蘭鎮，爲一由大克山與司令山環伺的優美谷地，海拔約800公尺。景觀富原始氣息，山野風味濃郁，是理想的森林浴場。

　　竹屋是遊樂區的中心，爲克難式餐廳，谷中尚有一些海拔在1500公尺以上的植物標本供遊客觀賞。

馬拉邦山

　　馬拉邦山山頂海拔標高1407，山區部份區域遍植楓樹，每年深秋山區變叶植物和楓樹吸引許多人來此賞楓。順道來此賞鳥可以注意空中飛過的大冠鷲和鳳頭蒼鷹。

　　因此地屬中海拔氣溫較低。需要禦寒衣物及事先預定，雨具必備。

　　前往大克山：可搭車自苗栗往卓蘭的新竹客運，在協成站下車。或由豐原搭往卓蘭的豐原客運，或由卓蘭搭往坪林的新竹客運，在協成站下車。

　　如自行開車自豐原交流道下高速公

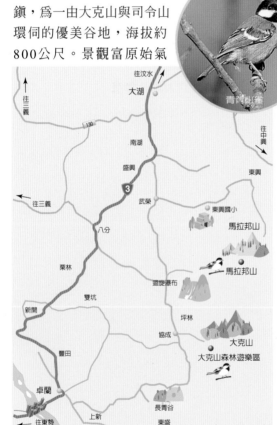

青背山雀

地圖標示：
往汶水
大湖
往三義
130
南湖
盛興
往中興
東興
3
武榮
八分
東興國小
馬拉邦山
栗林
馬拉邦山
迴旋瀑布
雙坑
新開
坪林
協成
大克山
大克山森林遊樂區
豐田
卓蘭
往東勢
上新
長青谷
東盛

灰喉山椒鳥

路，走台10甲省道至豐原，接台3號省道經東勢至卓蘭，由卓蘭圓環東行，不久遇岔路左轉，沿路標前行5.6公里即抵長青谷，過長青谷、坪林後即抵大克山森林遊樂場。由交流道至此約36公里。

　　前往馬拉邦山，搭車可自苗栗搭往大湖、卓蘭、獅潭的新竹客運，在大湖站下車，自大湖轉搭往武榮的新竹客運，於東興口下車。下車後取路東興產業道路前行可抵東興國小，過東興國小續前行至登山口。

　　開車前往可自苗栗交流道下高速公路，循6號省道至汶水，轉3號省道經大湖往中興，至中興過橋遇一丫字路右轉（若直走一檢查哨是往司馬限林道）轉產業道路可抵東興國小，由交流道至此約31公里。

　　在食宿問題方面，

可見鳥種

1.留鳥

　　冠羽畫眉、青背山雀、茶腹鳾、小啄木、巨嘴鴉、大冠鷲、鳳頭蒼鷹、金背鳩、赤腹山雀、白耳畫眉、領角鴞、黃嘴角鴞、紅嘴黑鵯、紅山椒。

2.冬候鳥或過境鳥

　　虎鶇、樹鷚、花雀、黃鶺鴒。

3.夏候鳥

　　筒鳥、鷹鵑。

4.稀罕鳥種

　　林雕、熊鷹。

谷中有竹屋供住宿，只酌收清潔費。有露營地供露營，並有營具出租。聯絡處：苗縣卓蘭鎮坪林里93號，電話(04)5921337、5921109。

鄰近替代地點

　　有長青谷、獅岩谷。

鉛色水鶇

鹿場

鹿場地區海拔約1000，由溪底至周圍群山落差約1500公尺，由於交通不便，周圍環境少開發又海拔落差大，長久以來保持自然原始的風貌。前往鹿場沿途，清溪、森林交織出美麗的山野風光，又以桂竹、梧桐、杉木為森林主要樹種。鳥種以中、低海拔山鳥及溪澗鳥為主。

到鹿場，可自新竹、竹南、頭份、苗栗等地搭車往南庄；再由南庄轉搭往東河的苗栗客運班車，在東河站下車，下車後步行11公里才可抵。此外，南庄有專門往返鹿場的卡車，可在當地洽詢，否則四驅車才方便前往。

開車：由頭份交流道下高速公路，循124縣道經三灣至南

青背山雀

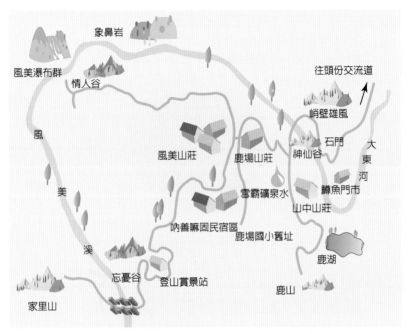

庄，過南庄橋左轉前往東河，接風美產業道路至鹿場，由交流道至此約40公里；其中東河到鹿場11公里的溪床路已由新的產業道路取代，交通較往昔便捷。

目前鹿場有三家山莊可供食宿：鹿場山莊：(037)82204
風美山莊：(037)823342
亞奈山莊：(037)821125

可見鳥種

1.留鳥

青背山雀、赤腹山雀、冠羽畫眉、白耳畫眉、藪鳥、繡眼畫眉、小啄木、大赤啄木、大冠鷲、山紅頭、紅嘴黑鵯。

2.冬候鳥或過境鳥

虎鶇、紅尾伯勞。

3.夏候鳥

鷹鵑。

斑點鶇

觀霧

觀霧位於新竹縣五峰鄉與苗栗縣泰安鄉境內，海拔在2000公尺以上，為攀登大霸尖山必經之地，不但動植物等自然資源非常豐富，更擁有龐雜的森林生態體系。觀霧因地形特殊，終年雲霧繚繞聞名，地如其名，為本省賞雲霧變化的最佳地點之一。區內大鹿林道更是賞鳥人必訪之中高海拔賞鳥點，林道上藍腹鷳、帝雉，不時出沒，大赤啄木、綠啄木經常在枯木上猛啄樹幹，是一個重量級的賞鳥點。

登樂山之步道更是每年九月底至十月初觀察松雀鷹、赤腹鷹、灰面鵟往南遷移的好地點。

黃胸藪眉

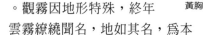

竹北
117
新埔
118
關西
龍潭
120
芎林
3
關西
新竹
竹林
新竹系統
3
竹東
橫山
1
北埔
122
內灣
尖石
峨嵋
瑞峰
五指山
五峰
桃山
清泉
土場
檜山
大鹿林道
觀霧
樂山
榛山
觀霧森林遊樂區

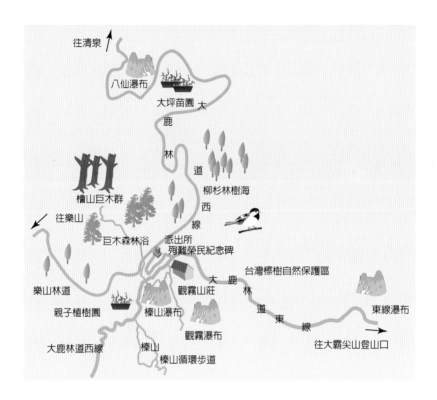

往清泉

八仙瀑布

大坪苗園　大

鹿

林

道

柳杉林樹海

檜山巨木群　　　　　　　　　西

往樂山　　　　　　　　　　　線

巨木森林浴　派出所
　　　　　　殉難榮民紀念碑

　　　　　　　　　　台灣檫樹自然保護區
　　　　　　　　大　鹿

樂山林道　　　　觀霧山莊　林

親子植樹園　　　　　　　道　　　　　　東線瀑布
　　　　榛山瀑布　　　　東
　　　　　　　　　　　線
大鹿林道西線　榛山　　觀霧瀑布
　　　　　榛山循環步道　　往大霸尖山登山口

路線交通可自新竹交流道下
高速公路，循122縣道經竹東至
清泉，再轉右側大鹿林道再行約
22公里即抵。

前往觀霧需事
先申請通行證或
甲種入山證，且
要事先預定。禦
寒衣物及雨具必
備，注意嚴禁露
營。

台灣噪眉

黃腹琉璃鳥

詢問食宿或交通路況，可洽：
　　清泉檢查哨：(03)5856005
　　雲山派出所：(03)5856164
交通工具的搭乘可詢問：
　　新竹客運竹東站（車班僅行駛
　　至清泉）：(03)5962018
　　行駛時間：07:00~16:30（一天
　　8班車次）
　　觀霧山莊：(03)5218853
　　新竹林區管理處：(03)5224163
住宿餐飲可洽：
　　觀霧山莊：(03)5218853（林務
　　局經營）
　　雪霸農場：(03)5856192（民間
　　經營）
　　大霸休閒農場：(03)5856239

灰喉山椒

冠羽畫眉

觀霧農場：(03)5856171
竹東臨時遊客中心
地址：新竹縣竹東鎮中山路68號

電話：(03)5952883
開放時間：09:00~16:00
休館時間：每星期一休館。

可見鳥種

1.留鳥

黃山雀、青背山雀、紅頭山雀、煤山雀、白耳畫眉、冠羽畫眉、金翼白眉、藪鳥、山紅頭、灰頭花翼、棕面鶯、白尾鴝、烏鴉、星鴉、橿鳥、茶腹鳾、小啄木、大赤啄木、綠啄木、帝雉、藍腹鷴、深山竹雞。

2.冬候鳥或過境鳥

虎鶇、桑鳲、樹鷚、臘嘴雀。

3.常見夏候鳥

鷹鵑。

4.稀罕鳥種

朱連雀、黃連雀。

台中縣

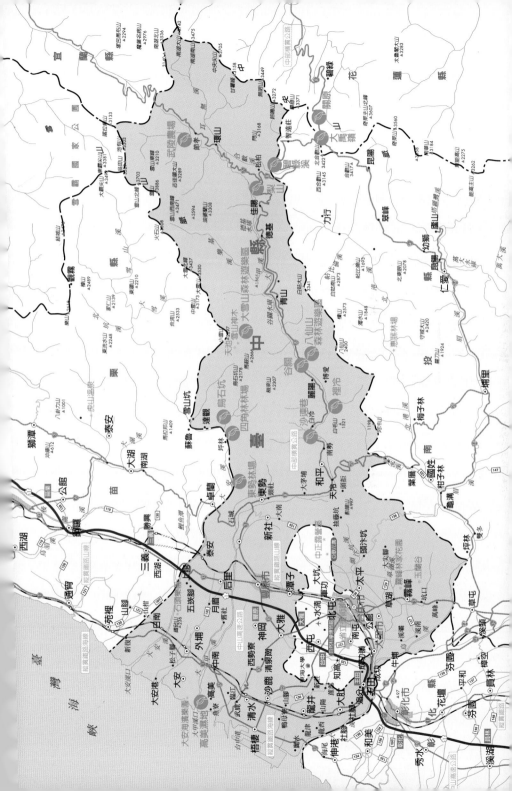

高美濕地

高美舊名高蜜，是清水地區早期幾個聚落之一，日據時代更名高美。高美西濱自從台中港北堤修築之後，阻擋大甲溪及大安溪的漂沙，泥沙淤積，逐漸形成今日300公頃灘地的高美濕地。區內

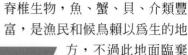

褐頭鷦鶯

脊椎生物，魚、蟹、貝、介類豐富，是漁民和候鳥賴以為生的地方，不過此地面臨棄土和海渡電廠開發的壓力，未來命運難卜。儘管如此，高美濕地仍然是台中縣濱海地區鳥相最為豐富的地方。此處鳥況以秋冬天清氣爽時較佳，來此最好攜帶禦寒衣物、雨

小青足鷸

依底泥成份和植物的生長情形分為潮溪區、草灘區、沙洲區、碎石區、雲林莞草區和泥灘區等七種類型，各環境蘊育不同底棲無

具，不供應食宿，需要自備單筒望遠鏡等設備，觀賞時間需要配合潮汐，並小心風浪。

高美濕地

可見鳥種

1.留鳥

小白鷺、黃頭鷺、夜鷺、紅冠水雞、東方環頸鴴、珠頸斑鳩、紅鳩、小雨燕、小雲雀、赤腰燕、洋燕、棕沙燕、白頭翁、錦鴝、白頭錦鴝、灰頭鷦鶯、褐頭鷦鶯、綠繡眼、麻雀、斑文鳥、大卷尾。

2.冬候鳥或過境鳥

大白鷺、尖尾鴨、赤頸鴨、金斑鴴、蒙古鴴、鐵嘴鴴、中杓鷸、青足鷸、黃足鷸、磯鷸、翻石鷸、田鷸、樺鷸、濱鷸、濟鷸、黑嘴鷗、黃鶺鴒、黑臉鵐。

3.夏候鳥

小燕鷗、家燕。

4.稀罕鳥種

唐白鷺、黑面琵鷺、春季姥鷸、黑嘴鷗（佔世界總數十分之一）。

前往可搭巨業清水站往高美的公車。如開車往台17線轉高美海堤，或由清水方向北上，過梧棲及清水大排，注意高美玫瑰園路標，往海邊行即達。另沿西濱快速道路，在高美地區下，轉向海邊可達。

高蹺鴴

東勢林場與四角林林場

東勢林場

東勢林場位於台中縣東勢鎮東新里，俗稱「四角林」，隸屬彰化縣農會，海拔500多公尺，三面環山，一面臨大安溪，四季景觀分明，風光怡人，是中台灣郊遊的最佳去處之一。此外，林場內更設有一座東青山野外體能遊樂場，專為種年齡層所設計。來此需要事先預定，

綠鳩

食宿交通要先以電話詢問東勢林場：04-5872191，有林間小屋供住宿。

四角林林場

四角林位於台中縣東勢東北方，為台中縣農會所屬林場，與東勢林場相接，北鄰大安溪，屬低海拔山地，地勢變化不大，林相繁茂但由於開發較早，原始森林已被破壞，主要以造林樹種為主，不過亦有許多原生樹種餘留下來。鳥類資源相當豐富，有84種鳥

往四角林

東勢林場

大安溪

樂平小徑　森林浴場
情人谷
得福亭　步道入口
大安路　楓林區
東青山訓場　攬翠亭　楓香路
烤肉區　烤肉區
油桐山莊
梅林山莊
大安營區　梅園　林間教室　長青路
梅園餐廳　遊客服務中心　忘憂池　觀音洞　大明亭
停車場　快樂散步道
迎賓閣　活動中心　侏羅紀公園
農推大樓　農友亭
梧桐營區　維也納公園
梧桐服務中心
停車場　金獅王遊樂園　蝴蝶谷　瞭望台
大門　好漢坡登山步道
往東勢　神祕谷　神木　吊橋　農推大樓

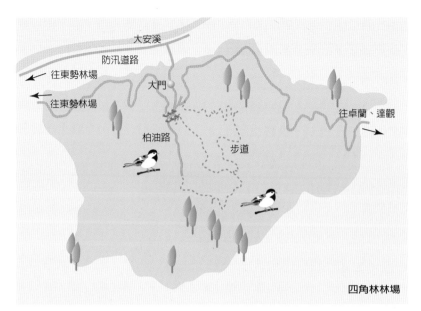

四角林林場

類，昆蟲及蛙類亦不少。四角林林場洽詢電話：04-5887161-4。

　　開車前往，自豐原交流站下高速公路，取10甲省道(中正路)至豐原，接3號省道至東勢鎮左轉健行路，前行即抵，約25公里；或在東勢鎮搭豐原客運往東勢林場。

最佳觀賞季節

　　四季皆宜。

可見鳥種

1.留鳥

山紅頭、頭烏線、黑枕藍鶲、松雀鷹、綠鳩、五色鳥、紅山椒、山卷尾、樹鵲、粉紅鸚嘴、紅嘴黑鵯、斑紋鷦鶯、小彎嘴、竹雞、繡眼畫眉、大冠鷲、畫眉、白環鸚嘴鵯、白尾鴝、白耳畫眉、冠羽畫眉、鉛色水鶇、棕面鶯、白腰文鳥。

2.冬候鳥或過境鳥

藍磯鶇。

3.夏候鳥

筒鳥。

4.稀罕鳥種

灰腳秧雞、松雀鷹、黑冠麻鷺。

谷關地區（八仙山、汶山、上谷關）

谷關位於台中縣和平鄉東勢鎮以東約36公里處，與梨山同為省級特定風景區，屬梨山風景區管理所管轄。其間有大甲溪流經，青山綠水，景致宜人，以溫泉聞名。谷關溫泉為無色無味之碳酸溫泉、質性溫和，略帶鹼性，可治療神經痛、關節炎。全區海拔約在750公尺以上，因附近高山環繞，且多為國有林地，因此野生鳥類相當豐富。谷關因含地熱資源，且扼中橫西段出口，素來為觀光旅遊重鎮。近年來觀光設施不見明顯提升，鳥況倒是一直不錯。谷關有三處賞鳥重點，分別為八仙山森林遊樂區、汶山飯店、上谷關台電宿舍區等三處。

赤腹山雀

大湖
三義
勝興
③
卓蘭
鞍馬山
后里
⑬
豐原
石岡 ③
上牛
新社 東勢
鞍馬山莊
神駒谷溫泉
羅厝
中坑
上谷關 ⑧
汶山飯店
台電宿舍
東坑
白冷 谷關
和平
松鶴
八仙山森林遊樂區
台中市 太平
129
136
129
21
往埔里

谷關（八仙山、汶山、上谷關）

台中縣

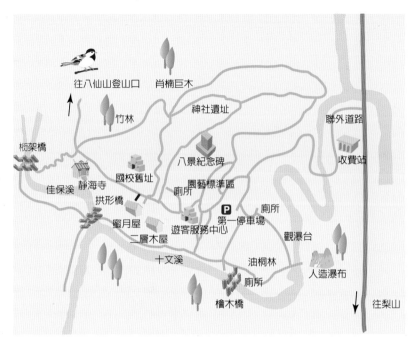

八景紀念碑

往八仙山登山口　肖楠巨木

神社遺址

聯外道路

竹林

收費站

棧架橋

國校舊址

園藝標準區

佳保溪　靜海寺

廁所

拱形橋

廁所

蜜月屋

第一停車場

遊客服務中心

觀瀑台

二層木屋

十文溪

油桐林

人造瀑布

廁所

往梨山

檜木橋

八仙山

　　八仙山森林遊樂區海拔1000〜2400公尺，年平均氣溫為攝氏14度，隸屬台中縣和平鄉博愛村，規劃成適合戲水、賞鳥、森林浴的遊樂區。

八仙山昔日為台灣三大林場之一，翠綠蒼勁的林木是此地最大的景觀資源，包括有寒、溫、暖三種氣候帶。

汶山飯店

　　沿台8線往梨山方向，過了谷關街上約100公尺，在左側有往下至溪谷再爬到對岸的柏油路，路底即為汶山飯店。

　　汶山飯店為承租林地，因遍植山櫻花吸引鳥雀，冬末春

黃腹琉璃鳥

青背山雀

初，冠羽畫眉、赤腹山雀、紅嘴黑鵯、小卷尾非常穩定出現。沿路及飯店四周皆為賞鳥點。

上谷關

沿台8線往梨山方向，過了谷關街上約3.5公里，在右手邊有一道百餘公尺的圍牆，即為台電宿舍圍牆，走到大門進入宿舍區，所有道路皆為賞鳥路線。

來此區賞鳥需事先預定及準備禦寒衣物、雨具。食宿或交通可洽：龍谷飯店(04)5951325、谷關飯店(04)5951355、神駒谷假期飯店(04)5951511、汶山飯店(04)5951265、谷關山莊(04)5951126。

白眉鶇

台中縣

最佳賞鳥季節

　　冬季時山鳥降遷及冬候鳥過境時鳥況最佳。

可見鳥種

1.留鳥

紅山椒、洋燕、青背山雀、山紅頭、繡眼畫眉、頭烏線、棕面鶯、冠羽畫眉、白鶺鴒、紫嘯鶇、河烏、大冠鷲、鳳頭蒼鷹、竹雞、綠鳩、金背鳩、翠鳥、五色鳥、白耳畫眉、小啄木、紅嘴黑鵯、白環鸚嘴鵯、鉛色水鶇、小彎嘴畫眉、綠畫眉、紅頭山雀、小卷尾、樹鵲、赤腹山雀、黃山雀、台灣藍鵲。

2.冬候鳥或過境鳥

虎鶇、白眉鶇、黃鶺鴒、樹鷚。

黃尾鴝

裡冷林道與沙連巷

　　裡冷林道與沙連巷兩地鳥況近似谷關地區，但因少人爲活動，一些敏感鳥種則十分容易見到。

裡冷林道

　　裡冷林道爲中橫公路東勢至谷關間的一條林道，入口在裡冷，可通八仙山森林遊樂區後山，海拔高度在1000~1500公尺之間，環境以中、低海拔闊葉林爲主，林道沿線鳥

紅嘴黑鵯

五色鳥

往梨山

8

往東勢

白冷

8

谷關

裡冷

沙連巷

谷關

八仙山森林遊樂區

裡冷隧道

裡冷林道

林務局眉原護管所

青背山雀

裡冷林道與沙連巷

藍腹鷴（雄）

東勢往谷關或梨山方向在裡冷站右轉進入裡冷林道。

沙連巷

前往沙連巷可在台汽白冷站下車往回走，約1公里有一右轉上坡之路標標示沙連巷。

相豐富，冬季由高海拔降遷至此路線山谷渡冬，鳥況奇佳，為一新興賞鳥點，尤其藍腹鷴、朱鸝、深山竹雞和稀有過境冬候鳥經常可見。

前往裡冷林道最好開車，由

前往裡冷林道需事先申請通行證或入山證，並需要禦寒衣物、雨具。此區無食宿供應點，需事先準備。

可見鳥種

1.留鳥

鳳頭蒼鷹、老鷹、大冠鷲、深山竹雞、藍腹鷴、灰林鴿、斑頸鳩、金背鳩、綠鳩、鵂鶹、領角鴞、小雨燕、五色鳥、小啄木、大赤啄木、八色鳥、紅山椒、小卷尾、朱鸝、樹鵲、松鴉、台灣藍鵲、粉紅鸚嘴、紅頭山雀、煤山雀、黃山雀、青背山雀、赤腹山雀、茶腹鳾、紋翼畫眉、頭烏線、灰頭花翼、繡眼畫眉、畫眉、竹鳥、白耳畫眉、藪鳥、鱗胸鷦鷯、大彎嘴、小彎嘴、山紅頭、冠羽畫眉、綠畫眉、紅嘴黑鵯、白頭翁、白環鸚嘴鵯、小翼鶇、白尾鴝、棕面鶯、斑紋鷦鶯、黑枕藍鶲、紅尾鶲、黃腹琉璃、綠啄花鳥、綠繡眼、斑文鳥、白腰文鳥、褐鷽、麻雀。

2.冬候鳥或過境鳥

黃尾鴝、紅尾伯勞、鶇科鳥類、桑鳲。

3.夏候鳥

筒鳥、鷹鵑。

4.稀罕鳥種

藍腹鷴、朱鸝、林鵰。

褐色叢樹鶯

烏石坑

烏石坑為特有生物研究保育中心低海拔試驗站所在，海拔高度在1000公尺上下，區內低海拔闊葉林林相豐富，山嶺溪流互見，少人為開發，十足低海拔鳥類天堂。

烏石坑位台中縣和平鄉，可由東勢進入

烏
石
坑

，但路狹小不好走，最好由卓蘭市區，往內灣方向沿大安溪河谷一直走到坪林約10公里過一大橋後左轉再行2公里，遇烏石大橋，不需過橋，即往右手邊一林

棕面鶯

小啄木

道，直走約7公里即可到達。

　　本區賞鳥路線以試驗站後方兩條小林道為主，一天之內可來回。

　　來此賞鳥需要事先預定食宿，但不方便，並需要禦寒衣物，雨具必備。

虎鶇

可見鳥種

1.留鳥

鳳頭蒼鷹、大冠鷲、竹雞、翠翼鳩、灰林鴿、斑頸鳩、金背鳩、綠鳩、領角鴞、黃嘴角鴞、小雨燕、五色鳥、小啄木、紅山椒、小卷尾、朱鸝、樹鵲、台灣藍鵲、粉紅鸚嘴、紅頭山雀、青背山雀、赤腹山雀、頭烏線、繡眼畫眉、畫眉、竹鳥、白耳畫眉、藪鳥、鱗胸鷦鷯、大彎嘴、小彎嘴、山紅頭、冠羽畫眉、綠畫眉、紅嘴黑鵯、白頭翁、白環鸚嘴鵯、白尾鴝、棕面鶯、斑紋鷦鶯、黑枕藍鶲、紅尾鶲、黃腹琉璃、綠啄花鳥、綠繡眼、斑文鳥、白腰文鳥、麻雀。

2.冬候鳥或過境鳥

黃尾鴝、雀鷹、赤腹鷹、灰面鷲、雕頭鷹、赤腹鶇、虎鶇、灰背赤腹鶇、斑點鶇、白眉鶇、白腹鶇、短翅樹鶯、白鶺鴒、灰鶺鴒、紅尾伯勞。

3.夏候鳥

筒鳥。

4.稀罕鳥種

八色鳥。

鷹斑鷸

綠啄花

梨山、武陵

梨山

　　梨山位中橫公路與中橫北橫支線交會點上，海拔在2000公尺以上，四周坡地多栽植高山水果及高冷蔬菜。梨山賓館後方小公園大片的闊葉林為眾多鳥種棲息處；此外賓館左側幾株高大的山桐子，每年年底至農曆年春節前後果實成熟，吸引無數山鳥如黃腹琉璃、白耳畫眉等及各種鶇科多候鳥來此覓食，只要不喧

小啄木

鬧，可近距離肉眼觀賞。前往可搭台汽客運在梨山站下車。

武陵農場

　　武陵位於七家灣溪畔，境內山櫻花、桃花、梨花、杜鵑等依四時更迭開放，秋冬亦可賞楓、登山。

　　素有「台灣九寨溝」之稱。國寶級的櫻花鉤吻鮭及此地特有的白烏鴉和高海拔山鳥為武陵賞鳥最具特色之處。

　　開車由高速公路下台中或豐原交流道，沿台3號省道經東勢，走中部橫貫公路到達梨山，

梨山賓館
往花蓮
台汽招呼站
公廁
圓環
往台中
賓館
梨山賓館
晒衣場

武陵農場

雪山

369山莊

桃山瀑布

七卡山莊

觀景平台

管制站

桃山西溪

警察小隊

公車站　億年橋　管理站

武陵山莊

武陵遊客中心　武陵路

兆豐橋

觀魚台

武陵吊橋

農場場部

七家灣溪

萬壽橋

武陵收費站

國民賓館　　武陵路

入口

← 距梨山20公里

再循台7甲省道抵武陵農場。全程約120公里。

　　由北下，可由宜蘭走中部橫貫公路宜蘭支線，經棲蘭、恩源堛口抵武陵農場全程約95公里。

　　乘車可由台中干城車站搭乘台汽班車至梨山，再轉車至武陵。宜蘭和羅東站每日有中興號2~3班發車前往梨

山，中途在武陵下車即可。

　　梨山地區鳥況屬梨山賓館四周最佳，冬末春初尤佳。

　　武陵地區最佳賞鳥路線：

　　1.池畔花園→溪邊公園→涼庭區→野餐區（約1小時）。

　　武陵農場場部環境優雅，花木扶疏，徘徊池畔花園繞行至溪邊公園一帶，

火冠戴菊鳥

再走往僻靜涼亭區，接回野餐區整條賞鳥路線約需1小時左右。

　　2.青年活動中心→武陵吊橋→煙聲瀑布（約2小時）。

　　3.武陵賓館旁的溪床可看溪澗鳥。

　　此區有露營區，需要事先預定，禦寒衣物必備。

　　食宿交通可洽以下各處：
梨山賓館　04-5989501
中橫公路（東勢至大禹嶺）公路局第三工務段：(04)595-1224
中橫宜蘭支線　公路局獨立山工務段：(03)980-9601
武陵遊客中心地址：台中縣和平鄉平等村武陵路4號
(04)590-1350~1
武陵山莊（林務局）
(04)5886887
(04)5878800
武陵國民賓館(04)5901183-4
武陵農場場部(04)5901259
武陵青年活動中心
(04)5901020

灰喉山椒鳥

栗背林鴝

樹鷚

可見鳥種

1.留鳥

灰鶺鴒、白鶺鴒、紫嘯鶇、河烏、灰鶯、褐色叢樹鶯、紅頭山雀、青背山雀、赤腹山雀、鉛色水鶇、冠羽畫眉、粉紅鸚嘴、紅尾鶲、巨嘴鴉、紅山椒、金翼白眉、白尾鴝、藪鳥、黃腹琉璃、麻雀。

2.冬候鳥或過境鳥

赤腹鶇、白腹鶇、虎鶇。

3.稀罕鳥種

山麻雀、白烏鴉、鴛鴦、綠啄木。

大雪山森林遊樂區

本遊樂區中之鞍馬山是交通部觀光局推薦的台灣國際十大賞鳥據點之一，現已由林務局重新規劃爲大雪山森林遊樂區。此處海拔由1000～3000公尺，大致分爲溫帶闊葉林，溫帶混合林，及寒帶針葉林三帶，林相繁盛具多樣性，孕育了約96種的鳥種，可謂山鳥的樂園。可利用3～5天時間，在此將台灣中、高海拔常見鳥種一次辨認七成。

酒紅朱雀

開車：由豐原交流道下高速公路，循省10甲(中正路)至豐原市，取3號省道抵東勢。前往大雪山森林遊樂區，須取道200號林道，林道入口是東勢林管處旁的東坑街，由林道入口到鞍馬山莊約43公里；由東勢至小雪山莊間的路段，爲柏油路面，路況良好，但天候不佳時需提防倒木、落石。

本區賞鳥路線有6處，分別如下：

1. 鞍馬山莊旁的環形賞鳥步道，酒紅朱雀、大赤啄木、星鴉、灰林鴿十分常見。

2. 天池至雪山神木區及230林

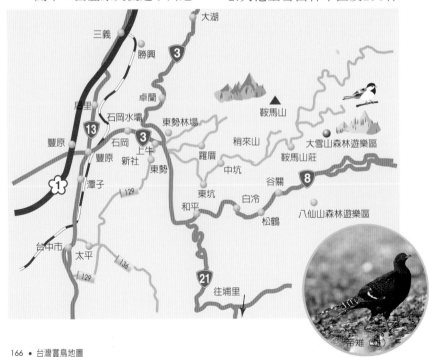

帝雉(雄)

台中縣

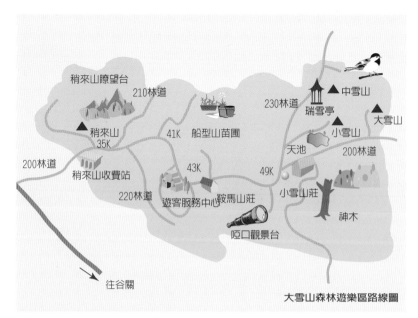

稍來山瞭望台

210林道

中雪山

230林道

瑞雪亭

大雪山

稍來山
35K

41K 船型山苗圃

小雪山

天池

200林道

200林道

稍來山收費站

43K

49K

220林道

遊客服務中心鞍馬山莊

小雪山莊

神木

哑口觀景台

往谷關

大雪山森林遊樂區路線圖

道，山雀科、灰鷽、綠啄木、栗背林鴝、星鴉相當普遍、穩定。

3.船形山苗圃，以山雀科、畫眉科最為常見。

4.210林道入口1公里內，帝雉秋冬穩定出現，不太畏人，但不得奔跑或出聲。

5.220林道入口1公里內，藍腹鷴秋、冬晨昏常出現，但需要偽帳，否則只能驚鴻一瞥。

6.往稍來山步道

食宿交通問題，可事先電話聯絡遊樂區內的鞍馬山莊，電話：(04)5886887。

可見鳥種

1.留鳥

白耳畫眉、冠羽畫眉、頭烏線、金翼白眉、山紅頭、白喉笑鶇、大赤啄木、綠啄木、鱗胸鷦鷯、灰林鴿、青背山雀、黃山雀、紅頭山雀、煤山雀、黃胸青鶲、黃腹琉璃、栗背林鴝、火冠戴菊、鵂鶹。

2.冬候鳥或過境鳥

樹鷚、虎鶇、赤腹鶇、藍磯鶇、白眉鶇、白腹鶇。

2.夏候鳥

鷹鵑。

4.稀罕鳥種

帝雉、藍腹鷴、林鵰。

帝雉（雌）

碧綠溪、大禹嶺、關原

紅尾鶲

往梨山 8

碧綠水文工作站

820林道

松泉崗

中橫公路

觀雲山莊

合歡隧道 8

關原

往花蓮

大禹嶺

14甲

落鷹山莊

往霧社

此三地點位中橫公路中點，環境與鳥種相近，相距在30公里內，海拔高度相當，約在2000～2300公尺間，鳥種以中高海拔山鳥及溪澗鳥為主要特色。這三個地點因地勢高，年平均氣溫約在15度左右，氣候相當怡人，但必須注意保暖。

前往該區可搭台汽或開車，行駛路線如下：

1.由花蓮往台中方向，在沿台8甲線過了大禹嶺約10公里，遇碧綠溪水文工作站下車，沿陡下坡走約一公里即達工作站。繼

茶腹鳾

碧綠溪、大禹嶺、關原

黃胸藪眉

續沿中橫再走約14公里抵大禹嶺，出了合歡隧道，右轉爲上合歡山，請直走約4公里到關原。

2.由南投出發走台14接台14甲經合歡山至大禹嶺，接台8左轉梨山方向至碧綠，右轉花蓮方向至關原。

3.由台中或北部下來，建議不要走中橫，改走台14線由南投進山，路況較穩定。

栗背林鴝

火冠戴菊鳥

碧綠溪賞鳥路線有二，一為沿往水文工作站沿線至溪邊，另一為台8線水文工作站牌前後沿路。

　　大禹嶺賞鳥路線有三，一為由大禹嶺往合歡山方向前行至落鷹山莊。另一為合歡隧道西側入口之沿線及820林道，三為大禹嶺山莊四周。

　　關原地區賞鳥路線為由台8線之山莊入口一直到山莊四周之道路及小徑。

　　食宿或交通詢問處，可洽詢以下各地：

　　松苑山莊　(04)5991003
　　觀雲山莊　(04)599173

小啄木

救國團大禹嶺山莊
(038)691111（寒暑假僅供救國團活動團）
林務局碧綠水文工作站，鄭錦坤先生　(04)5991004

白耳畫眉

台灣噪眉

可見鳥種

1.留鳥

大冠鷲、深山竹雞、藍腹鷴、灰林鴿、綠鳩、鵂
鶹、褐林鴞、小雨燕、小啄木、大赤啄木、綠啄木、毛腳
燕、巨嘴鴉、松鴉、星鴉、黃羽鸚嘴、粉紅鸚嘴、紅頭山雀、
煤山雀、黃山雀、青背山雀、赤腹山雀、茶腹鳾、紋翼畫眉、灰頭
花翼、白喉笑鶇、金翼白眉、竹鳥、白耳畫眉、藪鳥、鱗胸鷦鷯、大
彎嘴、山紅頭、冠羽畫眉、鷦鷯、小翼鶇、白眉林鴝、栗背林鴝、白
頭鶇、棕面鶯、褐色叢樹鶯、深山鶯、紅尾鶲、黃腹琉璃、紅胸啄花
鳥、綠繡眼、酒紅朱雀、灰鷽、褐鷽。

2.冬候鳥或過境鳥

雕頭鷹、藍尾鴝、紅尾伯勞、黃雀、臘
嘴雀、小桑鳾、桑鳾、花雀。

3.夏候鳥

鷹鵑。

青背山雀

煤山雀

章 彰化縣

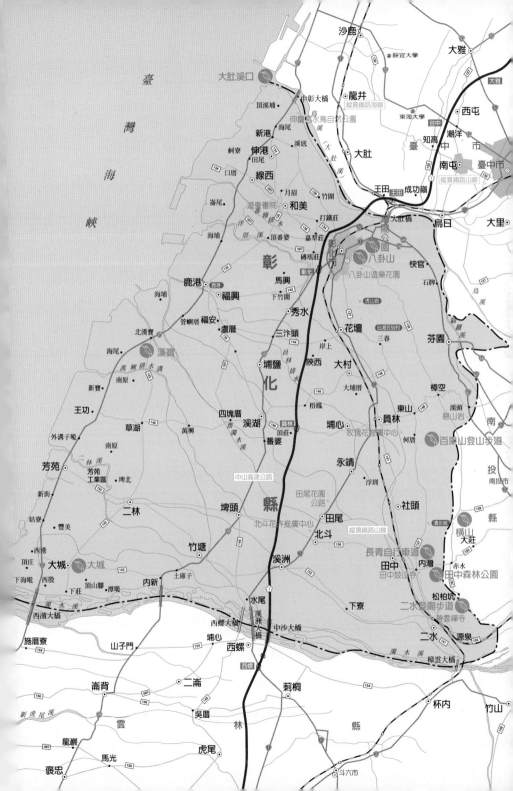

八卦山脈

彰化縣賞鳥據點可分為山線和海線兩條路線，山線係八卦山沿線風景據點，海線係彰化濱海由大肚溪口至濁水溪口。山線主要的賞鳥據點有彰化市賞鷹平台、健康步道公園、華陽公園、百果山登山步道、清水岩遊憩區、田中長青自行車道、田中森林公園、二水登廟步道、松柏嶺森林公園、橫山等九個地點。這幾地點個環境相似，鳥種也相近，皆以丘陵台地鳥種為主。

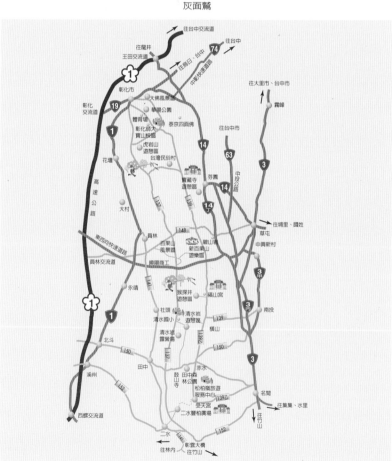

灰面鵟

彰化市賞鷹平台

灰面鵟

八卦山賞鳥活動最著名的即為賞灰面鵟活動。灰面鵟在每年清明前後，由南洋等熱帶地區集結開始北返，在遷移的過程中，經常在台灣中部的八卦山、大肚山、火燄山、鐵砧山等台地降落過夜，八卦山是牠們最重要的夜棲地之一，每年記錄約在2萬隻左右。彰化地區的保育團體和旅遊局每年三月～四月所舉辦的「鷹揚八卦」活動，即是要帶領民眾對這種鳥的認知和保育。

此一年一度的灰面鵟鷹過境可從春分一直延續到清明，而賞鷹更是成為民眾及愛鳥人士群聚一堂的盛會。每年三月除了數千隻灰面鵟鷹外，一同過境的猛禽還有赤腹鷹、雕頭鷹、澤鷹、花雕、白尾海雕、紅隼、魚鷹等，都可在觀鷹平台上一覽無遺。所以若你獨鍾猛禽類的威猛，此處必定是最佳去處。

各位民眾可以在每年清明前後循地圖沿武陵路旁叉路前往安溪寮賞鷹平台，或在139縣道沿線欣賞。

健康步道公園

本步道在大佛風景區域內，鄰近彰化縣立國中，百餘公尺長步道興建在相思林中，沿著步道

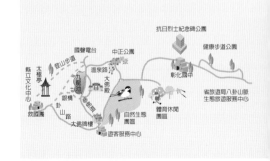

綠繡眼

可以欣賞枝頭白頭翁、綠繡眼爭鳴，粉紅鸚嘴、繡眼畫眉在步道旁灌叢成群穿梭，山紅頭和頭烏線在密叢中神秘地發出哨音。

華陽公園步道

華陽公園在體育場和彰化高中之間，由體育場方向過情人橋可抵。園內林木繁茂，以相思林為主，林蔭步道

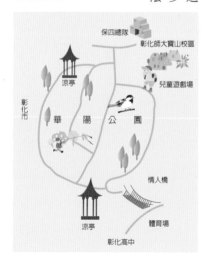
小彎嘴畫眉

及附近山頭有許多鳥類棲息，沿步道可以發現丘陵台地常見鳥種白頭翁、麻雀、綠繡眼、粉紅鸚嘴、鷦鶯等。

百果山登山步道

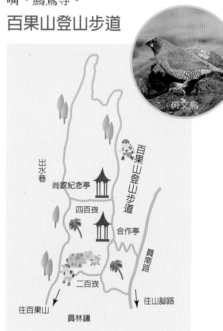
斑文鳥

百果山登山步道位於員林鎮郊外，百果山因外圍環境保護良好，區內各種果種吸引鳥雀前來取食。尚欽紀念亭旁的森林浴場內步道以二百崁、四百崁為主。沿途鷦鶯、麻雀、綠繡眼、烏秋、斑鳩不絕於途。

白頭翁

長青自行車道

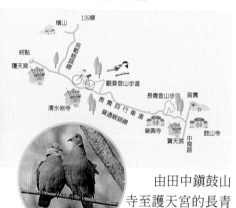

赤腰燕

由田中鎮鼓山寺至護天宮的長青自行車道全長15公里，沿線果園、樹林及闊葉林，林相優美、風光怡人，本路線無固定賞鳥點。沿途麻雀、白頭翁、綠繡眼、樹鵲、五色鳥、紅鳩相當常見。

紅鳩

田中森林公園

位田中鎮內灣，步道全長3.5公里，景色怡人，本區雖鳥種常見，但數量豐富，是登山、健行、賞鳥的好去處。

二水登廟步道

本路線位二水鄉上豐村，沿線地形高低起伏，環境植被多變化，鳥況相當不錯。賞鳥路線可由入口豐柏廣場第一涼亭，一路直上松柏嶺森林公園。

松柏嶺森林公園

橫山與埔中

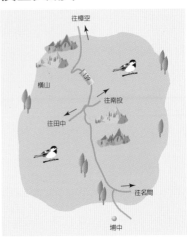

本公園位受天宮旁，是登廟步道的終點，區內設有許多登山、野餐、休憩的設施，公園內白頭翁、綠繡眼、麻雀、大卷尾、斑鳩、粉紅鸚嘴、繡眼畫眉為常見種類。

位在八卦山南麓139縣道上的橫山與中埔，因地勢高，由上往平原俯視，展望良好，除可觀察山坡上白頭翁、紅嘴黑鵯、路旁草叢鷦鶯、粉紅鸚嘴，還可以在早上九、十點鐘看到大冠鷲及鳳頭蒼鷹在山谷乘著熱氣流翱翔。遇到鳥類遷移季節，灰面鵟、蜂鷹亦相當常見。

牛背鷺

八卦山脈

彰化縣

大卷尾

牛背鷺

可見鳥種

1.留鳥

大冠鷲、鳳頭蒼鷹、家燕、洋燕、赤腰燕、紅鳩、珠頸斑鳩、領角鴞、小啄木、五色鳥、白頭翁、大卷尾、白環鸚嘴鵯、綠繡眼、小彎嘴畫眉、山紅頭、黑枕藍鶲、粉紅鸚嘴、竹雞，褐頭鷦鶯、斑文鳥、麻雀、夜鷺、小白鷺。

2.冬候鳥或過境鳥

黃鶺鴒、紅尾伯勞、灰面鷲。

3.夏候鳥

八色鳥、牛背鷺、筒鳥。

麻雀

彰化濱海

彰化濱海由北到南有三個重要賞鳥據點，均位於河口附近，分別是大肚溪口南岸濱海，濁水溪口北岸，及大城鷺鷥林。

大肚溪口

大肚溪又名烏溪，發源於中央山脈西麓，是台灣第三大河，從台中縣龍井鄉麗水村與彰化縣伸港鄉之間出海。由於它的河口坡度平緩擁有寬廣的潮間帶，被國際認定為亞洲四大濕地之一。面積廣達三千公頃，可容納過境期成千上萬的鳥類覓食，每天兩次漲潮退潮，有許多海洋性的浮遊生物、藻類、有機質、微生物可提供招潮蟹、幽靈蟹和淺灘中蝦、貝類、端腳類等無脊椎生物食物來

小雲雀

彰化濱海

彰化縣

灰斑鴴

紅冠水雞

垃圾掩埋場、全興、彰濱工業區的污染，非法魚溫及觀光養殖區、台中火力發電廠、超抽地下水等多重威脅，是否可繼續保留豐富之自然資源，尚需要更多人一同來努力。

前往交通可在高速公路台中王田交流道下，往大肚方向直走，接台17號省道，在龍井附近左轉中彰大橋直走至彰化縣，約2公里處見左側福安宮（媽祖廟），隨即右轉通往彰濱第一工業區聯外道路，直行至海岸堤防，即為賞鳥區。

北上從高速公路的彰化交流道下，經彰化市往和美線西方向，接17號省道北行至伸港福安宮左轉工業區聯外道路，約2公里即到堤防。右轉進入魚塭區可尋找廢魚塭中的水鳥；左轉可沿堤防賞鳥，但此處不久將變成垃圾掩埋場，可沿海堤直行約6公里，注意右手邊海灘有數百隻大杓鷸年年在此度冬。

本區另一賞鳥重點張玉姑廟

源。候鳥們在這塊高生產力的灘地停留；岸邊近處有鷸鴴科鳥類、鷺科鳥類和雁鴨科鳥類活動覓食，因嘴型食性不同，而能和平相處；離岸稍遠水域則是鷗科鳥類的漁獵場。

除堤外泥灘的觀察區外，沿途的礫石地、水塘溝渠、草叢、天空等也是賞鳥重點，可以邊走邊注意。於大肚溪口賞鳥，需配合潮汐才能有所收穫。整個大肚溪口南岸賞鳥行程，從福安宮抵堤岸開始，以定點觀察為主，一般約需兩小時，之後可驅車前往溪口北岸麗水村賞鳥。

然而，大肚溪口正面臨彰濱

大杓鷸

棕背伯勞

耕墢

，位於中彰大橋南端上游，廟北邊即為大肚溪南岸堤防，堤防外是小水鴨、蒼鷺、大白鷺的最佳觀賞點；廟前後是由黃槿和木麻黃所組成之茂密防風林，為小白鷺、黃頭鷺、夜鷺的營巢處。

漢寶

漢寶位彰化芳苑鄉漢寶海濱，北鄰鹿港，東側有17號省道經過，區域內由漢寶溪、牛肚溝貫穿出海，是近年由彰化縣野鳥學會積極規劃的賞鳥地點。漢寶養殖示範區、潮間帶提供各類水鳥棲息的良好處所，旱田則提供

許多過境陸鳥如鵐科、八哥科、鶲鴝科、鶺鴒科棲息環境。本區無特定賞鳥地點，必須在廣大農牧地、耕地、魚塭、濕地間摸索，欲知最新鳥況可詢問彰化縣野鳥會。

大城

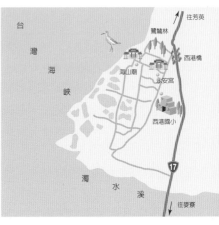

大城鷺鷥林位於彰化縣大城鄉西港村，台17線西港橋邊，大城鷺鷥林為台灣西部濱海幾個受到良好保護的大型鷺鷥林之一，林內繁殖鳥種以小白鷺，黃頭鷺和夜鷺為主。每年四月至七月為各種鷺鷥鳥繁殖季節，民眾可隔著鐵絲網觀看。

最佳觀賞季節：

1. 彰化西濱9月至隔年5月是觀賞候鳥季節。

2. 4月至7月是東

彩鷸

方鷸及夏候鳥小燕鷗活躍月分。

時間：到大肚溪口和漢寶賞鳥宜配合潮汐，以漲潮前一個小時最理想。

每年10月至隔年3月，大肚溪口吹東北季風，加上彰濱工業區在施工，經常飛沙走石，來此賞鳥必需準備帽子、頭巾、風衣、手套。

鄰近替代地點

溪寶一帶的牧草區、隄防外沙洲。

食宿或交通可洽：

八卦山公園招待所：

(04)7224163

彰化市台灣大飯店：

(04)7724681

潮 別		農 曆		滿 潮	乾 潮
西濱潮汐表	大潮	1	16	11:36	5:36
		2	17	12:24	6:24
		3	18	1:12	7:12
		4	19	2:00	8:00
	中潮	5	20	2:48	8:48
		6	21	3:36	9:36
		7	22	4:24	10:24
		8	23	5:12	11:12
	小潮	9	24	6:00	12:00
		10	25	6:48	12:48
		11	26	7:36	1:36
	長潮	12	27	8:24	2:24
		13	28	9:12	3:12
		14	29	10:00	4:00
		15	30	10:48	4:48

可見鳥種

1.留鳥

黃頭鷺、小白鷺、黃小鷺、夜鷺、白腹秧雞、紅冠水雞、緋秧雞、東方環頸鴴、小環頸鴴、翠鳥、家燕、赤腰燕、洋燕、棕沙燕、黑頭文鳥、彩鷸、棕背伯勞。

2.冬候鳥或過境鳥

黑脊鷗、黑嘴鷗、大黑脊鷗、燕鷗、黑腹燕鷗、白翅黑燕鷗、鸕鷀、蒼鷺、赤喉鷚、樹鷚、大花鷚、灰椋鳥、大白鷺、中白鷺、尖尾鴨、琵嘴鴨、小水鴨、赤頸鴨、花嘴鴨、澤鳧、澤鵟、魚鷹、紅隼、白冠雞、金斑鴴、灰斑鴴、小辮鴴、翻石鷸、尖尾鷸、濱鷸（黑腹濱鷸）、穉鷸、雲雀鷸、丹氏穉鷸、姥鷸、田鷸、斑尾鷸、黑尾鷸、大杓鷸、小杓鷸、中杓鷸、鷹斑鷸、磯鷸、青足鷸、白腰草鷸、小青足鷸、高蹺鴴、紅尾伯勞、藍磯鶇、赤腹鶇、虎鶇、短翅樹鶯、極北柳鶯、黃尾鴝、灰鶺鴒、黃鶺鴒、噪林鳥、絲光椋鳥、紅領瓣足鷸。

3.夏候鳥

小燕鷗、燕鴴。

4.稀罕鳥種

黑面琵鷺、唐白鷺。

南投縣

- 望鄉
- 蓮華池
- 日月潭
- 杉林溪森林遊樂區
- 溪頭森林遊樂區
- 惠蓀林場
- 奧萬大森林遊樂區
- 力行產業道路、北東眼山
- 霧社—清境農場—梅峰—合歡山

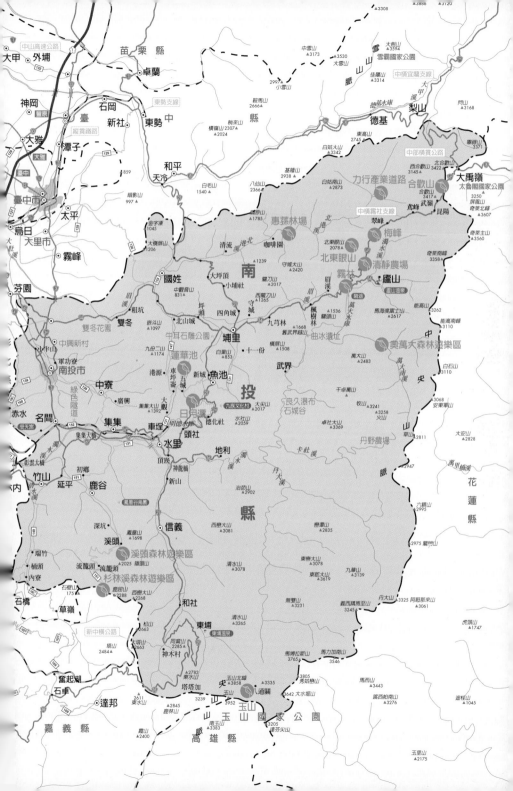

望鄉

望鄉位於南投縣信義鄉境內，約在郡大林道18公里至26公里處，屬林務局丹大事業區；和玉山國家公園相鄰，面積約有2千公頃左右。海拔高度約2200公尺，林相主要為天然針闊混合林、闊葉純林及柳杉人工林。鳥種以

青背山雀

白耳畫眉

星鴉

水里

陳

有

蘭

溪

檢查哨

十八重溪橋

檢查哨

信義

郡大林道

望鄉工作站

望鄉

往八通關

往和社

南投縣

可見鳥種

1.留鳥

黑長尾雉、灰林鴿、針尾雨燕、小啄木、小卷尾、烏鴉、星鴉、橿鳥、紅頭山雀、青背山雀、茶腹鳾、畫眉科鳥、紅山椒鳥、小翼鶇、白尾鴝、阿里山鴝、褐色叢樹鶯、深山鶯、棕面鶯、黃腹琉璃。

2.稀罕鳥種

雕頭鷹、花翅山椒鳥、深山竹雞、藍腹鷴。

中、高海拔鳥類為主。此地是最容易看到被列入世界上瀕臨絕種鳥類名單中的台灣特有種黑長尾雉(又名帝雉)及藍腹鷴的地方。每天清晨及傍晚,沿著林道皆可發現帝雉在路旁覓食。除此之外,區內並有60餘種鳥類之觀察記錄;其中有10餘種台灣特有種此地經常可見。來此賞鳥僅可沿林道而行,邊走邊找鳥,但須需事先申請通行證或入山證,並事先預定。禦寒衣物及雨具必備。不供應食宿。

申請或交通詢問可洽:
南投林管處:049-367111
水里工作站:049-764009

茶腹鳾

蓮華池

　　本處為本省少數保護完整之低海拔闊葉樹天然林之一，位於南投縣魚池鄉。區內除人工試驗林及天然闊葉林外，並有農墾地、廢耕草生地及池塘水澤散落其間，蛟龍溪蜿蜒穿越境內，故組成一多樣性之生態體系，鳥類組成更在70種以上。冬季鄰近中

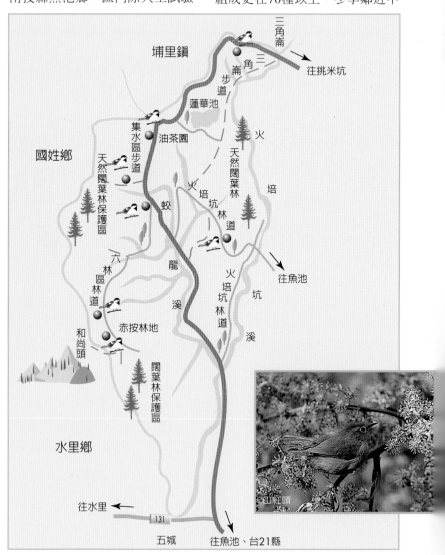

山紅頭

綠啄花

央山脈部份中
海拔鳥類會下

南下遊客可由王田交流道下
高速公路，沿1號省道經大度

黑枕藍鶲

降遷移到此過冬，加上冬候鳥來訪，更是顯得熱鬧非凡。尤其此處的油茶園因桑寄生附生，花期時吸引綠啄花鳥從早到晚在此駐足吸食花蜜，吞食果實。是全省最容易觀看綠啄花和綠畫眉的地方。

橋，轉14丙、14號省道，經芬園至北山坑，右接147縣道至車坪崙再左轉131縣道抵可抵五城村。北上遊客下斗南交流道，沿1號、1丁省道至斗六、接3號省道北行，右轉16號省道至水里，左轉131縣道至五城村可抵達。

可見鳥種

1.留鳥

繡眼畫眉、白頭翁、黑枕藍鶲、珠頸斑鳩、粉紅鸚嘴、斑文鳥、綠啄花、小卷尾、紅山椒、頭烏線、山紅頭、小啄木、紅嘴黑鵯、樹鵲、五色鳥、小彎嘴畫眉、竹雞、大冠鷲、夜間則有褐鷹鴞、黃嘴角鴞、鵂鶹。

2.冬候鳥或過境鳥

虎鶇、白眉鶇、紅尾伯勞、樹鷚、白腹鶇。

3.夏候鳥

筒鳥。

4.稀罕鳥種

綠啄花。

日月潭

潭面及四週翠綠的亞熱帶闊葉林，是野生鳥賴以棲息、覓食、活動之天堂。在過去觀察中，曾有70餘種鳥類在此地出現。原始森林中常見的有五色鳥、小啄木、樹鵲、綠畫眉、白耳畫眉、黑枕藍鶲、紅胸啄花鳥、黃山雀等。

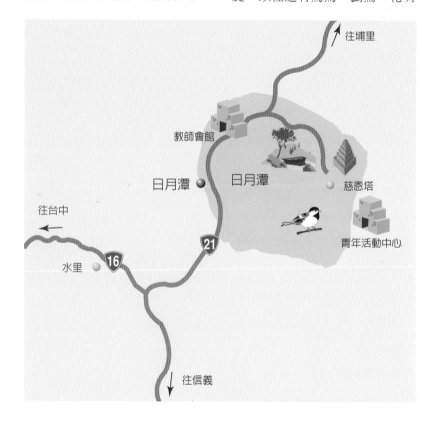

紅嘴黑鵯

潭邊活動的有蒼鷺、綠簑鷺、白腹秧雞、小環頸鴴、磯鷸、魚狗等。在人造林裡可以看到成群的紅嘴黑鵯、繡眼畫眉等。在草叢或耕地裡，可以發現大卷尾、紅尾伯勞、畫眉、頭烏線、山紅頭、斑紋鷦鶯、藪鳥、尖尾文鳥等。高空中常可發現大冠鷲、老鷹盤旋。以往還有鴛鴦、鸕鷀、花嘴

往埔里

教師會館

日月潭　　日月潭

慈恩塔

往台中

21

青年活動中心

水里　16

往信義

青背山雀

鴨、小水鴨、澤鳧及魚鷹出現之記錄。

日月潭主要賞鳥路線有二：

1.沿著環湖公路，各風景據點，邊走邊賞。

2.青年活動中心附近步道。

日月潭位於魚池鄉水社村，可自台中干城搭乘往日月潭的台汽客運即可到達。

日月潭有一、二十家旅社，列出幾家僅供參考：日月潭中信大飯店(049)855911、天廬飯店(049)855321、涵碧樓(049)855311。

最佳賞鳥季節

冬季。

鄰近替代地點

埔里、牛眠、藍城、霧社。

可見鳥種

1.留鳥

紅嘴黑鵯、繡眼畫眉、大冠鷲、畫眉、五色鳥、小啄木、樹鵲、綠畫眉、白耳畫眉、冠羽畫眉、藪鳥、小白鷺、夜鷺、綠簑鷺、紅山椒、黑枕藍鶲、紅胸啄花。

2.冬候鳥或過境鳥

蒼鷺、紅尾伯勞、小水鴨。

3.夏候鳥

八色鳥、筒鳥。

4.稀罕鳥種

老鷹、魚鷹。

老鷹

白尾鴝

青背山雀

杉林溪森林遊樂區

杉林溪森林遊樂區

　　海拔約1600公尺的杉林溪森林遊樂區，佔地約40公頃，遊樂區內風光原始自然，與溪頭同樣是中部旅遊的熱門地點。從入口到場本部聚英村的杉溪公路，沿途有留龍頭、掬霞谷、安定灣等景點；更可欣賞到鳳凰山與溪頭全景。秋冬季有中海拔鳥類下降避寒，及過境鳥、冬候鳥。

　　遊樂區位於竹山鎮大鞍里，可由台中干城站搭乘往杉林溪的台汽客運或開車到延平，轉151縣道，經過溪頭後，繼續往上行約10.5公里即可到達。無固定賞鳥路線，沿區內道路皆可。

　　進入遊樂區需要事先預定、及準備禦寒衣物。

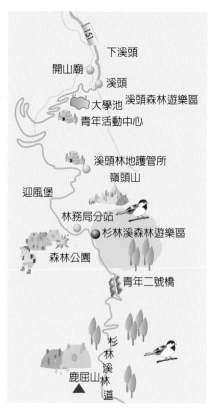

南投縣

　　遊樂區內設有渡假木屋、套房，可解決食宿、交通問題。前往時，可先以電話(049)612211~3洽詢預約。

最佳賞鳥季節

　　秋冬季。

鄰近替代地點

　　溪頭。

可見鳥種

1.留鳥

畫眉科鳥類、鶯亞科鳥類、青背山雀、紅頭山雀、鉛色水鶇、河鳥、黃胸青鶲。

2.冬候鳥或過境鳥

赤腹鶇、白腹鶇、虎鶇。

紅頭山雀

棕面鶯

鉛色水鶇

溪頭森林遊樂區

位於鹿谷鄉境內的溪頭，三面高山環繞、阻隔日照，造成重溼型氣候，此特殊地形及氣候使溪頭具備生態旅遊的極佳條件，據台大實驗林區管理處調查，活躍此處的鳥類有96種，如此精彩的資源，無怪乎交通部觀光局將其推薦為台灣十大國際級賞鳥路線之一。

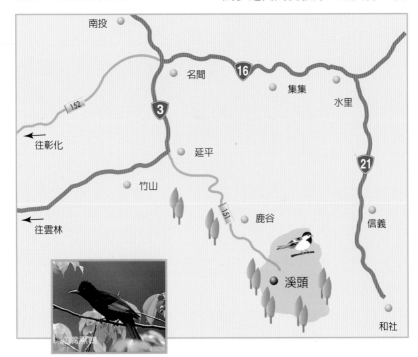

巨嘴鴉

此區四季皆是最佳賞鳥季節，在秋冬季有中海拔鳥類下降避寒，還有過境鳥及冬候鳥，種類更多。

前往此區需要注意以下事項：住宿必須事先預定；需要備妥禦寒衣物、雨具；前往時間以清晨為佳，因午後經常起霧，觀賞視線較不清晰；最好能避開連續假日。

這裡每條賞鳥路線行程需時約1~2小時，建議到此賞鳥時，可以選擇適當路線慢慢欣賞，若計劃一次非走完不可，會降低觀賞品質。位於苗圃左側之天然賞鳥步道內鳥況較好，全長約1.5公

南投

名間

16

集集

水里

往彰化

3

152

延平

21

往雲林

竹山

151

鹿谷

信義

溪頭

和社

紅嘴黑鵯

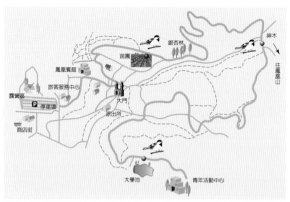

中南站(04-2203837)乘坐往溪頭的班車，每30~60分鐘一班，行程約2小時。

　　遊樂區內訂房專線：

　　(049)612345

里，但路面滑濕，需注意安全。

　　開車前往溪頭，有以下路線可行駛：

　　1.從高速公路下王田交流道，接1號省道至中庄，再由14號省道至草屯循3號省道經南投、民間至延平，再轉151縣道經鹿谷抵溪頭。

　　2.由高速公下斗南交流道，接1甲省道至延平，再接151縣道抵溪頭，約52公里。

　　選擇搭車前往，可在台汽台

溪頭青年活動中心
(049)612160~3
溪頭森林遊樂區服務中心
(049)612210
明山別館 (049)612121~3
孟宗山莊 (049)612131~5
雲頂山莊 (049)612115~7
米堤飯店 (049)612088

最佳賞鳥季節
　　四季皆宜。
鄰近替代地點
　　杉林溪。

可見鳥種

1.留鳥

畫眉科鳥類、紅頭山雀、青背山雀、白尾鴝、黃胸青鶲、棕面鶯、白腰文鳥、斑紋鷦鶯、褐頭鷦鶯、巨嘴鴉、綠繡眼、黃山雀。

2.冬候鳥或過境鳥

白鶺鴒、赤腹鶇、白腹鶇。

4.稀罕鳥種

白喉笑鶇、白頭鶇、熊鷹。

紋翼畫眉

惠蓀林場

惠蓀林場是一個兼具知性及感性的賞鳥地點。此處原名能高林場，為中興大學的實驗林場之一，區內大部份面積為原始森林，兼具溫、亞熱帶不同的景觀氣候，森林步道清幽寧靜，為林場最迷人之處。春季園內繁花似錦，令人陶醉流連，再加上此處豐富的昆蟲及鳥類—赤腹山雀跳躍於山櫻花間，台灣藍鵲之翩翩群舞，大冠鷲與熊鷹盤旋於林場中，藍腹鷴漫步於小徑，構成了惠蓀林場最佳的鳥類景觀。

前往此處的交通，選擇搭車可從埔里搭往惠蓀林場的南投客運，在林場下車。每天班車僅有兩班，假日已無班車，人數多的團體可與南投客運埔里站聯絡，另外加發班車，洽詢電話(049)984033。

開車則從台中交流道下高速公路，至台中沿3號省道至草屯接

白環鸚嘴鵯

青蛙石　平台區
松風山　梨園
關刀溪水泥橋
露營區　遊樂服務中心　湯公亭
　　　　　　　　停車場　國民旅社（客運連終點）
實習館　山嵐小徑
藍島咖啡園
咖啡園　湯公碑
　　　　　台灣杜鵑花園
入口

冠羽畫眉

14號省道至柑子林，再循133縣道經國姓葉厝，轉入21號省道梅子林，改南投80鄉道即可抵。

來此賞鳥必須事先預定、及

準備禦寒衣物，自88年1月1日起，露營區關閉。

遊覽惠蓀林場以徒步健行賞景為主，最好穿著輕便衣鞋，行程更為輕鬆愜意！

林場內食宿設施齊全，有小木屋44棟；國民旅舍套房49間和通舖。洽詢電話：(049)-941339

惠蓀林場賞鳥地點有六個重點，分別是：

1.山嵐小徑於冬天時可發現眾多之鳥類活動，計有竹雞、五色鳥、紅山椒鳥、紅嘴黑鵯、樹鵲、小彎嘴畫眉、山紅頭、藪鳥、繡眼畫眉、冠羽畫眉、綠畫眉、赤

鉛色水鶇

腹山雀、綠繡眼、白腰文鳥等等。

2.舊實習館於櫻花盛開時，常可發現眾多山雀科及畫眉科鳥類，另白鶺鴒於此處終年可見，虎鶇、樹鷚、台灣藍鵲在冬天易見。

3.關刀溪水泥橋可見到鉛色水鶇、河烏、紫嘯鶇等水鳥，另溪邊的樹上亦常有橿鳥、紅山椒鳥等鳥類出現。

4.湯公碑沿路鳥類較少，但開闊處偶而可見熊鷹，另林下偶而可見藍腹鷴、竹雞、深山竹雞，以及稀有鳥白頭鶇等等。

5.松風山常見五色鳥、樹鵲、小啄木等，偶而可見朱鸝、黃尾鴝等鳥類。

台灣藍鵲

赤腹山雀

6.湯公亭步道下竹林常可見到頭烏線、虎鶇出沒。

最佳賞鳥季節

冬季鳥種較多。

鄰近替代地點

沿台21線可連到中橫公路至谷關、八仙山。

可見鳥種

1.留鳥

青背山雀、赤腹山雀、紅頭山雀、綠繡眼、白腰文鳥、小雨燕、五色鳥、小啄木、洋燕、白鶺鴒、紅山椒、白環鸚嘴鵯、白頭翁、紅嘴黑鵯、小卷尾、台灣藍鵲、樹鵲、巨嘴鴉、鉛色水鴝、小彎嘴畫眉、山紅頭、藪鳥、頭烏線、繡眼畫眉、冠羽畫眉、綠畫眉、黃腹琉璃、斑紋鷦鶯、白頭鶇。

1.冬候鳥或過境鳥

紅尾伯勞、虎鶇、藍磯鶇、赤腹鶇、樹鷚。

河鳥

奧萬大森林遊樂區

奧萬大森林遊樂區以秋季賞楓活動而聞名，在其他季節的鳥況奧萬大在國有森林遊樂區中毫不遜色。前往可從埔里搭往萬大的南投客運，在萬大下車，每天共有3班；或可由高速公路接台14往霧社，在進入霧社收費站之前，有路標往奧萬大森林遊樂區，循路標右轉產業道路至萬大。由萬大至奧萬大11公里，部份路段狹小，駕駛須留神。

奧萬大賞鳥路線有二：第一條是遊客中心通往楓樹林沿線，第二條由林間體能訓練場往第一、二平台的林間小徑。沿途樹林設有許多巢箱，遊客請勿任意攀爬破壞。每年四到六月野鳥築巢，使用率極高，築巢的鳥種

黃山雀

梅峰

濁 水 溪

梅峰農場

14甲

博望新村

平和

梅林

畜牧中心

清境農場

屯原

霧社事件紀念碑

塔 羅 灣 溪

仁愛

廬山溫泉

再生山

春陽溫泉

14

春陽瀑布

馬

萬大水庫

武冷山

海

僕

溪

萬大山

往曲冰

幽情谷

奧萬大溫泉

奧萬大

楓樹林

可見鳥種

1.留鳥

山紅頭、茶腹鳾、小啄木、棕面鶯、黃山雀、冠羽畫眉、白耳畫眉、黃腹琉璃、青背山雀、赤腹山雀、紅頭山雀、巨嘴鴉、樹鵲、橿鳥、台灣藍鵲、鉛色水鶇、紫嘯鶇、虎鶇。

以青背山雀、赤腹山雀、棕面鶯、茶腹鳾為主,黃山雀亦曾有記錄。此外,清晨常有藍腹鷳在小徑上活動。

食宿要事先預定,遊樂區內設有綠色山莊、紅色山莊、小木屋供宿(049-974511)。前往請備妥禦寒衣物、雨具,並且須要自備偽裝帳等設備。

最佳賞鳥季節 冬季
鄰近替代地點 霧社、清境農場

青背山雀

小啄木

力行產業道路、北東眼山

力行產業道路海拔在1500～2000公尺之間，係中橫霧社支線由碧湖通往中橫之梨山及福壽山農場的產業道路。這條道路崎曲，部份路段路況不佳，但因沿途國有林地林相完整，樹形優美，少受開發，高山深谷阻隔，鳥況十分良好。在力行產業道路8K處，左手邊有一叉路通往中興大學園藝實驗分場，此條叉路長

樹鷚

北東眼山

南投縣

林鵰

冠羽畫眉

可見鳥種

1.留鳥

灰鷺、大冠鷲、紅山椒、鵂鶹、白環鸚嘴鵯、台灣松雀鷹、白喉笑鶇、棕面鶯、白耳畫眉、藪鳥、鱗胸鷦鷯、金翼白眉、黃腹琉璃、大赤啄木、冠羽畫眉、松鴉、黃山雀、青背山雀、茶腹鳾、紅胸啄花、紅尾鶲。

2.冬候鳥或過境鳥

藍尾鴝、虎鶇、樹鷚。

3.夏候鳥

筒鳥。

4.稀罕鳥種

藍腹鷴、花翅山椒、林鵰、白喉笑鶇。

約5公里，沿途黃山雀，白喉笑鶇、林鵰、花翅山椒、藍腹鷴等稀有鳥類不絕於途，是一個中、高海拔的重量級賞鳥點。

近年因非法獵人當眾持槍獵殺林道上的藍腹鷴而受人注意。前往要事先申請通行證或入山證並預定。無食宿供應，要事先備妥食糧。禦寒衣物及雨具必備。

栗背林鴝

霧社—清境農場—梅峰—合歡山

由霧社至合歡山，海拔由1000公尺攀昇至3200公尺，林相依序由低海拔闊葉林，針闊混合林，最後變成針葉林，乃至高山草原區，景色時而壯觀，時而秀麗，令人流連往返，鳥類相也由中、低海拔種類隨之轉變成高山

灰林鴿

鳥種。這一條路線上的4個點也是台灣賞鳥人一生中必訪的黃金路線之一。

霧社

海拔1148公尺的霧社，位於南投縣仁愛鄉，終年氣候涼爽，周圍名勝風景甚多，包括奧萬大、盧山溫泉、春陽溫泉、清境農場、梅峰、合歡山、碧湖、抗日紀念碑等。

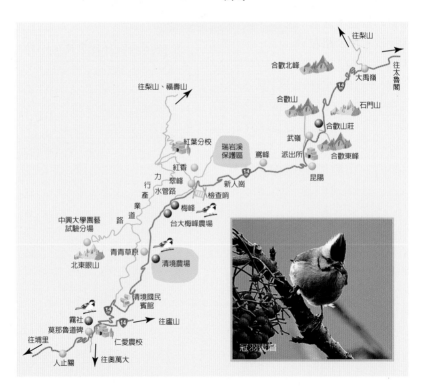

往梨山

合歡北峰

大禹嶺

往太魯閣

合歡山

石門山

合歡山莊

往梨山、福壽山

武嶺

合歡東峰

紅葉分校

瑞岩溪保護區

鳶峰

派出所

紅香

新人崗

昆陽

翠峰

力行產業道路

水管路

檢查哨

梅峰

台大梅峰農場

中興大學園藝試驗分場

青青草原

北東眼山

清境農場

清境國民賓館

霧社

莫那魯道碑

往盧山

往埔里

仁愛農校

人止關

往奧萬大

冠羽畫眉

大冠鷲

白尾鴝

山的14甲省道旁，自霧社北行，經幼獅即可到達或搭埔里往松崗或翠峰的南投客運，經過霧社，在幼獅站下車即可到達。

進入清境國民賓館前50公尺路兩旁有幾棵山桐子，每年冬末春初吸引許多山鳥及過境冬候鳥在此覓食。

清境農場四周樹林，櫻花樹及台14甲沿線，清晨鳥況不錯，褐色叢樹鶯、深山鶯、山雀科、畫眉科鳥類不絕於途。

梅峰

梅峰位於霧社往翠峰的公路右側，分佈在海拔1700～2700公尺間，是本省山地農業試驗研究的理想場所。區內鳥類以中、高海拔鳥種為主，帝雉和藍腹鷴是這裡最吸引人的鳥種，冠羽畫眉終日喧鬧不去。

搭車由埔里轉搭往翠峰的南投客運，每天僅四班，在翠峰站下車，再步行下山至農場或水源地。

開車過清境農場約4公里，遇到右手邊台大實驗林的大門，及梅峰路標可停車在此，往上坡繼續步行約1.5公里，遇到另一梅峰路標，在馬路對面有一個下坡

由埔里循14號省道至霧社，沿線風光秀美，人止關上的原住民創作是最新的特色。進入霧社後，在公路左側可見到抗日紀念碑。

霧社主要賞鳥路線是在由霧社通往碧湖的步道上，以及區內植有櫻花之處。台8線進入霧社街上，約50公尺注意右手邊有一森林防火宣導圖，由此巷道右轉進入，經霧社農校，約15分鐘步行可達湖邊。

清境農場

位於南投縣仁愛鄉，中橫霧社的支線上，海拔約1900公尺，雨量豐沛、氣候溫和，除了經營農場外，也種植多種溫帶水果及高冷蔬菜。

農場的勝景分布在通往合歡

車緊急避難道，在此避難道旁有一碎石路林道可通翠峰。此林道爲黃金路線，沿錄雉科、山雀科鳥況頻頻。

合歡山

合歡山是台灣冬季的賞雪勝地，附近的武嶺爲台灣公路最高點，此地景地遼闊，遠眺合歡、奇萊諸峰，配上蔚藍的天空及滿地繁花十分美麗，此處也被交通部觀光局推薦爲台灣十大國際賞鳥點。雲海時而翻騰，常令人不虛此行，合歡山和武嶺附近植被以高山箭竹，圓柏和冷杉林，鳥種以高山五寶最常見，分別是金翼白眉、酒紅朱雀、栗背林鴝、鷦鷯、火冠戴菊鳥，此外在裸露岩地上岩鷚也相當常見。空中不時有巨嘴鴉飛過，草叢中深山鶯，褐色叢樹鶯不停和人捉迷藏，只聞其聲，不見其影。合歡山賞鳥春末至秋初收穫最大，因爲成鳥開始帶著亞成鳥四處活動覓食，認識自然環境，比較不畏人。

交通問題，若選擇開車，有以下路線可行駛：

1.由高速公路下王田交流道，沿台14號省道往霧社接台14甲省道（中橫霧社支線），經清

深山鶯

鷦鷯

境農場抵合歡山。

2.北部地區從宜蘭台7號省道至百韜橋，接台7甲省道（中橫宜蘭支線）經武陵農場、梨山至大禹嶺接台14甲省道至合歡山。

3.高速公路下豐原交流道至

可見鳥種

1.留鳥

冠羽畫眉、白耳畫眉、繡眼畫眉、青背山雀、黃山雀、紅頭山雀、藪鳥、棕面鶯、白環鸚嘴鵯、樹鵲、巨嘴鴉、岩鷚、鷦鷯、酒紅朱雀、煤山雀、火冠戴菊鳥、金翼白眉、栗背林鴝、灰鷽、褐色叢樹鶯、深山鶯、黃羽鸚嘴、星鴉、毛腳燕、褐頭花翼。

2.冬候鳥或過境鳥

赤腹鶇、白腹鶇、虎鶇、樹鷚、藍尾鴝。

3.夏候鳥

鷹鵑、筒鳥。

4.稀罕鳥種

黃山雀、黑長尾雉、茅斑蝗鶯、白頭鶇、白眉林鴝。

東勢林場，接18號省道經谷關、梨山至大禹嶺接台14甲省道至合歡山。

4.由花蓮走中橫公路，經天祥、關雲山莊至大禹嶺接台17甲省道至合歡山。

搭車，有以下二種方式：

1.搭台中至梨山、大禹嶺的台汽客運(Tel:04-2125093)。

2.搭宜蘭至大禹嶺的台汽客運(Tel:039-3220670)至大禹嶺站再搭計程車前往。

來此賞鳥需要事先預定，需要禦寒衣物，雨具必備，不供應食宿，需要自備偽裝帳等設備。

食宿或交通詢問可洽詢下列各地：

霧社山莊：(049)850070

霧櫻大旅社：(049)802360
清境國民賓館：(049)802748
幼獅山莊：(049)802533
以馬內利農莊：(049)801077
香格里拉貴族空中花園：(049)802166

黃胸藪眉

鄰近替代地點

奧萬大。

雲林縣

□ 濁水溪口
□ 樟湖、草嶺、石壁

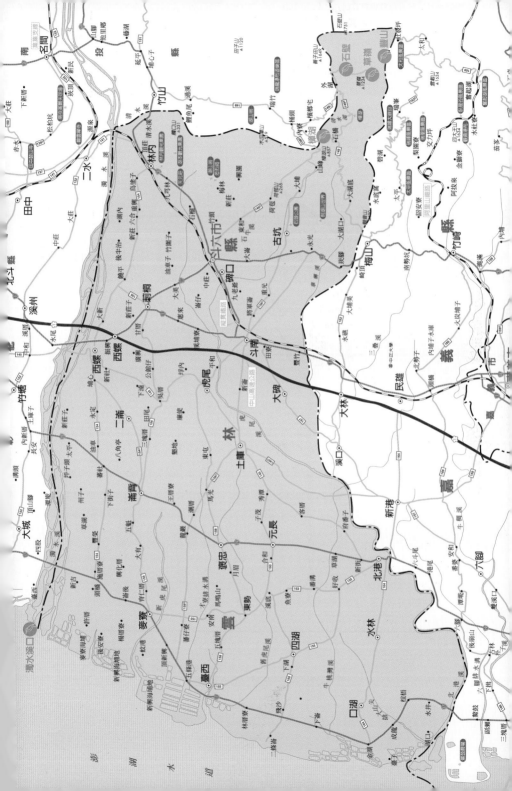

濁水溪口

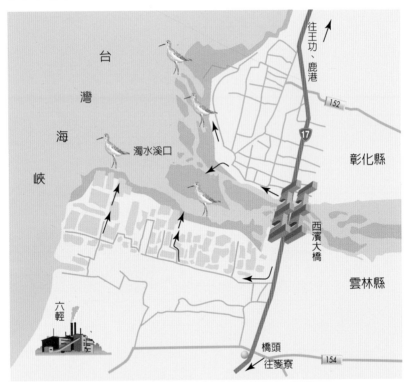

台灣海峽

往王功、鹿港

152

17

彰化縣

濁水溪口

西濱大橋

雲林縣

六輕

橋頭
往麥寮

154

濁水溪是彰化縣和雲林縣的界河，濁水溪口因上流挾帶大量泥沙在此堆積，形成廣大的灘地，沈澱在灘地上的有機質涵養了底泥中無數的底棲生物及魚、蝦、蟹類，是當地漁民重要漁穫的來源。每年水鳥遷徙季節經常有大量水鳥在此駐足，多可蔽天，但是僅在漲潮前後，來到臨海灘地及廢魚塭中才容易觀看。

雲林縣

小水鴨

可見鳥種

1.留鳥

黃頭鷺、小白鷺、黃小鷺、夜鷺、白腹秧雞、紅冠水雞、緋秧雞、東方環頸鴴、小環頸鴴、翠鳥、家燕、赤腰燕、洋燕、棕沙燕。

2.冬候鳥或過境鳥

蒼鷺、大白鷺、中白鷺、尖尾鴨、琵嘴鴨、小水鴨、赤頸鴨、花嘴鴨、澤鵟、魚鷹、紅隼、金斑鴴、灰斑鴴、翻石鷸、尖尾鷸（尖尾濱鷸）、濱鷸（黑腹濱鷸）、穉鷸、雲雀鷸、丹氏穉鷸、姥鷸、田鷸、大杓鷸、黦鷸、小杓鷸、中杓鷸、鷹斑鷸、磯鷸、青足鷸、白腰草鷸、小青足鷸、高蹺鴴、紅領瓣足鷸。

3.夏候鳥

小燕鷗、燕鴴。

4.稀罕鳥種

斑尾鷸、半蹼鷸、黑面琵鷺。

紅隼

近年大肚溪口嚴重開發，使得著名的大杓鷸群往南遷至濁水溪口度多，數量已由前兩年的200～300隻增至500～1000隻。

前往濁水溪口可由台17線之西濱大橋南北橋頭兩側之防汛道路駛向海邊，在魚塭區中仔細尋找水鳥的蹤影，在漲潮前一個小時才到臨海堤岸及沙洲上尋找暫時棲息的水鳥，本地點無特定賞鳥路線，可在魚塭、濕地、灘地間尋找。此地冬季風沙大，灘地地形多變化，小心陷落，注意安全。

大杓鷸

樟湖、草嶺、石壁

　　樟湖、草嶺、石壁是雲林縣東南角落三個相鄰的森林遊樂區，因為和溪頭、杉林溪遙遙相望，且境內多竹林、杉林，周遭有保安林和茶園圍繞，環境清幽，境內有神木、巨石、幽谷、瀑布等，景致十分宜人，因為環境得宜，鳥況甚佳。若能在此三地點賞鳥，可以在一天發現中、低海拔35種以上的鳥類。

樟湖

　　樟湖風景區海拔300～800公尺，區內以低海拔山鳥為主，在林中漫步，常有大冠鷲在天空鳴叫，紅嘴黑鵯在樹梢學寶寶哭，繡眼畫眉、山紅頭、小彎嘴畫眉…不時在草叢中穿梭，清水溪畔溪澗鳥如鉛色水鶇、紫嘯鶇十分活躍。

灰頭鷦鶯

斗六站
斗六
往名間
149
荷包山
149甲
大埔
158甲
桶頭
古坑
158甲
檳榔宅
永光
劍湖山世界
樟湖
149乙
石壁風景區
石橋
外湖
內湖
149
大湖底
149甲
草嶺
樟湖風景區
草嶺風景區
梅山
太平
162甲
瑞峰
梅山公園

草嶺

往斗六
草嶺大飯店
斷崖春秋
斷魂谷
九芎神木
蓬萊瀑布
長青谷
土地公廟
幽情谷
奇妙洞
四面佛
水濂洞
峭壁雄風
青蛙石
清溪小天地
吊橋
清　水　溪

黑冠麻鷺

　　草嶺風景區海拔500～1700公尺之間，以斷崖、瀑布、奇石、幽谷著稱，境內的春秋大斷崖是大地震地層陷落之後的產物，青蛙石、蓬萊瀑布均是膾炙人口的景觀。茂密的森林、多變化的地形，造就此處的鳥類資源。草嶺風景區內的鳥況以草嶺飯店至長春谷、蓬萊瀑布的步道最佳，空中、樹林、草叢、地面不時有鳥況，只要眼明手快，輕鬆觀看20種林鳥不是問題。

石壁

紅尾伯勞

石壁風景區附近的石壁山標高1751公尺是雲林縣最高點。石壁也是溪草縱走的中繼站，區內竹林、杉林、原始林、奇岩幽谷為主要特色，因為海拔在1300～1500公尺之間，區內鳥種以中海拔之鳥種為主，夏季低海拔部份鳥種如紅嘴黑鵯、白環鸚嘴鵯也會在此活躍，冬季高海拔的山雀科鳥類則經常降遷至此地度冬，這個季節最為熱鬧。

交通路線自西螺交流道下高速公路，循1號省道在莿桐轉1甲省道至斗六，走149甲鄉道經荷苞、內寮，接草嶺公路至外湖。在外湖右轉樟湖風景區約3.5公里可達。若直走至內湖，在內湖接149甲至草嶺風景區；若在草嶺國小左轉往石壁方向可抵石壁風景區。

前往樟湖另一路線，可由斗六走鄉道右轉接149縣道至石橋

可見鳥種

1.留鳥

鳳頭蒼鷹、大冠鷲、竹雞、斑頸鳩、金背鳩、紅鳩、番鵑、領角鴞、黃嘴角鴞、小雨燕、五色鳥、小啄木、家燕、赤腰燕、紅山椒、小卷尾、樹鵲、粉紅鸚嘴、紅頭山雀、頭烏線、繡眼畫眉、畫眉、大彎嘴、小彎嘴、山紅頭、綠畫眉、紅嘴黑鵯、白頭翁、白環鸚嘴鵯、白尾鴝、灰頭鷦鶯、褐頭鷦鶯、黑枕藍鶲、綠啄花鳥、綠繡眼、斑文鳥、麻雀。

2.冬候鳥或過境鳥

虎鶇、紅尾伯勞、灰鶺鴒、黃鶺鴒、極北柳鶯。

白環鸚嘴鵯

山莊，再由山莊前的翠泉橋循柏油路前行即抵。由交流道至此約40公里。

當地食宿問題可洽詢：

草嶺大飯店 (05)5831228

草嶺山莊 (05)5831121

頭烏線

綠繡眼

嘉義縣

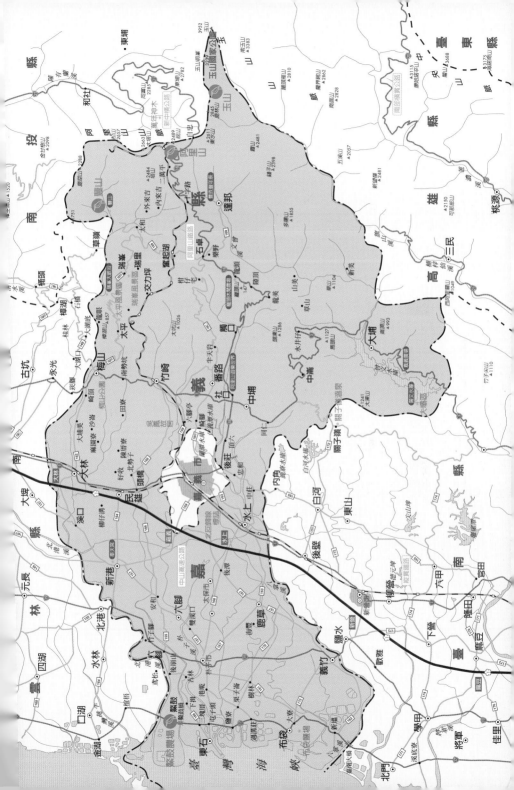

鰲鼓農場

　　鰲鼓農場位於嘉義市西方、北港溪出口南方，境內大部份區域屬海埔墾殖地，目前多數濕地爲蘆葦等濕生植物覆蓋，少數旱地則栽植甘蔗、蕃薯、煙草或闢成養殖魚塭、池塘，廣闊的區域及多變化的環境，因少人爲干擾而成爲野鳥的天堂。尤其多天更是多候鳥最佳的度多地。

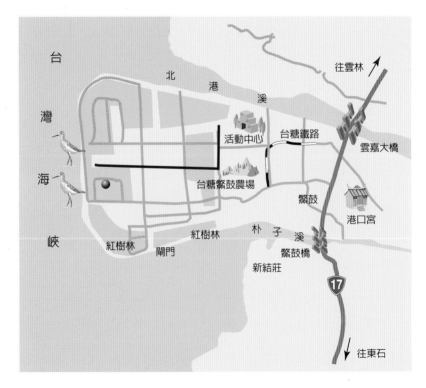

棕三趾鶉

　　由農場大門進入，經海防班哨的盤查之後右轉，注意兩旁防風林中的白腹秧雞、灰斑鶲不經意竄出，約行200公尺遇一叉路，路口的水池是小白鷺、夜鷺、大白鷺的最愛，水淺時，一些中型、大型鷸鴴科水鳥如斑尾鷸、鷹斑鷸經常在覓食。

　　在天空中，多季常有三、五

隻澤鵟在此水域後方草澤上盤飛，伺機捕捉獵物。左轉叉路，沿路盡是紅鳩、大卷尾、偶爾也有棕三趾鶉，小鶹鶉會在路上散步。直奔1.5公里外的廢棄樓房，登上樓頂，可以一覽鰲鼓農場西半部風光，蒼鷺、鸕鷀、雁鴨不斷在頭頂飛掠，紅領瓣足鷸、高蹺鴴、翠鳥則經常在樓房旁淺池覓食，夕陽夕照此處風光無限。若回頭東望，一排電線桿上經常有幾隻魚鷹在此進食。往南望，廣大的灘地和水澤是各種水鳥的夜棲地，運氣好的話，黑鸛常在此現身。鰲谷農場其他的小徑上分別藏著不同的水鳥，就等您來發掘。

前往鰲谷農場可走台17線，南下在過了雲嘉大橋之後，有向西的小徑，轉進直走到底即是農場大門。北上在過了鰲鼓橋之後，尋橋下左轉之涵洞，一直走，遇一叉路右轉，碰到運糖鐵軌隨鐵軌直走不彎，可抵農場大門。若迷路，問路人皆可回到正確方向。

鰲鼓農場

紅領瓣足鷸

灰胸秧雞

可見鳥種

1. 留鳥

鸕鷀、各種秧雞、紅鳩、番鵑、大卷尾、八哥、麻雀、白頭翁、綠繡眼、彩鷸、栗小鷺。

2. 冬候鳥或過境鳥

澤鵟、魚鷹、短耳鴞、鷸鴴科、雁鴨科水鳥、鸕鷀、紅隼。

3. 夏候鳥

筒鳥、杜鵑。

4. 稀罕鳥種

黑鸛、白鸛、黑面琵鷺、黃鸝、灰斑鴴、黃眉黃鶲。

小水鴨

栗小鷺

豐山

是一為四周環繞高山的盆地地形，自古即為草嶺通往阿里山的中途要站，有「三多」之名：吊橋多、瀑布多、雲霧多。和瑞里同樣以森林、奇岩、冷泉、瀑布聞名。特殊林相包括了桂竹林、蕨類、果樹等。岩層景觀亦是特色之一。

領角鴞

豐山如同阿里山森林遊樂區的後花園有小徑通往阿里山，但多已年久失修，冬季由阿里山山脈降遷的山鳥經常在此逗留度冬，通往著名的千人洞，石夢谷小徑，各種中、低海山鳥終年穩固在此出沒，日間的大冠鷲、鳳頭蒼鷹、松雀鷹、夜間的領角鴞、

八色鳥

豐山

嘉義縣

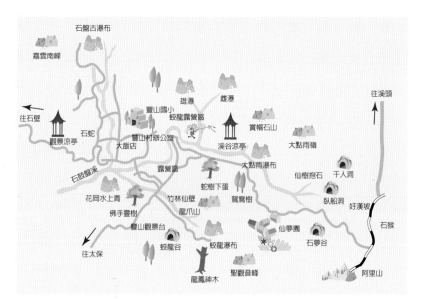

黃嘴角鴞等食肉猛禽，終年可見，鳥況相當穩定。

開車可自斗南交流道下中山高，接縣道158乙，轉3號省道至梅山，再接縣道162甲至太和，再轉縣道169即抵達；或自嘉義交流道下中山高，經嘉義市至鹿滿、竹崎抵梅山，接162縣道，交通路線同上。

食宿可洽阿里山鄉豐山村辦公處，電話(05)2661240。

可見鳥種

1.留鳥

大冠鷲、鉛色水鶇、紫嘯鶇、鳳頭蒼鷹、竹雞、翠翼鳩、斑頸鳩、金背鳩、領角鴞、黃嘴角鴞、小雨燕、五色鳥、花翅山椒、紅山椒、小卷尾、樹鵲、台灣藍鵲、粉紅鸚嘴、頭烏線、繡眼畫眉、畫眉、竹鳥、白耳畫眉、藪鳥、小彎嘴、綠畫眉、紅嘴黑鵯、白頭翁、白環鸚嘴鵯、白尾鴝、棕面鶯、斑紋鷦鶯、黃胸青鶲、黑枕藍鶲、綠啄花鳥、斑文鳥、白腰文鳥、麻雀。

2.冬候鳥或過境鳥

雀鷹、赤腹鷹、灰面鵟、雕頭鷹、藍尾鴝、赤腹鶇、虎鶇、斑點鶇、白眉鶇、白腹鶇、短翅樹鶯、白鶺鴒、灰鶺鴒、紅尾伯勞。

3.夏候鳥

八色鳥、筒鳥（中杜鵑）。

鉛色水鶇

阿里山森林遊樂區

阿里山森林遊樂區以觀日出，看雲海、賞櫻花、森林浴、小火車出遊為特色，遠近山巒疊翠更是名聞遐邇。

阿里山遊樂區海拔高度在2000公尺以上，鳥類資源非常豐富。早期的外籍鳥類學者，皆以阿里山為研究高海拔鳥類的根據地，也以阿里山為其發現新物種之命名。

此地發現的鳥類記錄有70餘種之多，舉凡中高海拔之鳥類，在此均可發現。

阿里山的鳥況冬末春初最佳，尤其櫻花季，鳥兒在枝頭花叢尋尋覓覓，不太畏人。

開車前往可從高速公路下嘉義交流道，接159號縣道往市區，經嘉義市循18號省道，經觸口、石卓後可抵阿里山森林

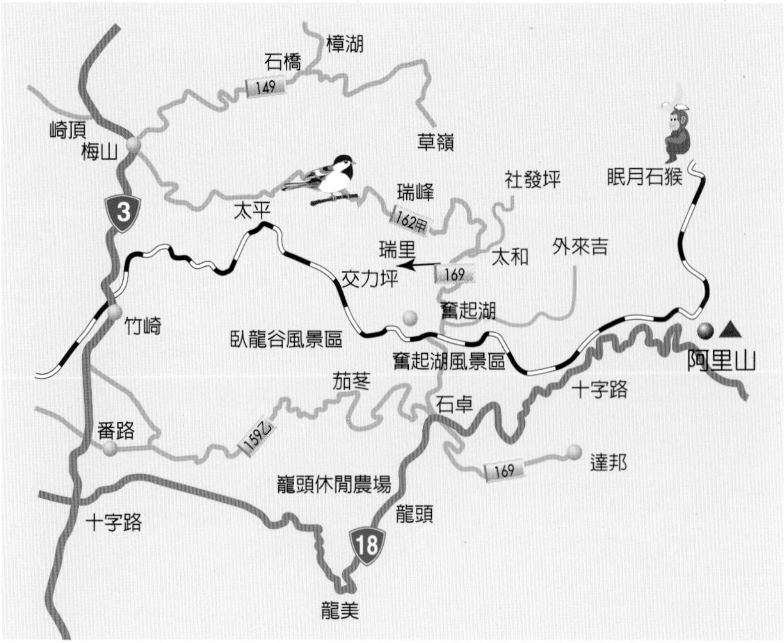

黃胸藪眉

樟湖
石橋
149
崎頂
梅山
3
太平
瑞峰
162甲
草嶺
社發坪
眠月石猴
瑞里
交力坪
太和
外來吉
169
竹崎
臥龍谷風景區
奮起湖
阿里山
茄苳
奮起湖風景區
番路
159乙
石卓
十字路
達邦
169
龍頭休閒農場
龍頭
十字路
18
龍美

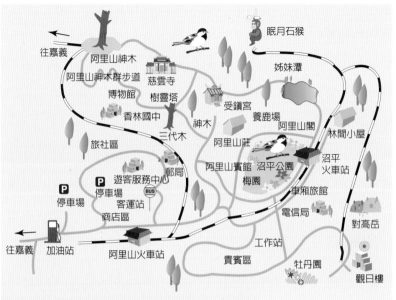

眠月石猴

往嘉義

阿里山神木

阿里山神木群步道　慈雲寺

博物館　　樹靈塔

香林國中

姊妹潭

受鎮宮

養鹿場

神木　　　　　　阿里山閣

三代木　　　　　　　　　林間小屋

旅社區　　　　　　阿里山莊

郵局　　　　　　沼平

遊客服務中心　　阿里山賓館　沼平公園　火車站

P 停車場　　　BUS　　　　　梅園

停車場　　　　客運站　　　　　　　車廂旅館

商店區　　　　　　　　　　　電信局

對高岳

往嘉義　加油站

阿里山火車站　　　　　工作站

貴賓區　　　牡丹園

觀日樓

紋翼畫眉

酒紅朱雀

遊樂區，約75公里。

　　搭車則由嘉義火車站搭往阿里山的森林火車，每天下午1:30由嘉義開往阿里山，下午1:20由阿里山回嘉義。食宿或交通可詢問TEL：(05)2679833

　　阿里山鳥況最好的地方在沼平公園周圍，各種山雀科、畫眉科鳥類爭鳴，迎接花香來臨。其他如祝山賞日出之後，沿公路而下，途中就會有大量活躍的山鳥等著您。另外可繞姊妹潭、

深山鶯

受鎮宮、神木一圈，一樣可欣賞
到穿梭林間的精靈。沿步道賞鳥
約半天行程，全年皆可賞鳥，冬
天則因冬候鳥的到訪更為熱鬧。
　　來此須事先預定，並需要備
妥禦寒衣物、雨具。
　　食宿詢問可洽以下各地：
　　阿里山火車站 (05)2679833

嘉義鐵路局 (05)2249300
阿里山旅客服務中心
　 (05)2679917
阿里山青年活動中心
　 (05)2679561
阿里山賓館(05)2679811
阿里山閣國民旅舍
　 (05)2679561
阿里山車廂旅館 (05)2679621
力行山莊 (05)26796534

栗背林鴝

黃腹琉璃鳥

藍尾鴝

可見鳥種

1.留鳥

岩鷚、星鴉、黃羽鸚嘴、鶲鶲、栗背林鴝、小翼鶇、青背山雀、火冠戴菊、深山鶯、茶腹鳾、金翼白眉、白耳畫眉、冠羽畫眉、藪鳥、煤山雀、酒紅朱雀、巨嘴鴉、灰頭花翼、紅山椒、鉛色水鶇、紅頭山雀、黃腹琉璃、灰鷽、鱗胸鷦鷯、褐鷽、栗背林鴝（阿里山鴝）、鶲鶲。

2.冬候鳥或過境鳥

樹鷚、藍尾鴝、虎鶇、赤腹鶇、斑點鶇、花雀。

星鴉

鄰近替代地點

特富野、奮起湖、達邦。

玉山國家公園

灰鷽

玉山國家公園為台灣少數仍維持原始狀態的地區，天然植被隨海拔的變化，由闊葉林、針葉林至高山草原，野生動物滋生其間。此地擁有相當多被列入世界瀕臨絕種鳥類的鳥有台灣特有種類－藍腹鷴、帝雉。除此之外，區內並有108種鳥類的觀察紀錄。其中有13種台灣特有種類在公園範圍內經常出現。

一般說來，上新中橫到玉山，最好的交通工具還是開車。

員林客運雖然有行駛從水里往返阿里山的班車，但若生意不理想，時常會停班，想搭員林客運班車到塔塔加或是阿里山，最好出發前先打電話詢問。

塔塔加遊憩區為最易到達的

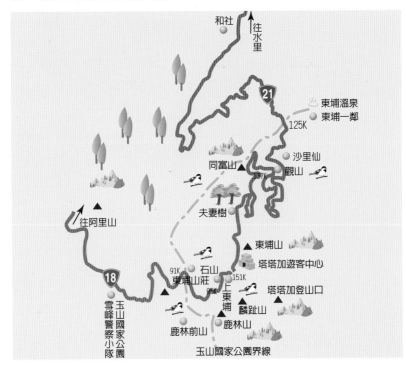

和社
往水里
21
東埔溫泉
東埔一鄰
125K
同富山
沙里仙
觀山
夫妻樹
往阿里山
東埔山
塔塔加遊客中心
91K 石山
東埔山莊
151K
塔塔加登山口
95K 上東埔
麟趾山
18
雪峰警察小隊
玉山國家公園
鹿林前山
鹿林山
玉山國家公園界線

玉山國家公園

嘉義縣

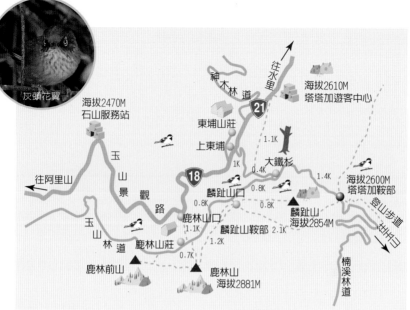

灰頭花翼

海拔2470M
石山服務站

海拔2610M
塔塔加遊客中心

神木林道

往水里

21

東埔山莊

上東埔

1.1K

大鐵杉

1K 0.4K

往阿里山

玉山景觀路

18

麟趾山口

0.8K

0.8K

1.4K

海拔2600M
塔塔加鞍部

0.8K

麟趾山
海拔2854M

鹿林山口

1.1K

麟趾山鞍部 2.1K

登山步道

玉山林道

鹿林山莊

1.2K

0.7K

鹿林前山

鹿林山
海拔2881M

楠溪林道

地點，區內之林道、步道、停車場、每個角落皆是賞鳥點，無特定路線。

　　來此區，部份管制區域須事先申請通行證或入山證，且須要事先預定食宿。需事先備妥禦寒衣物和雨具。

　　食宿交通問題，可洽詢以下各地：

玉山國家公園塔塔加遊客中心：(049)702200~1

塔塔加遊客中心餐飲部：(049)702288

林務局嘉義林管處：(05)2277006（預訂東埔山莊）

阿里山力行山莊：(05)2679634

山地青年活動中心（東埔）：(049)701515

員林客運水里站：(049)770041

可見鳥種

1.留鳥

台灣藍鵲、黃山雀、紋翼畫眉、金翼白眉、藪鳥、冠羽畫眉、酒紅朱雀、巨嘴鴉、星鴉、灰鷽、栗背林鴝。

2.冬候鳥或過境鳥

黃尾鴝、赤腹鶇、白腹鶇、虎鶇。

4. 稀罕鳥種

藍腹鷴、黑長尾雉、深山竹雞、黃山雀、白頭鶇。

最佳賞鳥季節

冬季及春季。

鄰近替代地點

　　阿里山、望鄉、東埔溫泉、關高。

台南縣

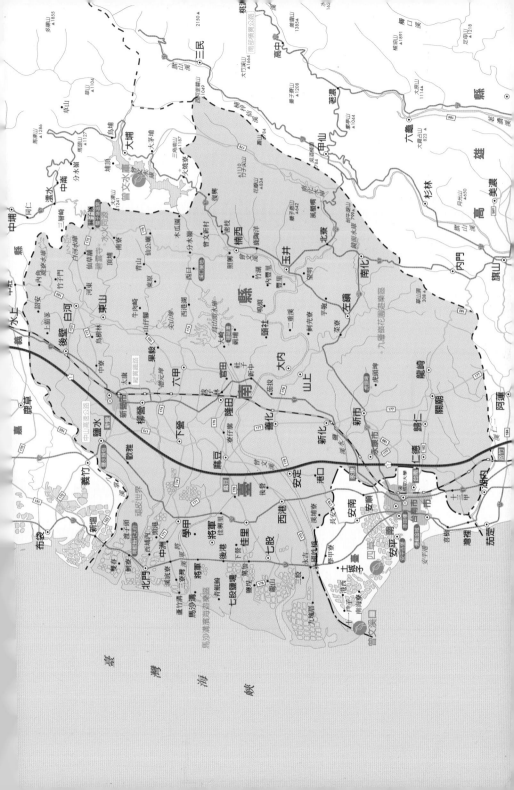

曾文溪口

　　曾文溪口的淤沙沖積扇，面積約300公傾，河川上游所帶來的泥沙和有機質、營養鹽在此沈積，使得當地底棲生物非常豐富，除了蘊涵沿海魚產，也提供了水鳥過境時食物的來源。在溪口先後發現的200種鳥類中，以瀕臨絕種的黑面琵鷺最為珍貴。曾文溪口的七股地區海埔地，大多開發為魚塭；近年因七股工業區的開發，使曾文溪口因為黑面琵鷺而成為焦點，也是經濟利益與自然保育相衝突的最佳寫照。設立保護區的意義並不僅只是為了黑面琵鷺而已，更是保護重要濕地的完整；若能善用這塊珍貴濕地，不僅保護了黑面琵鷺，將成為最富吸引力的觀光資源，而

白頭錦鴝

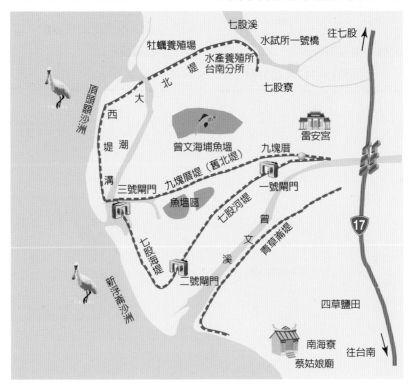

七股溪
牡蠣養殖場
水試所一號橋
往七股
水產養殖所
台南分所
北
堤
大
頂頭額沙洲
西堤潮溝
七股寮
曾文海埔魚塭
雷安宮
九塊厝
九塊厝堤（舊北堤）
三號閘門
一號閘門
魚塭區
七股河堤
曾
文
七股海堤
溪
青草崙堤
二號閘門
新浮崙沙洲
17
四草鹽田
南海寮
蔡姑娘廟
往台南

黃足鷸

大白鷺

成為繁榮地方的無
煙囪工業。附近其
他建議地點還有七股溪
出口的紅樹林保護區，七股燈塔
北側的頂頭額沙洲。

　　交通路線可自高速公路下永
康交流道，從1號省道至三叉路

右轉中華北路前行，遇中華西路
右轉過觀海橋，接安明路直行，
經四草鹽田橫跨曾文溪的國姓
橋，往前遇第一個左側路口有
「佳里榮家」指示牌，即轉入直
行。經農牧專業區、魚塭、過大
排水道、路橋抵十字路口，右前
方為曾文氣象站，左轉前行到
底遇「黑面琵鷺保育告示牌」
，再右轉沿堤防而行，即抵
曾文溪口賞鳥區，此地路線
複雜，最好請人帶領。

　　來此賞鳥需要禦寒衣物，
雨具必備，觀賞時間需要配合潮
汐，小心風浪。

最佳觀賞季節

　　冬季過境鳥、冬候鳥。

鷹斑鷸

鐵嘴鴴

關於食宿，因地處偏遠、無
理想食宿地點，可在台南市內安
排食宿。堤防邊有幾處水產小吃
可供果腹。

蒙古鴴

黑面琵鷺

曾文溪口

台南縣

可見鳥種

1.留鳥

小白鷺、夜鷺、翠鳥、紅冠水雞、白腹秧雞、彩鷸、褐頭鷦鶯、灰頭鷦鶯、高蹺鴴、小雲雀、錦鴝、白頭錦鴝。

2.冬候鳥或過境鳥

黑面琵鷺、蒼鷺、大白鷺、中白鷺、鷸鴴科、雁鴨科、鷗科。

3.夏候鳥

小燕鷗。

4.稀罕鳥種

黑面琵鷺、唐白鷺、黑頭白䴉、彩䴉。

磯鷸

大白鷺

曾文水庫

曾文水庫海拔約200公尺，蓄積來自曾文溪上游的溪水，灌溉嘉南平原。水庫周圍及集水區，因受法令保護，植物及環境保護良好，加上大面積的水域，部份地區人跡不易到達，因此鳥況相當不錯，冬季因冬候鳥如鸕鶿、魚鷹來此度冬，有寒流時山區鳥類降遷至此，使得鳥種益加豐富。

前往曾文水庫可由新營交流

白頭翁

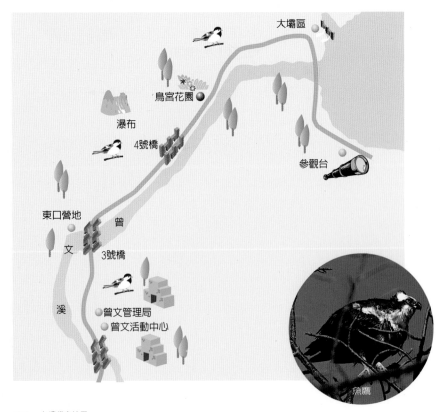

大壩區

鳥宮花園

瀑布

4號橋

參觀台

東口營地

曾

文

3號橋

溪

曾文管理局
曾文活動中心

魚鷹

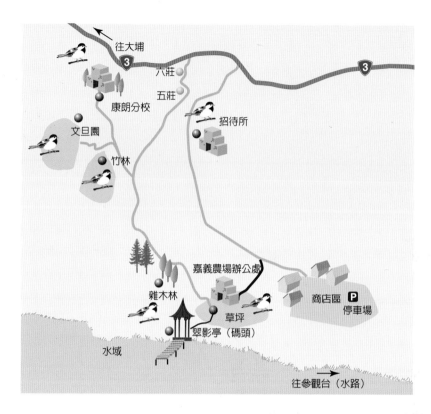

道下高速公路，沿172縣道到新營市區，接1號省道往南至龜港，左轉174縣道到照興，在楠西山莊渡假村附近左轉入往曾文水庫的鄉道，前行經過曾文青年活動中心即可到達。

　　曾文水庫主要的賞鳥地點有兩處，一是水庫管理局和水壩附近，二是台3線旁的嘉義農場。

　　此兩處建議路線由曾文青年活動中心出發。曾文青年活動中心和水庫管理局附近的樹林和灌

斑點鶇

朱鸝

赤足鷸

叢中黑枕藍鶲、小彎嘴等鳥類非常容易見到，綠鳩偶爾現身，接著往大壩方向前進，沿途經過3號橋和4號橋，溪澗鳥、灌叢鳥不時在路旁活躍。鳥宮花園鳥況較普通。到了壩頂，若運氣不錯，可以看到大冠鷲、老鷹、魚鷹在天空盤旋。

　　壩頂賞完鳥，可直接驅車至嘉義農場。由台3線轉進通往農場辦公室的叉路，首先在距路口約100公尺旁的招待所停一下，這裡斑文鳥、斑鳩、鷦鶯常在此逗留，接著繼續往農場辦公室草坪去，天空的燕子、大卷尾、地面的麻雀、白頭翁永遠不會讓你落空。

　　轉往碼頭、竹林、文旦園、康朗分校，各種低海拔的山鳥如白環鸚嘴鵯、竹雞、山紅頭一定夾道歡迎你。

小白鷺

五色鳥

最佳賞鳥季節

　　各季節均可，但冬季稍佳。

　　詢問食宿，可以和下列地點接洽聯繫：

　　憶園：(06)2226131轉290

曾文青年活動中心：
(06)5753431~5

東口渡假中心：(06)5753436

可見鳥種

1.留鳥

夜鷺、小白鷺、白頭翁、綠繡眼、樹鵲、小啄木、黑枕藍鶲、小彎嘴、赤腰燕、洋燕、小雨燕、大卷尾、白鶺鴒、紅嘴黑鵯、五色鳥、翠鳥、褐頭鷦鶯、綠繡眼、山紅頭、斑頸鳩、台灣藍鵲、大冠鷲、鳳頭蒼鷹。

2.冬候鳥或過境鳥

紅尾伯勞、藍磯鶇、灰鶺鴒、虎鶇、赤腹鶇、白腹鶇、魚鷹。

3.夏候鳥

八色鳥、筒鳥。

4.稀罕鳥種

老鷹、鵂鶹、朱鸝、藍腹鷴、林鵰。

四草

四草目前已由行政院農委會公告為四草水鳥保護區，區內多鹽田蒸發池及魚塭所構成，冬季時有大批鷿鷉科、鷺科鳥類在此休息覓食。數量上百的雁鴨科鳥類如小水鴨、琵嘴鴨經常大群在此出沒。冬候鳥反嘴鷸和在此繁衍的高蹺鷸是這裡最迷人

番鵑

的鳥類，這兩種水鳥高蹺的身形，曼妙的步伐，永遠吸引賞鳥人的目光。

此處最佳觀賞季節在冬季，及春、秋候鳥過境時分。區內無特定賞鳥路線，可沿土堤、步道緩行，保持人和水鳥的距離，才能安心賞鳥。

前往交通路線可由台南經大港觀海橋接安明路往曾文溪口方向直行，

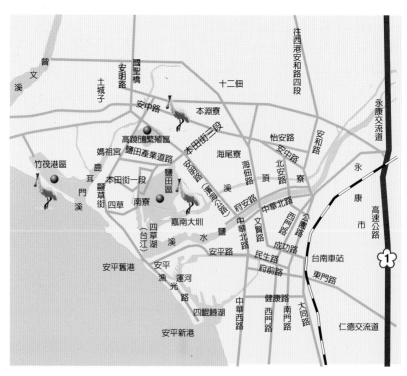

四草

台南縣

反嘴鴴

四草附近並無理想食宿地點，可在台南市安排食宿。

鄰近替代地點

曾文溪口。

過濱海橋、海尾橋、本淵橋後，過遇十字路口，右前方為台南鹽場，左轉本田街二段前進不久，見右側建築為鹽倉，左側遇有變電所即左轉進入四草鹽田賞鳥區。

可在台南火車站附近的台南客運安南站搭往本淵寮班車，於中廣站下車，步行約10分鐘可抵台南製鹽場，進入賞鳥區。

可見鳥種

1.留鳥
小白鷺、夜鷺、紅冠水雞、白腹秧雞、褐頭鷦鶯、灰頭鷦鶯、栗小鷺、魚狗。

2.冬候鳥或過境鳥
蒼鷺、反嘴鴴、大白鷺、中白鷺、鷸鴴科水鳥、紅尾伯勞、雁鴨科。

4.稀罕鳥種
白鸛、海雀。

小杓鷸

高蹺鴴

高雄縣

永安濕地

位於高雄縣永安鄉鹽田村。此處恰位處西海岸平原之折點，淤積而成一海埔地，地形平緩，故雨季常積水為沼澤。擁有大片海茄苳及少量欖李等紅樹林。昔為大片鹽灘，然現已廢棄。春秋之際可觀賞大批水鳥過境盛況。前往可沿台17線，在永安轉往海邊方向，本區無特定賞鳥

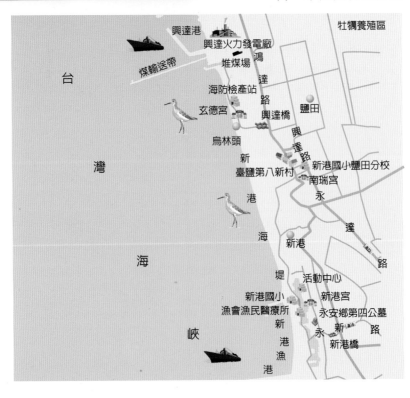

台灣海峽

興達港　興達火力發電廠　堆煤場　海防檢產站　玄德宮　興達橋　烏林頭　新　臺鹽第八新村

牡蠣養殖區

煤輸送帶　潟　達　路　鹽田　興達路　新港國小鹽田分校　南瑞宮　永　達　路

港海堤　新港　活動中心　新港宮　新港國小　漁會漁民醫療所　新港漁港　永安鄉第四公墓　永　新　路　新港橋

永安濕地

高雄縣

路線，必須在廣大魚塭及濕地間找尋。

　　到此地賞鳥，最好備妥帽子、防曬油，以免被太陽曬傷。

最佳觀賞季節

　　九月～隔年四月。

大白鷺

可見鳥種

1.留鳥

小鷿鷈、牛背鷺、小白鷺、夜鷺、栗小鷺、白腹秧雞、紅冠水雞、緋秧雞、東方環頸鴴、斑頭鳩、紅鳩、翠鳥、小雨燕、赤腰燕、家燕、洋燕、棕沙燕、白頭翁、白鶺鴒、棕背伯勞、大卷尾、灰頭鷦鶯、八哥、褐頭鷦鶯、麻雀。

2.冬候鳥或過境鳥

鸕鷀、蒼鷺、大白鷺、中白鷺、琵嘴鴨、小水鴨、尖尾鴨、白眉鴨、灰斑鴴、金斑鴴、小環頸鴴、蒙古鴴、中杓鷸、黑尾鷸、赤足鷸、小青足鷸、青足鷸、鷹斑鷸、磯鷸、翻石鷸、田鷸、穉鷸、濱鷸、黑腹燕鷗、白翅黑燕鷗、黃鶺鴒、紅尾伯勞、藍磯鶇、大葦鶯、高蹺鴴。

3.夏候鳥

小燕鷗。

4.稀罕鳥種

黑面琵鷺、魚鷹、老鷹、遊隼、白鸛、黑鸛。

翠鳥

尖尾鴨

雙溪熱帶森林遊樂區

雙溪熱帶森林遊樂區位於美濃鎮東北方約4公里的竹頭角一帶，海拔在100公尺左右，雙溪流貫其間，沿岸林木青翠，澗水清淨。由於栽植大片鐵刀木和野生的長穗木、馬櫻丹，形成黃蝶生息繁衍的天然環境，號稱黃蝶翠谷；加上入口處的熱帶樹木園，成為鳥類喜愛居留的地方。

筒鳥

前往之交通路線可自路竹交流道下高速公路，循184縣道至旗山，或由楠梓交流道下高速公路走台22線至嶺口，再走台21線左轉至旗山。由旗山轉

六龜火炎山

月光山

朝元寺

美

黃蝶翠谷

濃

雙溪熱帶樹木園

福德祠

廣興

廣林

美濃

中正湖

溪

黍頂山

茉濃溪

往旗山 184甲

龍肚

橫山

184

河邊寮

高雄縣

可見鳥種

1.留鳥

鷦鶯、八哥、黑冠麻鷺、翠翼鳩、竹雞、白鷴鴿、棕面鶯、小啄木、綠繡眼、繡眼畫眉、黑枕藍鶲、小彎嘴、翠鳥、小白鷺、小卷尾、大冠鷲、山紅頭、綠畫眉、五色鳥、樹鵲、紅嘴黑鵯、綠繡眼。

2.冬候鳥或過境鳥

赤腹鶇、白腹鶇、紅尾伯勞、藍磯鶇。

3.夏候鳥

八色鳥、筒鳥。

4.罕鳥種

朱鸝、熊鷹。

小彎嘴畫眉

184甲縣道進入美濃；再由民族路岔路口走右邊，過雙溪橋後，再右轉前行可抵。

在高雄、旗山、美濃等地搭往黃蝶翠谷的高雄客運在黃蝶谷站下車，下車後循指標前行不久後即可抵達，區內道路均為賞鳥路線，注意樹林上層朱鸝、紅嘴黑鵯聒噪；樹林下層小彎嘴畫眉、黑枕藍鶲不經意出現；草叢中鷦鶯、斑文鳥鑽進鑽出；地面上八色鳥、黑冠麻鷺安靜佇立，準備啄食地表下的蚯蚓。

來此賞鳥，必備雨具、防蚊藥品。

食宿交通詢問，可洽美濃愛鄉協會：(07)6810371

小啄木

扇平、藤枝

扇平森林遊樂區

扇平森林遊樂區位於高雄縣茂林鄉境內，海拔在400～600公尺之間，現為台灣林業試驗所六龜分所的一個工作站。以低海拔闊葉林帶為主，清澈的溪水、茂密的森林，生態豐富，有許多珍稀鳥種在此棲息。因劉燕明先生拍的「藍鵲飛過」影片而名聞遐邇。由苗圃出發經辦公室到竹類標本園，再往餐廳附近一帶，可見台灣藍鵲；再從餐廳一帶到舊發電廠，灌叢鳥類不斷出沒。沿清澈的溪澗到2號雨量站附近約1000公尺路程，為鳥類出沒精華地帶。

目前無公車直達扇平森林遊樂區，需自行租車或開車前往。

小卷尾

扇平聯外交通圖

扇平森林遊樂區圖

可從高速公路下仁德交流道，接182號省道，經關廟、中埔接台3省道，抵旗山後循184省道至六龜，再走185號縣道過六龜大橋遇岔路，往右行駛，經林試所六龜分所不久，再左轉即可抵扇平林道；本林道目前仍為碎石路面，途中需於檢查站繳驗入山証，約9公里可達扇平工作站。

來此賞鳥需事先申請通行證或入山證，事先預定食宿，需備禦寒衣物，雨具必備、防蚊藥品。

食宿問題可洽扇平招待所，電話(07)6891647~8。

台灣藍鵲

藤枝森林遊樂區

藤枝森林遊樂區位於高雄縣桃源鄉，為台灣省林務局所經營、管理，內設有苗圃，海拔約1500公尺，以台灣杉、柳杉等針葉林為主的林相，因此博得「小溪頭」之名。鳥類相以中、低海拔山鳥為主。台灣省特有生物保育中心在此設立一中海拔研究站。

開車可從高速公路下仁德交流道至六龜大橋，遇岔路，與到扇平所經路段相同，在岔路口時往左行駛，約2.5公里過荖濃橋，循指標右轉沿藤枝林道而上，不

小卷尾

用申請入山證，復前行經二集團山地村落不久，可達藤枝森林遊樂區大門，購票後繼續駛往停車場。賞鳥路線以區內道路小徑為主，鳥種和扇平接近，但中海拔山鳥多一些，員工宿舍區附近黃山雀數量多且不

白環鸚嘴鵯

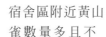
黃腹琉璃雄鳥

扇平、藤枝

高雄縣

可見鳥種

1.留鳥

白耳畫眉、冠羽畫眉、棕面鶯、繡眼畫眉、黑枕藍鶲、紅山椒、小卷尾、五色鳥、大冠鷲、小啄木、山紅頭、樹鵲、紅頭山雀、竹雞、斑紋鷦鶯、白尾鴝、小彎嘴、黃嘴角鴞、黃腹琉璃鳥、黃胸青鶲。

2.冬候鳥或過境鳥

赤腹鶇、白腹鶇、藍磯鶇、灰鶺鴒、紅尾伯勞。

3.夏候鳥

筒鳥。

4.稀罕鳥種

台灣藍鵲、朱鸝、花翅山椒鳥。

畏人；黃胸青鶲常相互追逐至面前。

來此賞鳥需要事先預定，備妥禦寒衣物、雨具。

前往交通，搭車可從六龜搭高雄客運往藤枝。

食宿問題可向下列地點接洽聯繫：

林務局屏東林區管理處

(08)7322146
藤枝山莊 (08)6891034
林管局六龜工作站
(07)6891002、6891036

最佳觀賞季節

四季皆宜。

鄰近替代地點

出雲山、六龜。

小剪尾

出雲山自然保留區

位於高雄縣桃源鄉境內，面積約有5000公頃。區內海拔高度由800至2200公尺。林相包括亞熱帶常綠落葉闊葉樹林、闊針葉混生林，及溫帶針葉樹林。深山竹雞及黑長尾雉在此經常可見，因而建議林務局將該地區規劃為鳥類自然保護區，現積極進行中。除雉類之外，並有70餘種鳥類觀察記錄，其中多數為本省稀有種。

搭車可由台南市乘台南客運至旗山，再轉乘高雄客運至六龜再由六龜轉藤枝搭柴車往出雲山，第二

赤腹鶇

白耳畫眉

黃山雀

天清晨再搭乘運材車至第25林班下車，往下徒步約30分鐘就可到達工寮。或高底盤之四輪驅動車亦可抵達，本區賞鳥路線為出雲山林道，沿途中高海拔畫眉科、山雀科鳥類相當豐富，帝雉和藍腹鷴經常晨昏在林道上出沒。

　　進入本區需事先申請通行證或入山證—在台南市、高雄市警局均可辦理。禦寒衣物和雨具必備，無食宿供應。食宿相關問題可洽詢林務局屏東林區管理處：(08)7322146。

最佳觀賞季節
　　四季皆宜。
鄰近替代地點
　　藤枝、扇平。

可見鳥種
1.留鳥
黃山雀、阿里山鴝、白耳畫眉、棕面鶯、林雕、紅山椒、白尾鴝。
2.冬候鳥或過境鳥
虎鶇、赤腹鶇、白腹鶇。
3.夏候鳥
筒鳥。
4.罕見鳥種
白頭鶇、褐林鴞、熊鷹、白喉笑鶇、黑長尾雉、藍腹鷴、深山竹雞。

白腹鶇

屏東縣

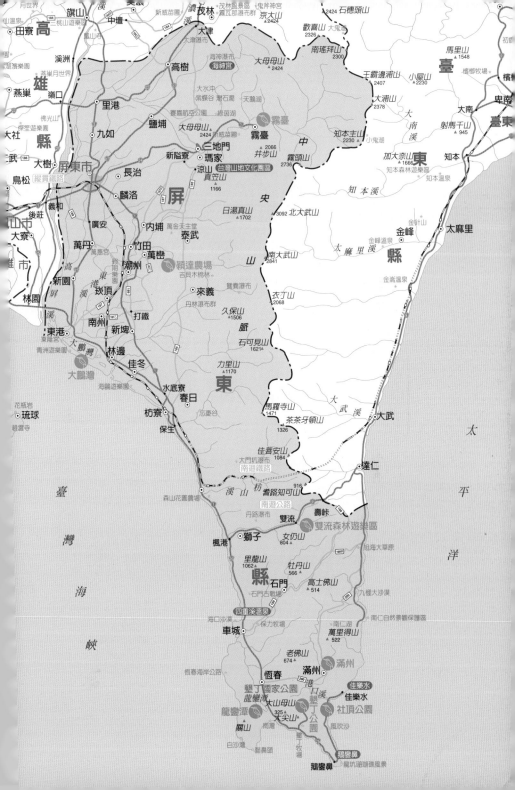

大鵬灣

大鵬灣北由高屏溪、東港溪，南由林邊溪所包夾，因為灣內海流、季風作用，沖積扇泥沙堆積而形成潟湖。目前因海水交替作用不足，牧蠣養殖業遂逐漸沒落，大鵬灣周遭廣闊的魚塭，水田、旱田

黑面琵鷺

在休耕的冬季正好成為冬候鳥棲息及覓食的天堂。此地雁鴨科以小水鴨最多，鷺鷥科以小白鷺、夜鷺最普遍，鴴鷸科以東方鴴、高蹺鴴、鷹斑鷸族群最大。大鵬灣國家風景區管理處正計畫將大鵬灣開發為大型海上遊樂區，未來鳥況難以預料。目前冬候鳥及過境鳥的分佈

往潮州 →
187

東興國中

警察局

← 往東港

中山國宅

魚塭區

以栗國小

← 往南中

住宅區

17

魚塭區

魚塭區

往林邊

大鵬加油站

大鵬灣

育州遊樂區

鸕鷀

大都在大鵬灣北側四周的魚塭區。可以乘竹筏或沿著渠道欣賞紅樹林內的鳥類。

大鵬灣位東港鎮西端,高屏溪的南端,附近有台17及台27線有道經過,沿台17南下進入東港鎮即可見到大鵬灣國家風景區指標。

澤鵟

水雉

可見鳥種

1.留鳥

小白鷺、小環頸行、東方環頸行、紅冠水雞、棕沙燕、褐頭鷦鶯、紅尾伯勞、黃鸝鴿、黃小鷺、綠繡眼、八哥、夜鷺、赤腰燕。

2.冬候鳥或過境鳥

大白鷺、中白鷺、鷹斑鷸、田鷸、黑腹燕鷗、金斑鴴、紅尾伯勞、大葦鶯。

4.稀罕鳥種

黃小鷺、栗小鷺。

開車前往,沿著台17線,進入東港鎮至東港警察局後,在公路左邊可看到中山國民住宅,兩排國宅的中間道路左轉進入,即可達本區。搭車可乘屏東客運、台汽。

在17號省道,經林園至東港林邊市街有許多中小型旅舍,可供食宿參考。

最佳觀賞季節

12月至翌年2月間。

鄰近替代地點

林邊、佳冬一帶、高屏溪出海口。

龍鑾潭

龍鑾潭位於恆春半島西南，恆春往貓鼻頭途中。水域寬廣，水草茂盛，爲水鳥棲息的大本營，尤其是秋天大群過境的雁鴨科鳥類，遠近馳名，而成爲墾丁地區賞鳥重鎮。八月及九月是牛背鷺過境期，在傍晚時，由南岸停車場飛出海，非常壯觀。十一月至翌年二月是雁鴨渡冬的季節，以澤鳧爲主，鷺鷥、白冠雞、鸕鷀及魚鷹也很常見。四月及五月是燕鷗類過境的季節，以白翅黑燕鷗、黑腹燕鷗及小燕鷗爲主。

龍鑾潭主要賞鳥點及路線有三，分別是南岸停車場、自然中心和龍鑾潭北側荒地。

南岸停車場可由屏鵝公路在核三廠大門前300公尺叉路右轉前行約七、八百公尺即達。停車

澤鳧

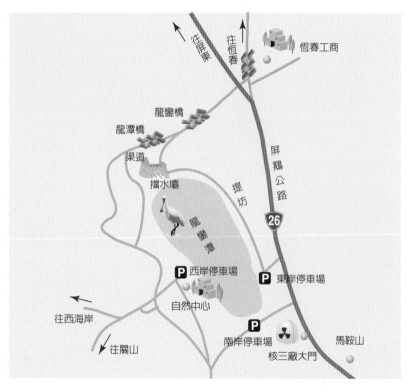

往屏東
往恆春
恆春工商
龍鑾橋
龍潭橋
渠道
擋水壩
屏鵝公路
26
提坊
龍鑾潭
P 西岸停車場
P 東岸停車場
自然中心
往西海岸
P
往關山
南岸停車場
核三廠大門
馬鞍山

龍鑾灣

屏東縣

鸕鷀

綠頭鴨

可見鳥種

1.留鳥

紅冠水雞、小鷿鷈、烏頭翁、樹鵲、小彎嘴畫眉。

2.冬候鳥或過境鳥

雁鴨科水鳥、紅隼、澤鵟、紅尾伯勞、魚鷹、牛背鷺、各類燕鷗、白冠雞、白鸛、黑鸛、沼鷺、短耳鴞、黑面琵鷺、水雉、跳鴴。

3.夏候鳥

小燕鷗。

場前有一廣場可進行賞鳥活動，是龍鑾潭區最容易到達的賞鳥點。

自然中心位於龍鑾潭西岸，由屏鵝公路在馬鞍山龍鑾橋邊左轉往關山的途中，先進入停車場，再沿步道走一小段，便可到達。自然中心內設有望遠鏡及各項鳥類解說資料展示，是國內第一座專以鳥類為主題的設施。

堤防北側位於龍鑾潭北邊，在恆春往關山途中，由屏鵝公路進入，過了龍潭橋，注意左手邊的渠道，沿引水渠道進入；在龍鑾潭堤防北側的廣大荒地及廢魚塭，可以發現許多水鳥棲息其間，此地荒蕪，最好結伴而行。

最佳觀賞季節

九月至翌年四月

屏東、高雄、台汽客運，恆春、墾丁旅舍村立也有民宿。

食宿交通詢問可洽以下各處：

墾丁國家公園管理處：08-8861321

龍鑾潭自然中心：08-889-1456

錦鴨

穎達農場

穎達農場爲位於屏東縣萬巒鄉成德村的一座私人自然生態農場，農場主人不以營利爲目的，特在區內環境規畫生態保育區、果園、池塘、草地、小丘等多變化環境，各種，植物茂盛種類眾多。因朱鸝、黃鸝四時可見，且在農場內繁殖而著稱。

前往穎達可沿沿山公路，由涼山往南過佳義國小約1.5公里路右邊。或由屏東經內埔、筏灣，過了筏灣國小

紅冠水雞

朱鸝

果園

露營區

水池

果園

露營區

原生林

馬房

辦公室

收費亭

入口

側門

沿山公路

屏東縣

可見鳥種

1.留鳥

小啄木、大卷尾、樹鵲、黑枕藍鶲、小彎嘴畫眉、紅鳩、五色鳥、翠翼鳩、珠頸斑鳩、金背鳩、大冠鷲、黑鳶、翠鳥、白腹秧雞、紅冠水雞。

2.冬候鳥或過境鳥

紅尾伯勞。

3.夏候鳥

筒鳥。

4.稀罕鳥種

黃鸝、朱鸝、灰卷尾、灰山椒鳥。

約1公里路左邊。進入農場內所有可通行區域皆為賞鳥區。但要注意農場嚴禁使用收錄音機及高聲喧嘩，避免鳥類受驚。

來此賞鳥需要事先預約（只接受10人以上團體預約），每日限500人。

食宿交通詢問可洽農場，電話：08-7799315，高雄市聯絡電話：07-3800122。

最佳觀賞季節

10月至2月，晨昏鳥類活動力最高，夏季炎熱鳥況較差。

鄰近替代地點

涼山山區、三地門。

樹鵲

紅尾伯勞

雙流森林遊樂區

本遊樂區位在恆春半島北端南迴公路旁，里龍山北麓，距楓港13公里。區內多為茂密的人工次生林，僅在溪谷及兩岸陡坡尚保有原生樹種。四季氣候溫和，鳥類資源相當豐富，在春夏季裡有長尾山娘之稱的臺灣藍鵲，出沒期間甚至不畏人，而在遊客多的休息區樹上築巢；秋冬之際在停車場附近可欣賞到大量過境

綠蓑鷺

的赤腹鷹、灰面鵟隨著氣流盤旋天際的景觀。在冬季較高海拔的黃腹琉璃鳥和紅山椒鳥等，也會為了避寒由高山降臨此地。

前往雙流可在高雄南站、屏東火車站前搭往台東的台汽客運在雙流橋站下車；或開車沿台1南下在楓港左轉接台9線南迴公路，車行約14公里可達，經獅子、月路後抵雙流。

此區的主要賞鳥路線是自遊客中心往帽子山的沿線。

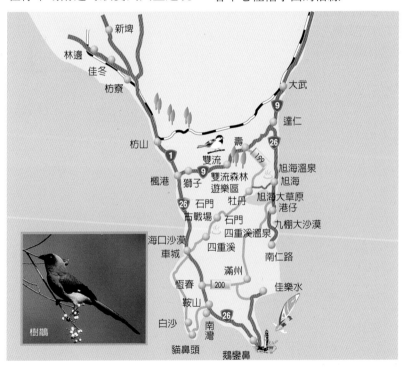

樹鵲

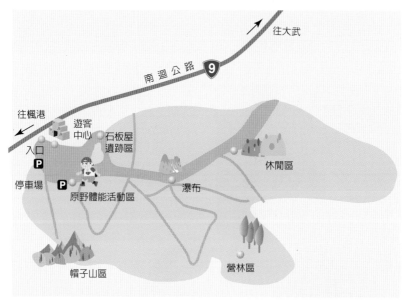

往大武

南迴公路 9

往楓港

遊客
中心
石板屋
遺跡區

入口 P

停車場 P

原野體能活動區

瀑布

休閒區

帽子山區

營林區

楓港、四重溪、恆春、滿州等地皆有旅舍及度假中心，可解決食宿問題。

最佳觀賞季節

四季皆宜。冬季更佳，但要避開冬北季風大作之時。

鄰近替代地點

丹路瀑布、里龍山、四重溪。

可見鳥種

1.留鳥

紅嘴黑鵯、烏頭翁、樹鵲、五色鳥、鳳頭蒼鷹、大冠鷲、小白鷺、白鶺鴒、黑冠麻鷺、綠簑鷺。

2.冬候鳥或過境鳥

紅尾伯勞、虎鶇、灰面鷲、赤腹鷹。

3.夏候鳥

筒鳥。

大冠鷲

筒鳥

滿州

牛背鷺

小白鷺

地中央。四周群山環繞，林相茂密，因東北季風不易到達谷內，而成爲許多過境山鳥的棲息地。特別是每年九月的賞赤腹鷹熱，十月初的賞灰面鷲人潮，將此地道路擠的水洩不通，而遠近知名。

里德橋與滿州橋爲賞鳥最佳位置，港口溪出海口沙洲則是鷸鴴水鳥覓食地。

前往滿州賞鳥或賞鷹可由恆甲春走200縣道至滿州，再由滿州國小前叉路右轉至里德橋。

滿州鄉位恆春鎮東方，滿州賞鳥重鎮在里德，而里德又居滿州鄉腹

每年十月上旬，每天

滿州

里德橋

往恆春

佳樂水

港 口 溪

往墾丁

太平洋

屏東縣

下午1:30以後,在里德橋附近停妥車輛,待鷹群來臨,運氣好時,上千隻就在頭上盤旋,逐漸降低高度後,就落在四周山巒及果園內。來此賞鳥需備禦寒衣物、雨具。

前往此地,開車可由恆春循200號縣道而行入滿州鄉,或搭台汽客運。

最佳賞鳥季節

赤腹鷹過境期:9月下旬～10月中旬。為每年十月,灰面鵟過境。

鄰近替代地點

南仁湖、旭海草原(以上需要申請)、白榕園。

可見鳥種

1.留鳥

樹鵲、大冠鷲、鳳頭蒼鷹、白環鸚嘴鵯、烏頭翁、大卷尾、番鵑、魚狗、小白鷺。

2.冬候鳥或過境鳥

紅尾伯勞、磯鶇、藍磯鶇、黃鶺鴒。

3.稀罕鳥種

灰面鵟鷹(灰面鷲)、赤腹鷹、黃鸝。

黃鶺鴒

墾丁（墾丁牧場、墾丁森林遊樂區、社頂公園）

墾丁牧場

牧場位於墾丁及大尖石山下，可由屏鵝公路台26線在墾丁進入墾丁森林遊樂區的牌樓，行車約一百公尺處的公路左側叉路進入。這段路約一公里，來此賞鳥須遵守相關規定，千萬不可越過圍籬。此處鳥種主要為開闊草原地型鳥種，如鷦鶯、小雲雀、大卷尾、牛背鷺，冬天則加入紅隼、伯勞等。

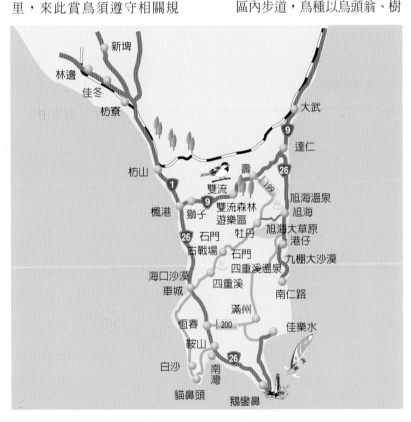

噪林鳥

墾丁森林遊樂區

此處即為一般所稱的「墾丁」，位於恆春以南，鵝鑾鼻半島的熱帶林、珊瑚礁岩及各種熱帶鳥類為主要特色。賞鳥路線為區內步道，鳥種以烏頭翁、樹

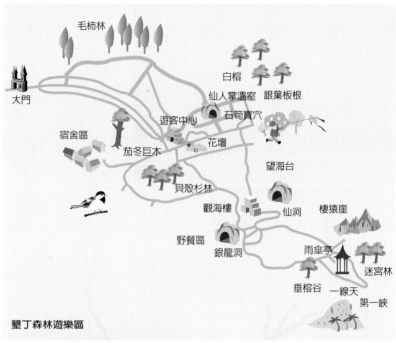

毛柿林
白榕
仙人掌溫室　銀葉板根
大門
遊客中心　石筍寶穴
宿舍區
茄冬巨木　花壇
望海台
貝殼杉林
觀海樓　仙洞　棲猿崖
野餐區
銀龍洞　雨傘亭　迷宮林
垂榕谷　一線天　第一峽

墾丁森林遊樂區

鳥頭翁

鵲、鶲鶯、燕子為主。

　　開車可從小港下中山高速公路，沿17號省道南下至水底寮入1號省道至楓港，接24號省道經車城、恆春至墾丁。

社頂公園

　　社頂公園位於恆春半島東南、墾丁國家公園範圍內，區內地形以丘陵地為主，環境由季風林、次生林、相思林、開墾地、牧草地為主。本處鳥種近似墾丁森林遊樂區，鳥況焦點為每年十月灰面鷲及赤腹鷹過境時，可在公園幾個置高點涼亭觀賞。九、十月份墾丁管理處均派駐解說員在此解說。

　　賞鳥路線可由墾丁海濱出發，到大小尖山（牧場、遊樂區）四週、大圓山（社頂公園）、籠仔埔地區。

　　墾丁地區旅館林立大致可分為觀光級旅館、國民旅舍旅館、一般旅館三種；現已有許多民宿

灰面鵟

傳真：(08)8861818
地址：屏東縣恆春
鎮墾丁路6號
墾丁青年活動中心
電話：(08)8861221
傳真：(08)8861110
地址：屏東縣恆春
鎮墾丁路17號
歐克山莊
電話：(08)8861601
傳真：(08)8861366
地址：屏東縣恆春鎮船帆路
1000號

及露營區供遊客使用，於9-3月房價有較大的彈性。

凱撒大飯店
電話：(08)8861888

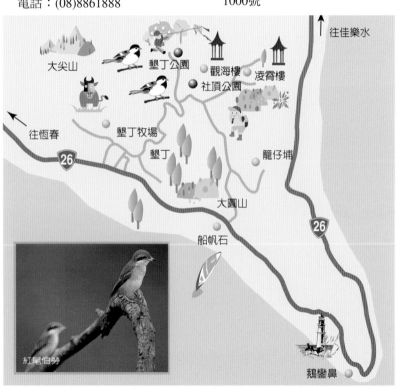

往佳樂水

大尖山　墾丁公園　觀海樓　凌霄樓
社頂公園

往恆春　墾丁牧場

墾丁

26　籠仔埔

大圓山

船帆石　26

紅尾伯勞

鵝鑾鼻

墾丁高崎大飯店
電話：(08)8861527
傳眞：(08)8861529
地址：屏東縣恆春鎮墾丁路27
1號
墾丁賓館 (08)886137
小墾丁鄉野渡假村(08)8802880
墾丁福華大飯店 (08)886232

可見鳥種
1.常見留鳥
烏頭翁、樹鵲、粉紅鸚
嘴、小雲雀、錦鴝、鷦鶯、
大卷尾。
2.冬候鳥或過境鳥
紅隼、澤鵟、灰面鵟、赤腹
鷹、紅尾伯勞、藍
磯鶇、魚鷹、
蜂鷹。

赤腹鷹

最佳賞鳥季節
　　四季皆宜，不過冬季
有落山風吹入，夏季更是
旅遊旺季，不妨選擇避
開。每年10月有灰面鵟等猛
禽過境，亦爲不錯的選擇。

灰面鵟

霧台

　　霧台是屏東縣北側的一個山地鄉，平均海拔在1000公尺左右，四周林木茂盛，山澗激流湍飛，冬暖夏涼。霧台的熊鷹及林鵰求偶、老鷹的晚點名，是許多賞鳥人夢昧以求的畫面。每年一月前後，來到霧台至阿禮的公路沿線，經常可以美夢成真。

　　由屏東市循台24號省道，經長治鄉至三地門，在達來檢查哨辦妥甲種入山証，再行7公里有一左轉往佳暮的叉路，直行則達霧台。越過霧台再行8公里到達台24號最後一個村落阿禮前，有一往左下未舖設柏油的小鬼湖林道叉路，此林道藍腹鷴等鳥類數量不少，鳥況誘人。

　　賞鳥路線可沿佳暮、霧台、阿禮、小鬼湖林道，一路觀賞。

　　來此賞鳥需事先申請通行證或入山證（甲種入山證），需要事先安排食宿，禦寒衣物、雨具

白耳畫眉

往三地門

舊佳暮

新佳暮

大武

民宿屋

垃圾廠

霧台鄉公所

霧台

24

往小鬼湖

阿禮

藍腹鷴

可見鳥種

1.留鳥

大冠鷲、老鷹、林鵰、灰林鴿、藍腹鷴、青背山雀、黃山雀、茶腹鳾、鉛色水鶇、紫嘯鶇、小剪尾、河烏、山麻雀、斑紋鷦鶯、白耳畫眉、黃腹琉璃鳥。

2.冬候鳥或過境鳥

蜂鷹、虎鶇、赤腹鶇、白腹鶇。

3.特殊鳥種

熊鷹、鵂鶹。

山麻雀

必備，此外要自備食物及高底盤四驅車。

注意山中氣候變化大，需攜帶雨具及防寒衣物並多準備飲水糧食，更應防範毒蛇。

霧台地區無加油站，請於山下加油後再上山。

前往霧台可搭乘屏東客運或24號省道經水門、三德。夜晚可在霧台鄉公所小屋或神山山莊夜宿或露營、霧台村民宿，可請鄉公所代為轉介(08)7902234、7902260。

最佳觀賞季節

四季皆宜，春季最佳。

老鷹

台東縣

知本、樂山

知本和樂山為台東縣西南郊之賞鳥點，鳥種以低海拔山鳥和過境猛禽為主。每年九月東北風起，赤腹鷹陸續南下，揭開了候鳥度冬的序幕，本省除墾丁外，樂山是最重要的過境點。風起鷹揚，除赤腹鷹外，偶爾可見燕隼、魚鷹、鵰頭鷹等珍稀猛禽。

知本

知本之森林遊樂區位於台東縣卑南鄉，為知本溪主要流域，是一低海拔亞熱帶原始林。區內樹木繁茂，鳥況極佳，朱鸝相當易見，賞鳥路線主要沿區內步道及溪澗。

樂山

樂山原名藥山，日據時代末期，武田製藥廠，於此山區種植雞納樹屬植物，用以提煉雞

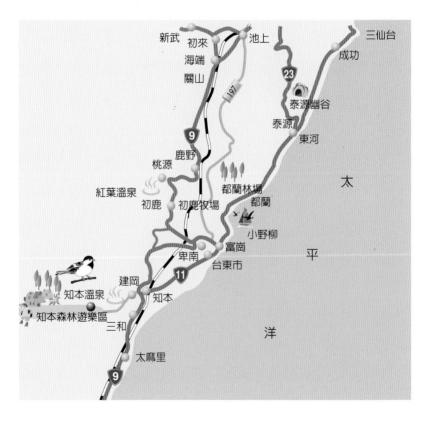

樹鵲

柚木林

千根榕

榕

陰

步

道

好

樟樹林地

溪地松林

勝利之門

森林

漢

浴

步

道

坡

桃花心木林

桂竹林地

知

植物園 山莊

水流腳底

按摩步道

瀑布

本

售票口

野餐區

野營活動區

闊葉樹、竹類混合林

溪

樂林橋

觀林吊橋

入口

出口

納鹼（Quina）為治瘧疾及解熱良藥，故名。光復後取其同音，更名為樂（一ㄠˋ）山，為「仁者樂山」之義。樂山地區位於中央山脈太麻里山東翼支稜，北臨知本溪，東向俯瞰台東平原。台東平原為卑南大溪、太平溪、利嘉溪、知本溪聯合沖積扇。全區上昇熱氣流旺盛，又恰位於花東縱谷和海岸山脈南端，當秋冬季時，東北季風順著中央山脈、海岸山脈、花東縱谷走向南下，利於遷徙性猛禽由此通過。樂山地區為觀賞赤腹鷹秋季南遷的主要

赤腹鷹

景點；清晨由林間上升形成鷹柱奇觀；再滑翔南下，形成鷹河、鷹流，壯觀場面。樂山地區秋季遷徙猛禽除赤腹鷹外，尚記錄其他南徙猛禽如雕頭鷹、紅隼、松

藍腹鷴

鳳頭蒼鷹

方向右側有一寺廟紅色牌樓，由此轉進，沿道路直行，蜿蜒而上，以最大柏油路為主，直到接近電視轉播站時，離開柏油路面，進入左側水泥路面，後遇第一條叉路右轉，順著道路上山，可至距山頂約五百公尺處，找尋可避車之處停車，下車步行，約15分鐘可達山頂。此處登高望遠，為南下赤腹鷹必經之處，可見林雕、大冠鷲、熊鷹、鳳頭蒼鷹等猛禽。南下猛禽除赤腹鷹外，曾見燕隼、雕頭鷹、澤鵟及其他猛禽。

開車前往此區，可由台東市循11乙號省道至知本約13公里，再依知本溫泉的指標行約7公里，見橫越知本的朱紅色觀林吊

雀鷹、澤鵟。留鳥猛禽則有林雕、大冠鷲、鳳頭蒼鷹、熊鷹相互爭鋒。

前往知本樂山賞鳥，可由二和及美和間，接近三和處，南下

赤腹鷹（雄鳥）

橋，即達知本森林遊樂區。

搭車前往，可在台東搭乘客運往知本班車，在清覺寺站下，沿路約步行1公里可達。

整個賞鳥路線需半天賞鳥行程，其中榕蔭步道共2.1公里

來此賞鳥需要事先預定，需要禦寒衣物，雨具必備。

關於此區的食宿交通問題，可洽詢東林區管理處(089)324121轉38、345493育樂課，知本(089)513395。

可見鳥種

1.留鳥

朱鸝、樹鵲、頭烏線、紅嘴黑鵯、五色鳥、大冠鷲、鳳頭蒼鷹、巨嘴鴉、小彎嘴、繡眼畫眉、烏頭翁、松雀鷹、藍腹鷴。

2.冬候鳥或過境鳥

赤腹鷹、灰面鵟鷹、紅隼。

錦屏林道與利嘉林道

　　台東縣山區眾多林道鳥相近似，其中以錦屏及利嘉林道可見性最高，鳥種多為中、低海拔山鳥。錦屏林道位台東縣海端鄉，海拔400～1400公尺間，路況良好，適合一天活動。林相環境由林道1K至5K為玉米、桂竹等農墾地；6K為次生林，鳥況良好；8K為梅園；其後為櫸、台灣杉造林地，秋冬時節，櫸木黃葉蕭蕭；10.5K入原始林，鳥況良好，11.7K林道上方為紅檜造林，下方為原始林，海拔高度約1400公尺，14.6K以後為香杉造林，鳥況較差，至此林道開始下降，部份路段留有一部份原始林，鳥況良好。

　　海端鄉錦屏村錦屏國小大門口為林道起點，沿右側混凝土路直上，林道之混凝土路面已鋪至十二公里處，林道全長24公里。本區為山地管制區，需辦理入山

家燕

藍腹鷴

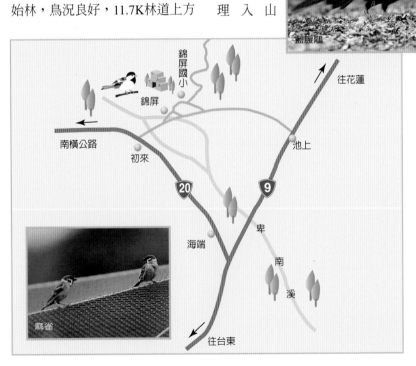

錦屏國小

往花蓮

錦屏

南橫公路

初來

池上

20

9

海端

卑

南

溪

麻雀

往台東

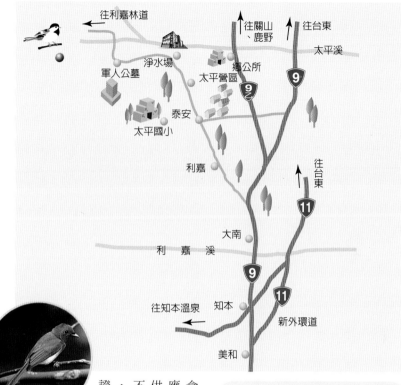

往利嘉林道

往關山、鹿野　　往台東

太平溪

淨水場

軍人公墓

鄉公所

太平營區　9

9

泰安

太平國小

利嘉

往台東

11

大南

利　嘉　溪

往知本溫泉　　知本　　9

新外環道　11

美和

黑枕藍鶲

證，不供應食宿。台東市至錦屏國小距離五十一公里。

利嘉林道位台東西北近郊：依圖示前進，進入利嘉林道時，可見利嘉林道的告示牌，由此算起9K內，皆爲開墾地，而後進入原始林、次生林區。10K處可見藍腹鷴在路上漫步；12K進入台東彌猴保護區；12K左右可見大赤啄木、花翅山椒、林鵰；再往內道路坍塌。

最佳觀賞季節

四季皆宜、冬季尤佳。

可見鳥種

1.留鳥

大冠鷲、鳳頭蒼鷹、松雀鷹、竹雞、金背鳩、綠鳩、小雨燕、五色鳥、家燕、洋燕、毛腳燕、灰鶺鴒、白環鸚嘴鵯、烏頭翁、鉛色水鶇、小彎嘴、大彎嘴、山紅頭、頭烏線、繡眼畫眉、白耳畫眉、冠羽畫眉、黑枕藍鶲、綠繡眼、白腰文鳥、麻雀、松鴉、樹鵲。

2.冬候鳥或過境鳥

灰面鵟、赤腹鷹、虎鶇、紅尾伯勞、蜂鷹、紅尾伯勞、極北柳鶯。

蘭嶼

典型的熱帶雨林氣候,生物相和台灣本島有著相當大的差距。發現的鳥類共40餘種,其中不乏此處普遍,但於台灣卻難得一見之種類,其中以蘭嶼角鴞、長尾綬帶鳥、長尾鳩最吸引人,沿蘭嶼之環島公路和中央公路之沿線為最佳賞鳥地點,沿途海岸礁石,風光怡人。忠愛橋下為賞綬帶鳥最佳地點。

前往蘭嶼可選擇搭乘飛機或輪船:

1.由高雄、台東乘小型飛機。
高雄機場(07)3320608

蘭嶼角鴞

德安航空蘭嶼站(089)732415
國華航空蘭嶼(089)328015
2.於富岡搭乘新蘭嶼輪。

朗島

蘭　嶼

東清

太平洋

紅頭山

椰油

紅頭村

大森山

蘭嶼

台東縣

綏帶鳥（母）

綏帶鳥（公）

蘭嶼

長安輪(089)325338

古岸輪(089)320413

　　來此賞鳥需要事先預定，食宿不方便，並要小心風浪。蘭嶼有養蟲，不要隨便進入樹林、草叢。

可見鳥種

　　棕耳鵯、綏帶鳥、黑枕藍鶲、紅鳩、綠鳩、金背鳩、綠繡眼、白腹秧雞、黃小鷺、小白鷺、牛背鷺、翠鳥、褐鷹鴞、藍磯鶇、戴勝、小杓鷸、赤翡翠、小綠鳩、紅頭綠鳩、長尾鳩、蘭嶼角鴞。

長尾鳩

　　食宿交通，可洽詢蘭嶼別館(089)326111、732111，台北聯絡處，(02)27373125、27331650。

最佳觀賞季節

　　四季皆宜，以四～八月繁殖季和春、秋過境季節最精彩。

南橫

天池位於南橫公路，海拔高度約2280公尺，為一高山湖泊地形，花季一到，野花遍地，美麗非常。附近針闊混合林，中高海拔鳥類豐富。南橫公路由天池至埡口以健行方式欣賞高海拔鳥類，沿線森林翁鬱，鳥類繁力，除較易見鳥種，如岩鷚、栗背林鴝、金翼白眉、白耳畫眉等，尚可見大赤啄木、綠啄木、熊鷹、林雕等珍貴鳥種。

棕面鶯

向陽山隸屬於台東縣海瑞鄉，位中央山脈南段主脊橫斷期間，海拔約2300~2700公尺。以南橫公路上的向陽和埡口為遊憩據點，兩地相距約7.5公里。南橫公路賞鳥精華點在天池至埡口，及台東的栗原前後一兩公里範圍，由天池到埡口主要賞高海拔鳥種，由埡口旁的埡口林道進入有帝雉，從埡口經埡口山莊，向陽至栗原，在栗原屏棄派出所附近有紅胸啄花、稀有過境之各種鶲和

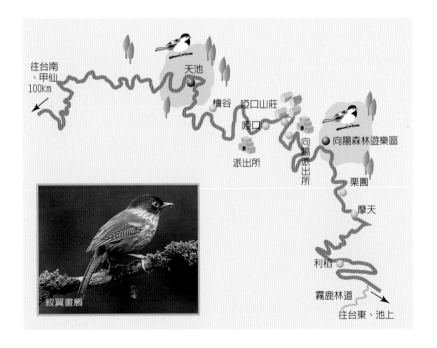

往台南、甲仙 100Km

天池

檜谷

埡口山莊

埡口

派出所

向陽派出所

向陽森林遊樂區

栗園

摩天

利稻

霧鹿林道

往台東、池上

紋翼畫眉

南橫

台東縣

可見鳥種

1.留鳥

林雕、大冠鷲、熊鷹、小雨燕、巨嘴鴉、星鴉、深山竹雞、藍腹鷴、帝雉、藪鳥、鱗胸鷦鷯、大彎嘴、山紅頭、白頭鶇、棕面鶯、褐色叢樹鶯、深山鶯、灰頭花翼、酒紅朱雀、鷦鷯、小翼鶇、白眉林鴝、栗背林鴝、黃羽鸚嘴、粉紅鸚嘴、金翼白眉、竹鳥、灰林鴿、綠鳩、鵂鶹、灰林鴞、褐林鴞、小啄木、大赤啄木、綠啄木、毛腳燕、松鴉、紅頭山雀、煤山雀、黃山雀、青背山雀、茶腹鳾、紋翼畫眉、白喉笑鶇、白耳畫眉、冠羽畫眉、紅尾鶲、黃腹琉璃、紅胸啄花鳥、綠繡眼、灰鶯、褐鶯、山麻雀。

2.冬候鳥或過境鳥

雕頭鷹、藍尾鴝、紅尾伯勞、黃雀、臘嘴雀、小桑鳾、桑鳾、花雀。

3.夏候鳥

鷹鵑、筒鳥。

雀。繼續往台東方向走，在摩天的菜園中有多候鳥樹鷚和鶇科鳥類在此過冬；再前行，在利稻可看山麻雀，快到霧鹿之前有林鵰。

來此賞鳥需事先申請通行證或入山證，需要事先預定，禦寒衣物及雨具必備。

開車前往可從永康交流道下高速公路，經鄉道至永康，接20號省道經新化至左鎮，轉20乙號省道至南化，續接20號省道前行，經甲仙、寶來可抵。由交流道至此約119.4公里。

搭車前往，可由台南搭往天池的興南客運，在天池下車，每天僅有清晨一班。或由台東搭往天池台汽客運班車，在天池下車，每天僅有清晨一班。

鄰近替代地點：霧鹿林道。

白耳畫眉

青背山雀

花蓮縣

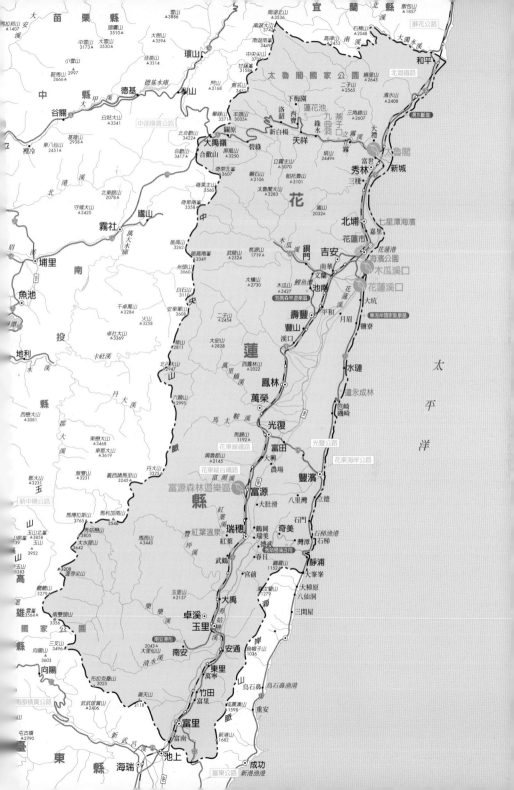

富源

森林遊樂區位於花蓮瑞穗鄉,距花蓮市約六十公里,靠近中央山脈邊緣。富源以溪流及蝴蝶谷著稱,蝴蝶谷道從富源溪上游一直延伸到富源瀑布附近。廣闊的天然生闊葉林地,提供了蝶類良好的棲息環境每年三至八月是蝴蝶發生的季節,鳥況也變的非常精彩,朱鸝因繁殖季到來而活潑、聒噪,鳳頭蒼鷹、大冠鷲等猛禽不時在天空出獵,宣示領域;沿環溪步道而行鉛色水鶇、紫嘯鶇、灰鶺鴒在溪床覓食,樹林中黑枕藍鶲、山紅頭經常只聞其聲不見其影。樹梢則為小卷尾和黑紅嘴黑鵯競逐的舞台。

朱鸝是富源森林遊樂區的招牌鳥,全省各地鳥會每年均有人慕名前往。富源

前往富源森林遊樂區,可搭火車在富源站下車,或由花蓮搭乘經玉里的台汽客運及花蓮客運038-322835,在富源站下車;也可於台東搭乘經玉里的鼎東客運班車。下車後雇計程車前往,車資約200元。

來此賞鳥需要事先預定,需

藍磯鶇

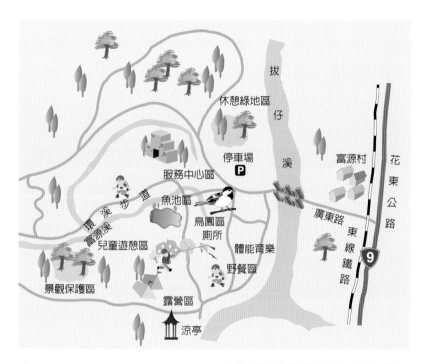

要禦寒衣物及雨具。

　　食宿交通詢問，可洽林務局花蓮林區管理處(038)325141，花蓮富源(038)811514。

最佳觀賞季節
3月至4月。

可見鳥種

1.留鳥

台灣藍鵲、白耳畫眉、藪鳥、頭烏線、紅山椒、紅嘴黑鵯、小卷尾、竹雞、樹鵲、鉛色水鴝、河烏、紫嘯鶇、大冠鷲、鳳頭蒼鷹、烏頭翁、朱鸝。

2.冬候鳥或過境鳥

灰鶺鴒、紅尾伯勞。

太魯閣

煤山雀

翠鳥

太魯閣以立霧溪切割地表而成的大理石峽谷景觀最有名，本區高山地區仍保存自然狀態，海拔高度從海平面拔開至三千七百公尺，從亞熱帶到亞寒帶全區幾乎含蓋了不同海拔高度的植物群落，提供野生動物良好的棲息地，育有許多珍稀物種如台灣黑

往蘇澳

往梨山

慈恩　　洛韶

關原　　　　新白楊　天祥

合歡山　大禹嶺　　碧綠　　霧　　　溪

　　　　　　　　　立

往霧社

九曲洞　燕子口

　　　太魯閣

布洛灣　長春祠

　　　　　　新城

　　　鐵

北迴

太平洋

⑧

⑨

往花蓮市

紅尾鶲

綠簑鷺

熊。沿台一線，由慈恩山莊到長春祠沿線的風景據點都是觀賞各種山鳥和溪澗鳥的好地點。布洛灣至沙卡噹溪一段是高海拔鳥種的渡冬地，冬季鳥況甚佳。

　　來此賞鳥需事先申請通行證或入山證，須事先預定，並準備禦寒衣物、雨具，不供應食宿。

　　食宿交通詢問，可治太魯閣國家公園管理處：(038)621100~6，林務局花蓮林區管理處新城工作站：(038)611022。

可見鳥種

1.留鳥

阿里山鴝、鷦鷯、煤山雀、大冠鷲、紅尾鶲、煤山雀、烏頭翁、酒紅朱雀、金翼白眉、火冠戴菊鳥、黃胸青鶲、山紅頭、綠簑鷺、青背山雀、紅頭山雀、茶腹鳾、小啄木、河烏、鉛色水鶇、翠鳥、紫嘯鶇。

2.稀罕鳥種

黑長尾雉。

花蓮溪口

花蓮溪為花蓮縣內二大主要河川之一，於花蓮市南郊注入太平洋為海、淡水交會處。此處除平地及草原的留鳥外，春去秋來的候鳥亦喜於在此處小歇或過冬。沿著溪口之防汛道路，是絕佳的賞鳥路線。

開車：花蓮市中心循8號省道，經仁和、過花蓮大橋即可抵。

搭車：花蓮客運總站搭往銅門、文蘭班車，在鯉魚潭站下車。

大白鷺

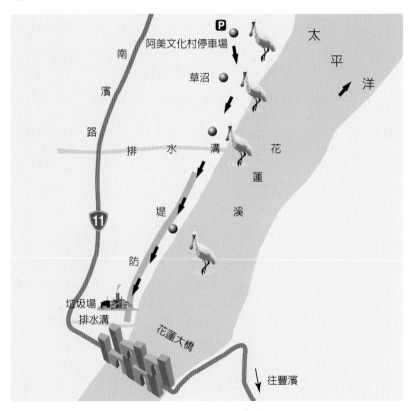

花蓮溪口潮汐表			
潮　別	農　曆	滿　潮	乾　潮
大潮	1,16	6:30	12:30
	2,17	7:18	1:18
	3,18	8:06	2:06
中潮	4,19	8:54	2:54
	5,20	9:42	3:42
	6,21	10:30	4:30
	7,22	11:18	5:18
小潮	8,23	12:06	6:06
	9,24	12:54	6:54
	10,25	1:42	7:42
	11,26	2:30	8:30
長潮	12,27	3:18	9:18
	13,28	4:06	10:06
	14,29	4:54	10:54
	15,30	5:42	11:42

來此賞鳥需要事先預定，雨具必備，觀賞時間需要配合潮汐，小心風浪冬季東北及北北季風。

花蓮市中心飯店、餐廳林立，食宿無虞。

最佳觀賞季節

秋冬過境期：鷸、鴴、鷺、雁鴨科

春：鷗科。

紅嘴鷗

可見鳥種

1.留鳥

斑文鳥、白腰文鳥、麻雀、大捲尾、黃頭鷺、小白鷺、棕三趾鷸、東方環頸鴴、磯鷸、斑頸鳩、紅鳩、翠鳥、小雲雀、家燕、洋燕、棕沙燕、烏頭翁、棕背伯勞、錦鴝、白頭錦鴝、灰頭鷦鶯、褐頭鷦鶯、綠繡眼。

2.冬候鳥或過境鳥

蒼鷺、大白鷺、尖尾鴨、琵嘴鴨、小水鴨、赤頭鴨、花嘴鴨、魚鷹、紅隼、高蹺鴴、小環頸鴴、金斑鳩、濱鷸、穉鷸、大杓鷸、青足鷸、紅嘴鷗、白鶺鴒、灰鶺鴒、黃鶺鴒、藍磯鶇。

3.夏候鳥

小燕鷗。

4.稀罕鳥種

唐白鷺。

琵嘴鴨

木瓜溪口

木瓜溪口匯集來自花蓮溪及花蓮溪支流壽豐溪的水量流入太平洋，此三條溪之沙石含量相當高，在河口堆積，形成許多礫石灘地和水塘，附近許多陸地亦夾雜許多濕地，形成許多草澤和水田、芋田等耕地，各種秧雞科和鷺鳥類，活躍期間；

中白鷺

東方環頸鴴

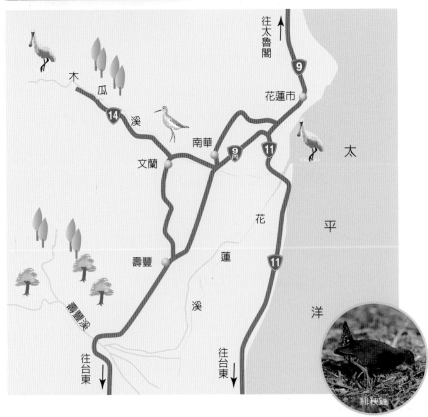

緋秧雞

木瓜溪口

花蓮縣

可見鳥種

1.留鳥

小鷿鷉、黃頭鷺、小白鷺、栗小鷺、黃小鷺、夜
鷺、白腹秧雞、紅冠水雞、緋秧雞、水雉、彩鷸、東方環
頸鴴、小環頸鴴、翠鳥。

2.冬候鳥或過境鳥

蒼鷺、大白鷺、唐白鷺、中白鷺、黑鸛、琵鷺、黑面琵鷺、尖尾鴨、
琵嘴鴨、小水鴨、赤頸鴨、綠頭鴨、花嘴鴨、白額雁、磯雁、澤鳧、
鈴鴨、美洲磯雁、川秋沙、秋沙、濱鷸、花鳧、澤鵟、魚鷹、紅隼、
白冠雞、金斑鴴、灰斑鴴、小辮鴴、翻石鷸、尖尾鷸（尖尾濱鷸）
、濱鷸（黑腹濱鷸）、穉鷸、雲雀鷸、丹氏穉鷸、姥鷸、田鷸、
斑尾鷸、黑尾鷸、大杓鷸、黦鷸、小杓鷸、中杓鷸、鷹斑
鷸、磯鷸、青足鷸、白腰草鷸、小青
足鷸、高蹺鴴、反嘴鴴、灰瓣
足鷸、紅領瓣足鷸。

和田中斑鳩
、紅鳩、八哥、鵪
鶉、斑文鳥、白頭翁經常在此覓
食；許多度冬的雁鴨科鳥類在溪
口和水塘間來來去去，消磨整個
冬天。

小白鷺

澎湖縣

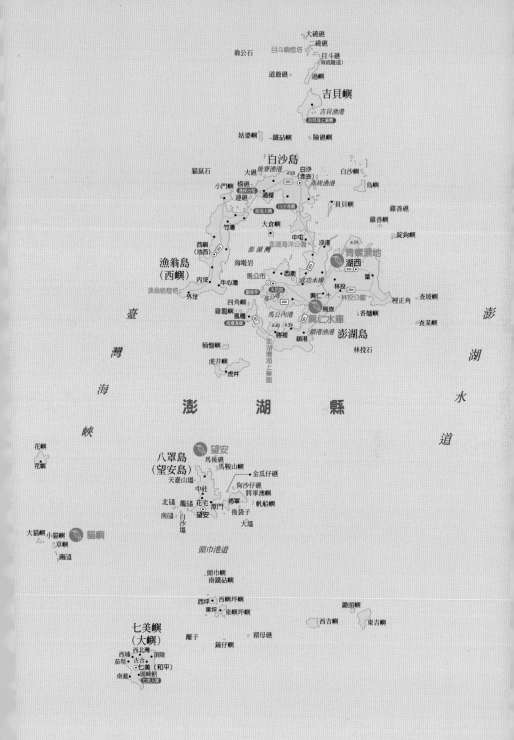

大磽礁
二磽礁
翁公石　目斗嶼燈塔　　　目斗礁
（海底隧道）
道爺礁。　　過嶼
吉貝嶼
吉貝漁港
姑婆嶼　　鐵砧嶼　險礁嶼

白沙島
貓鼠石　　大磽　後寮漁港　　▲38　白沙　白沙嶼　烏嶼
小門嶼　橫礁　　赤崁　赤崁漁港
通樑　　　白沙赤崁　　　員貝嶼
連礁　　　　　　　　　雞善礁
跨海大橋　百沙海景　　　　　雞善嶼　錠鉤嶼
竹篙　　大倉嶼
西嶼　　　　中屯　　　▲29
（池西）　　　澎湖海洋公園　沙港　青螺濕地
澎湖灣　　　　　　　湖西
漁翁島　內垵　海墘岩　西衛　成功水庫　葉　202
（西嶼）　　牛心灣　馬公市　　林投　204
漁翁島燈塔　外垵　四角嶼　　　　　　興仁　　林投公園　　裡正角　查坡嶼
臺　雞籠嶼　　鳳凰　　　　　烏崁　　香爐嶼　　　　　查某嶼
灣　　桶盤嶼　　馬公內港　　興仁水庫
海　　　虎井嶼　　嵵裡　　鎖港漁港　　澎湖島
峽　　　虎井　　　　鎖港　　林投石

澎　湖　縣　　　　　　澎　湖　水　道

花嶼　　　　　　望安
花嶼　　　　　馬後礁
八罩島　馬鞍山嶼　金瓜仔礁
（望安島）　狗沙仔礁
天臺山塭　　將軍澳嶼
北礁　中社　　帆船嶼
南礁　籠礁　花宅　潭門　　將軍　　後袋子
白沙塭　望安　　大塭
大貓嶼　小貓嶼　貓嶼
草嶼　　　　頭巾港道
南礁
頭巾嶼
南鐵砧嶼

西坪　　西嶼坪嶼
東坪　　東嶼坪嶼　　　　　　鋤頭嶼
七美嶼　　離仔　　　豬母礁　　西吉嶼　東吉嶼
（大嶼）　　　　鐘仔嶼
西埔　西北灣　頂隙
茄星　古合　七美（和平）
南滬　頭崎朝

興仁水庫

澎湖群島由近百個大小不等的海底火山活動所形成的島嶼、岩礁所組成。雖然多數島上地勢平坦，缺乏森林，可供山鳥棲息繁衍的空間有限；但因地理位置特殊，在每年候鳥移棲的季節，經常成為鳥類暫時的落腳點，

小鸊鷉

如鷿鷈科、鷺科、雁鴨科等水鳥。此外每年夏天有許多鷗鳥出現在大、小貓嶼及雞善嶼、錠嶼等無人島上繁殖。

澎湖群島上根據不同季節，可以觀賞不同種類的鳥，要觀看水鳥和過境鳥就要挑秋、冬季節前往興仁、青螺等地區的沼澤、濕地或魚塭、灌叢等環境。

想觀看夏季的鷗鳥則要雇船

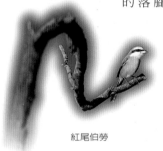
紅尾伯勞

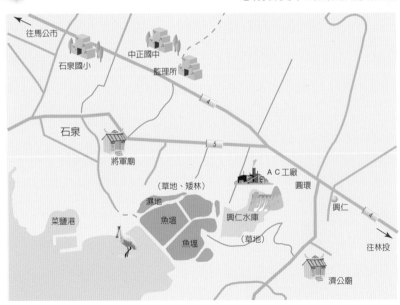

往馬公市

石泉國小　　中正國中
　　　　　　監理所

石泉

將軍廟

（草地、矮林）　ＡＣ工廠
　　　　　　　　　圓環
濕地
菜鹽港　　魚塭　　興仁水庫　　興仁
　　　　　　　　　　（草地）
　　　　魚塭　　　　　　　往林投

濟公廟

紅領瓣足鷸

前往大、小貓嶼，及其附近的無人小島。

一般而言，澎湖的鷗鳥以被列為保護的玄燕鷗、蒼燕鷗、紅燕鷗、白眉燕鷗為主。

另外澎湖的麻雀和小雲雀和臺灣種類略有差異，分屬於不同的亞種。

前往興仁交通可搭公車往機場班次，如尖山線、風櫃線，在菜園外站下車；鳥崁線在菜園內站下車。

來此賞鳥需要事先安排食宿，禦寒衣物及雨具必備。

最佳觀賞季節

冬候鳥：一～四月，九～十二月。

夏候鳥：六、七兩個月。

可見鳥種

1.留鳥

小鷺鷈、小白鷺、黃頭鷺、岩鷺、夜鷺、綠簑鷺、黃小鷺、棕三趾鶉、紅冠水雞、東方鴴、小環頸鴴、斑頸鳩、紅鳩、野鴿、翠鳥、小雨燕、白腰雨燕、澎湖小雲雀、家燕、洋燕、棕沙燕、白鶺鴒、白頭翁、澎湖麻雀、八哥。

2.冬候鳥或過境鳥

大杓鷸、紫鷺、池鷺、大白鷺、中白鷺、黑面琵鷺、小水鴨、尖尾鴨、綠頭鴨、花嘴鴨、白眉鴨、赤頸鴨、琵嘴鴨、羅文鴨、澤鳧、花鳧、磯雁、赤膀鴨、小辮鴴、灰斑鴴、金斑鴴、蒙古鴴、鐵嘴鴴、磯鷸、翻石鷸、尖尾鷸、鷹斑鷸、黃足鷸、赤足鷸、青足鷸、小青足鷸、高蹺鴴、紅領瓣足鷸、紅嘴鷗、黑嘴鷗、黑腹燕鷗、白翅黑燕鷗、黑脊鷗、赤翡翠、黑頭翡翠、蒼翡翠、灰鶺鴒、白鶺鴒、紅尾伯勞、藍磯鶇、赤腹鶇、極北柳鶯、短翅樹鶯、黃眉柳鶯、金鵐。

3.夏候鳥

小燕鷗、紅燕鷗、鳳頭燕鷗。

小白鷺

青螺濕地賞鳥區：

本濕地位於湖西鄉北端、紅羅灣東側；環境以岩礁、潮間帶、泥沙灘地、魚塭、紅樹林濕地、草地、矮叢等，面積約280公頃。

林復育地以及西側堤防外的潮間帶，另魚塭東側的草叢更是澎湖

蠣鴴

賞鳥地點在廟前南方的紅樹　　小雲雀、鶯亞科候鳥過境棲息的

青螺砂嘴

往虎頭山

青螺港

堤防

紅羅灣

青螺村

堤防

濕地

濕地

白坑

紅羅半島

魚塭　魚塭

魚塭

濕地

小雲雀草原

加油站

紅羅

西溪

湖西國中

往馬公

消防隊　西溪國小　　　2

翻石鷸

濱鷸

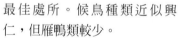

東方環頸鴴

最佳處所。候鳥種類近似興仁，但雁鴨類較少。

　　本區交通在距馬公市區約13公里，可搭公車利用青螺線，在青螺站下車。

小燕鷗

望安、后袋子

蒼燕鷗

望安為馬公島南方第二大島，近來以綠蠵龜保育問題而著名。望安島和附近之將軍嶼同樣是多候鳥過境的驛站，冬季鷸鴴科、鷿、鴴、鵖、鷸等鳥類常在此落腳。在望安東南有一無人小島，稱之為后袋子島，島上夏季有許多鷗鳥繁殖。這幾年因交通便捷，上岸打擾人數漸多，加上島上荒草過長，影響鷗鳥落地築巢產卵，目前鳥況略有下降，亟待有關單位提出保護及經營管理方案。

燕鴴

小燕鷗

望安、后袋子

澎湖縣

可見鳥種

1.留鳥

小白鷺、牛背鷺、綠簑鷺、岩鷺、東方環頸鴴、野鴿、白腰雨燕、小雨燕、翠鳥、小雲雀、家燕、洋燕。

2.冬候鳥或過境鳥

灰面鷲、鶚、紅隼、翻石鷸、磯鷸、濱鷸、雲雀鷸、黃足鷸、鷹斑鷸、青足鷸、小青足鷸、紅領瓣足鷸、野鴿、藍磯鶇、黃尾鴝、赤腹鶇、白眉鶇、大葦鶯、短翅樹鶯、極北柳鶯、茅斑蝗鶯、黃鶺鴒、赤喉鷚、樹鷚、紅尾伯勞、燕鷗、黑腹燕鷗、黑臉鵐。

3.夏候鳥

紅燕鷗、小燕鷗、玄燕鷗、蒼燕鷗、鳳頭燕鷗、白眉燕鷗。

4.稀罕鳥種

軍艦鳥、白腹鰹鳥、大水薙鳥、金鵐、冠羽柳鶯。

最佳觀賞季節

冬候鳥：9月～12月，4～5月，夏候鳥：6、7月。

白眉燕鷗

紅燕鷗

貓嶼海鳥保護區

紅燕鷗

貓嶼位於澎湖縣七美鄉西北方海面，距馬公島約50公里，由大小兩個島組成；大貓嶼面積0.08平方公里，小貓嶼0.02平方公里，全島皆由玄武岩的岩塊覆蓋。貓嶼已被政府劃設為野生動物保護區，在鷗鳥繁殖季任何人未經申請，不得登島。島上以玄燕鷗、白眉燕鷗為主要繁殖族群，蒼燕鷗和鳳頭燕鷗為零星少數族群。前往

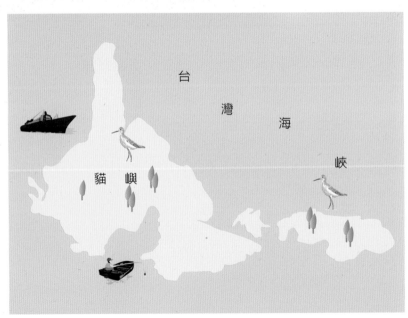

可見鳥種
軍艦鳥、蒼燕鷗、玄燕鷗、
蒼燕鷗、白眉燕鷗、鳳頭燕鷗。

貓嶼賞鳥，可顧海釣船繞島一圈
觀賞鷗鳥覓食、繁殖畫面。
　前往交通要利用往花嶼的交
通船，再由花嶼雇船前往；或直
接從馬公雇船前往。

鳳頭燕鷗

白眉燕鷗

金門縣

田墩海堤

田墩海堤及田墩養殖區在金門島東北方向；周圍的榮湖、金沙水庫、金沙溪等水域樹林及鹽田，提供野鳥棲息環境。

前往海堤可搭車，或自行開車：可由金城車站或沙美車站搭5號車至洋山站下車；或由沙美車站搭31號車在西園站下車。駕車可由環島北路往洋山，或前行至金沙水庫，沿田墩海堤到西園，再沿公路回到環島北路。

來此賞鳥需要事先安排

栗喉蜂虎

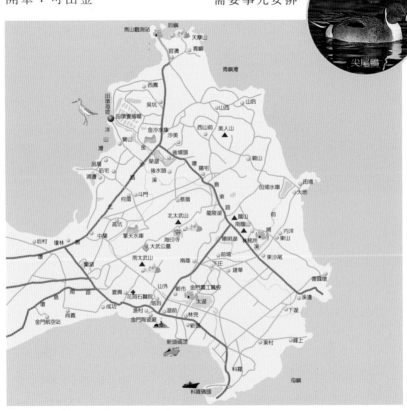

尖尾鴨

田墩海堤

金門縣

田墩海堤

可見鳥種

1.留鳥

喜鵲、白鶺鴒、鵲鴝、白頭翁、麻雀、戴勝、花嘴鴨、磯鷸、小白鷺、紅冠水雞。

2.冬候鳥或過境鳥

黃尾鴝、毛足鵟、黑翅鳶、蒼鷺、小水鴨、赤頸鴨、斑翡翠、綠頭鴨、琵嘴鴨、大杓鷸、赤足鷸。

3.夏候鳥

栗喉蜂虎，筒鳥。

4.稀罕鳥種

魚鷹、蠣鴴、流蘇鷸、羅文鴨。

食宿，需要禦寒衣物，需要雨具，需要自備食物，小心觸雷。

食宿交通可詢問救國團青年活動中心。

玉枕鴉

最佳觀賞季節

每年十月至翌年四月。

蠣鴴

舊金門酒廠海灘

舊金門酒廠後方海灘因排放酒糟，每年吸引數千隻雁鴨科鳥類如小水鴨、赤頸鴨等在此撿食和度冬。

到舊金門酒廠，可搭公車至舊金城；或租車由金城往水頭方向，再轉舊金城在舊金城牌樓前小路左轉至文台寶塔。

賞鳥路線有二種選擇，第一條在面對酒廠左側有處著名風景區「文台古塔」，可停車於塔下廣場。攤販區後方草坪有一涼亭叫，亭與攤販區之間有條小路，沿此路往下走約一百公尺到酒廠後下方，跨過酒廠排水溝，續往下走土路穿過竹林、雜林，可到一挑高且視野開闊之岩石，由此可觀看成千蔽天的水鴨。

赤頸鴨

小水鴨

可見鳥種

1.留鳥
玉枕鴉、白鶺鴒、白頭翁、磯鶇、綠繡眼、喜鵲。

2.冬候鳥或過境鳥
小水鴨、羅文鴨、尖尾鴨、綠頭鴨、琵嘴鴨。

3.夏候鳥
栗喉蜂虎。

4.稀罕鳥種
巴鴨。

第二條路線
由酒廠大門右側沿牆行至一廟宇廣場，停車續沿牆壁下行至載運廢

槽點的土路，再往下坡至海岸岩石區蜿蜒前行便抵海灘，無明顯步跡處，慎勿踩踏，以免誤觸地雷。

來此賞鳥需要事先安排食宿，需要禦寒衣物、雨具，需要自備食物、偽裝設備，小心觸雷。

金門食宿、交通最好在台灣由旅行社安排為宜。或洽金門青年活動中心，電話：0823-25722，傳真：0823-28606。

尖尾鴨

綠頭鴨（公）

綠頭鴨（母）

慈湖

冬季於漲潮前後各種鷸鴴科、鷗科鳥種甚多，常見裡海燕鷗、紅嘴鷗、赤足鷸、大杓鷸等。沙灘上常有玉頸鴉漫步覓食。慈堤北邊的木麻黃林，於傍晚可觀賞千餘隻以上鸕鷀列隊歸林壯觀畫面。慈湖中間的沙堤，成群鸕鷀、蒼鷺棲息，搭配落日、美不勝收。

鳥況：夏季經常棲有黃小鷺、斑翡翠等，冬季則有白冠雞、花嘴鴨等；後湖靠南山村旁有一湖常見夜鷺停棲。

開車前往可由金城往古寧頭方向，在北山左轉至雙鯉古廟停車、步行進入。

鸕鷀

黃尾鴝（雄）

古寧頭
北山
雙鯉湖
鳳山
關帝廟
李光前廟
林厝
金寧鄉
慈　湖
慈堤
慈亭
西浦頭
安岐
湖下
東坑
慈湖路
山灶

慈湖

金門縣

鸕鷀

搭車可在金城搭10、11路往古寧的公車，至李光前將軍廟或古寧頭北山站下車皆可。

賞鳥路線有以下三條：

1.慈堤路線：傍長城橋頭之西側角落。

2.雙鯉湖路線：關帝廟前之「雙鯉湖」分為幾個池，馬路邊者是前湖，可邊走邊看繞行後湖從南山林道小徑回到原地，林道旁荒地有環頸雉。

3.魚塭路線：賞鳥牆一帶（木麻黃椿），望湖中一線天鸕鷀群與木麻黃林。

來此賞鳥小心觸雷，需要事先安排食宿，需要禦寒衣物，需要雨具，需要自備食物。

可見鳥種

1.留鳥

白腹秧雞、紅冠水雞、緋秧雞、小白鷺、夜鷺、岩鷺、戴勝、八哥、黃頭鷺、玉頸鴉、花嘴鴨、黃小鷺。

2.冬候鳥或過境鳥

白冠雞、蒼鷺、鸕鷀、大杓鷸、紅嘴鷗、赤足鷸、花嘴鴨、高蹺鴴、紅嘴鷗、大杓鷸、裡海燕鷗、蒼鷺、斑翡翠、黑翅鳶、黑臉鵐、樹鷚、極北柳鶯、秋沙、冠鸊鷉。

3.夏候鳥

栗喉蜂虎、小燕鷗。

4.稀罕鳥種

魚鷹、毛足鵟、黑頭翡翠、黑翅鳶、松雀鷹。

黑嘴鷗

鵲鴝

農試所與林務所

　　農試所位於金門島東部、農試所附近的濕地、農耕地、牛棚區內的菜園吸引許多鶲、鶇、雀等鳥類在此駐足。

　　農試所右後方與金溪橋北方之間的草地可從環島東路西側的第一條小徑進入，約百公尺處是一片草原、濕地，鳥相豐富。喜鵲、鵲鴝、斑鳩經常在地面啄食，黑喉鴝和棕背伯勞常高據草

鵲鴝（雌）

黑喉鴝

馬山
官澳　　青嶼
西園鹽場
田墩海堤　　金沙鎮
金沙灣　　　　　山后
田墩　　東山前　民俗文化村
西山前李宅
環
后宅　　島　　田埔水庫
浦邊
　　　　　　東　八二三砲戰
金剛寺　擎天水庫　北太武山　紀念碑　田埔
瓊林　　　太武山　海印寺　林務所
中蘭　太武山公墓　毋忘在莒　　路
　　　　　　　　金湖鎮
小徑　陽明公園　山外車站　榕園　農試所
陶瓷廠　太湖　　畜試所　溪邊
　　花崗石廠　中正公園
　　　　　西村
　　　　料羅　新塘
金門港　港警所

可見鳥種

1.留鳥

蒼翡翠、斑翡翠、夜鷺、黃頭鷺、白頭翁、喜鵲、鵲鴝、八哥、珠頸斑鳩、棕背伯勞。

2.冬候鳥

黃鶺鴒、紅尾伯勞、黃尾鴝、黑喉鴝、灰斑鶲、金翅雀、黑臉鵐。

3.夏候鳥

池鷺、栗喉蜂虎。

4.稀罕鳥種

董雞。

原上的突出點，監視四周入侵者及伺機覓食。

　　林務所為金門縣政府這兩年極力研發的一個廣闊的森林遊憩區，區內水塘、苗圃吸引相當多得冬候鳥在此駐足過冬，喜歡山鳥的朋友不可錯過。

　　來此賞鳥須事先安排食宿，需要禦寒衣物、雨具和自備食物。

食宿交通可詢問救國團金門青年活動中心。

最佳觀賞季節

每年十月至翌年四月。

鵲鴝（雄）

黃尾鴝（雌）

大、小太湖

各有一個隔離的小島，每年吸引許多冬候鳥如鷺鷀、蒼鷺到來。水域在冬季吸引許多雁鴨及鷗科鳥類在此棲息。大、小太湖周圍的樹林及農耕地則為許多金門陸鳥及候鳥提供棲息的空間。

太、小太湖位金門島東方第一大城鎮山外旁邊，搭公車至山外車站下車後，步行7分鐘即可抵達。

沿湖四周道路及草地、樹林皆為賞鳥路線。

大、小太湖原為金門最大的淡水湖泊，近年因污染及鹽化，原有功能漸漸失去，在大、小太湖中

大白鷺

池鷺

山外鎮

榕園

八二三砲戰紀念館

中正紀念林

新市

小太湖

大太湖

太湖橋

海水淡化廠

水廠

中　央　公　路

金門縣

小鸊鷉

最佳觀賞季節

每年12月至翌年4月候鳥遷移或過境時節。

鄰近替代地點

中正紀念林、八二三炮戰紀念館後方樹林、榕園。

可見鳥種

1.留鳥

戴勝、喜鵲、玉頸鴉、蒼翡翠、斑翡翠、翠鳥、白頭翁、麻雀、綠繡眼、小白鷺、小鸊鷉。

2.冬候鳥或過境鳥

鵟鷹、磯鷸、白腰草鷸、蒼鷺、魚鷹、黃尾鴝、藍磯鶇、大、中白鷺、小水鴨、赤頸鴨、琵嘴鴨、紅嘴鷗、灰鶺鴒、紅尾伯勞。

3.夏候鳥

池鷺。

4.稀罕鳥種

黑脊鷗、黑嘴鷗。

浯江溪口

浯江溪口為金門西邊最大的河口，緊鄰金城鎮，河口因泥沙淤積，生長許多水筆仔，而吸引許多渡冬的鷸科水鳥及鷺科水鳥

小青足鷸

翠鳥

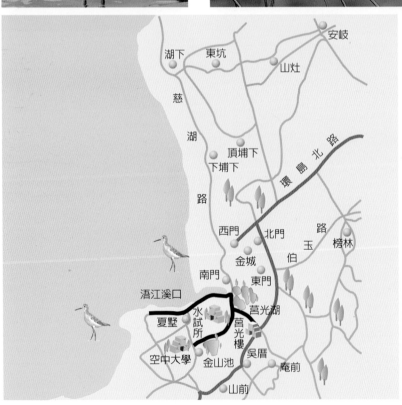

可見鳥種

1.留鳥

白頭翁、綠繡眼、麻雀、喜鵲、鵲鴝、珠頸斑鳩、蒼翡翠、斑翡翠。

2.冬候鳥或過境鳥

鷸鴴科水鳥。

在此聚集。

賞鳥路線可搭公車至金城車站下車，駕車者可在梧江溪口加蓋的停車場停車，步行至溪口，按下列三路線觀鳥。

1.莒光湖至夏墅。

2.莒光湖至莒光樓。

3.莒光樓至空中大學。

紅嘴鷗

陵水湖

陵水湖位於小金門西邊，因少人活動干擾，賞鳥季節主要在秋、冬兩季，冬季有許多水鳥在此盤據，鳥況極佳，本區每年冬季由北方飛來數量龐大的蒼鷺、池鷺、雁鴨科鳥類盤據，春季鳥類遷徙季節紫鷺、黃頸黑鷺、水雉相當常見，湖上空則見魚鷹、鵟、隼盤旋。。

賞鳥路線有兩種選擇，第一條在由九宮碼頭搭公車「北→南路線」在中墩村站下車，穿過村

鈴鴨

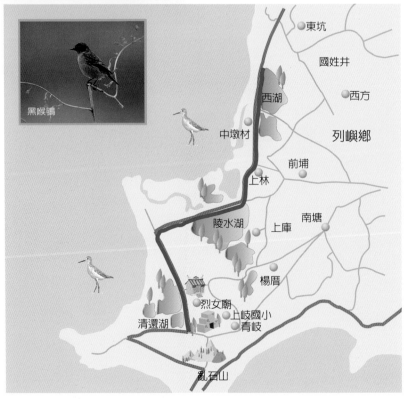

黑喉鴝

東坑

國姓井

西湖　　　　西方

中墩材　　列嶼鄉

前埔

上林

陵水湖　　上庫　　南塘

楊厝

烈女廟
上岐國小
清還湖　　　青岐

亂石山

可見鳥種

1.留鳥

白頭翁、紅冠水雞、白腹秧雞、緋秧雞、小鸊鷉、小白鷺。

2.冬候鳥、過境鳥

蒼鷺、赤頸鴨、小水鴨、琵嘴鴨、白冠雞、青足鷸、赤足鷸、巴鴨、羅文鴨、綠頭鴨、紫鷺、水雉、黃頸黑鷺、栗小鷺、魚鷹、鵟、鷸鴴、鷸鴴科、鷗科鳥類、斑翡翠。

3.特殊鳥種

池鷺。

落朝西走即可瞧見路兩邊湖泊；北湖稱為西湖。沿木麻黃林道前進，後左轉水泥道可邊走邊賞鳥，向南行約一千公尺經上林，便可看到「陵水湖」。

第二條路線由「陵水湖」沿路繼續西行後南行約一公里至清遠湖，鄰近替代地點可前往貴山、沙湖海邊觀看鷸鴴、鷸鴴科、鷗科水鳥。

來此賞鳥小心觸碰地雷、須要事先打聽渡船班次，並事先安排食宿、禦寒衣物、雨具、自備食物，也需要偽裝設備。

赤頸鴨

玉枕鴉

連江縣 ■馬祖

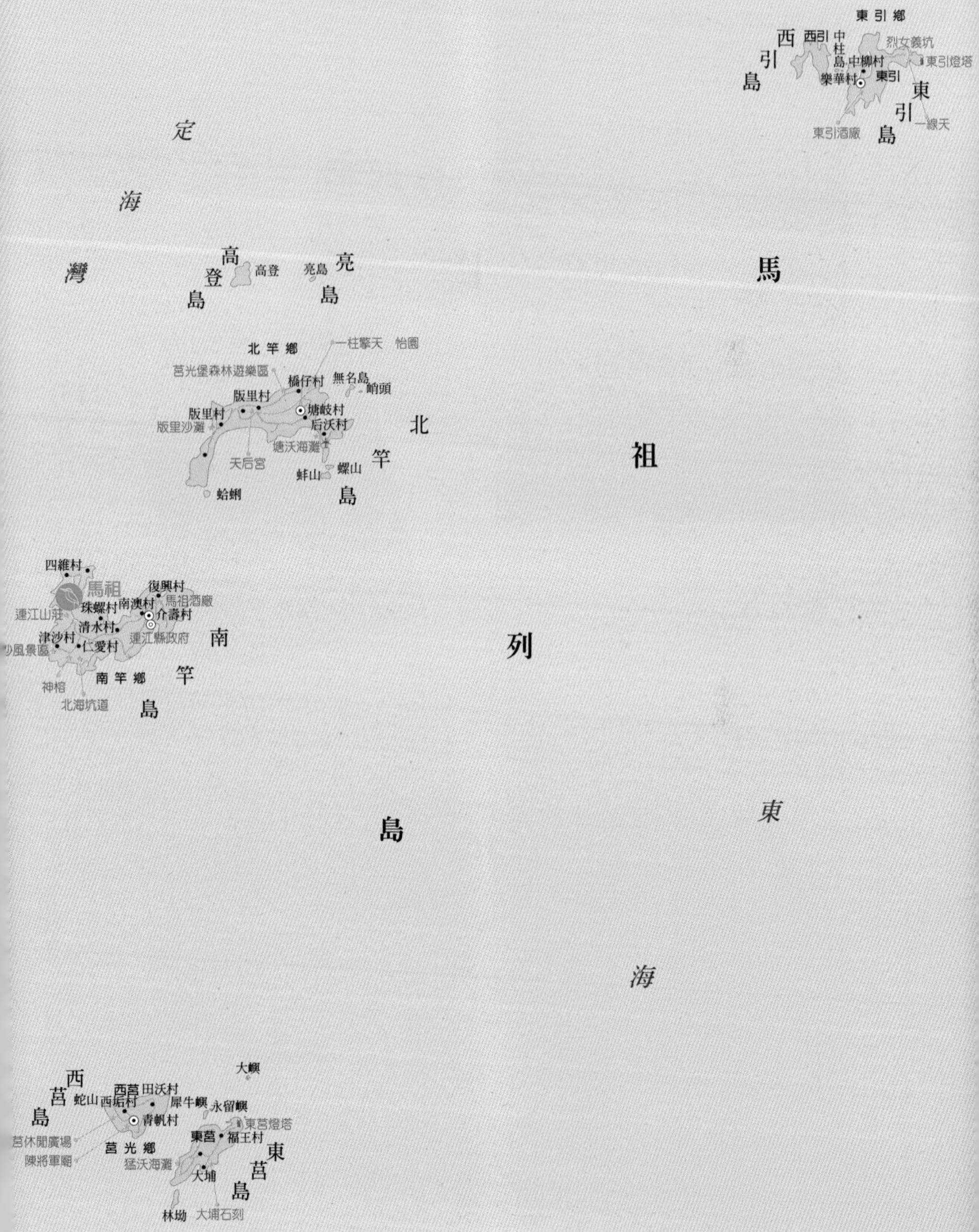

東引鄉

西引島　西引中柱島　列女義坑
中柳村　東引燈塔
樂華村　東引
東引
一線天
東引酒廠　島

定

海

灣

馬

高登島　高登　亮島　亮島

北竿鄉　一柱擎天　怡園
莒光堡森林遊樂區　橋仔村　無名島
版里村　塘岐村　峭頭　北
版里沙灘　后沃村　竿
天后宮　塘沃海灘　島
蛤蜊　蚌山　蝶山

祖

四維村
馬祖　復興村
連江山莊　珠螺村　南澳村　馬祖酒廠　列
清水村　介壽村
津沙村　仁愛村　連江縣政府　南
少風景區　竿　島
神裙　南竿鄉
北海坑道　島　東

海

西莒島　西莒　田沃村　大䑓
蛇山　西坵村　犀牛嶼　永留嶼
莒光鄉　青帆村　東莒燈塔
莒休閒廣場　東莒
陳將軍廟　猛沃海灘　福正村　島
大埔
林坳　大埔石刻

馬祖

馬祖列島各島地理位置相近，鳥種相似，最易到達為北竿島，其次南竿島。在一些無人小島上雖有許多燕鷗如蒼燕鷗夏天在此繁殖，因不易到達，可不考慮前往。馬祖因緊鄰大陸海岸線，鳥類相包括一些大陸性鳥種；同時又在多候鳥遷徙的路徑之上，因此秋

多

魚鷹

黃鶺鴒

鷹斑鷸

四維

南

竿

復興

島

馬祖

螺珠

介壽

清水

津沙

仁愛

可見鳥種

1.留鳥

小白鷺、磯鷸、金背鳩、珠頸斑鳩、紅
鳩、洋燕、小雲雀、白頭翁、錦鴝、白鶺
鴒、綠繡眼、麻雀。

2.冬候鳥

蒼鷺、中白鷺、黃頭鷺、雀鷹、紅隼、濱鷸、家燕、小雨燕、黑尾
鷗、藍磯鶇、黃尾鴝、赤腹鶇、斑點鶇、野鴝、烏灰鶇、極北柳鶯、
短翅樹鶯、黃鶺鴒、樹鷚、小水鴨、紅尾伯勞、金翅雀、黑臉鵐。

3.夏候鳥

小燕鷗、蒼燕鷗。

4.稀罕鳥種

佛法僧、魚鷹、灰面鵟鷹、赤腹鷹、黑頭翡
翠、黑肩鳶、金鵐。

季節，過境鳥種繁多，
鳥況極佳。過境期特別一些大陸
性鳥類，在台灣被列為稀罕種
類，在這裡經常可以看到，如佛
法僧、黑肩鳶、金鵐等。

北竿及南竿無特定賞鳥路
線，島上田野、淺山、海濱皆為
賞鳥地點。賞鳥路線可沿島上公
路沿路搜尋草叢、樹林、海濱、
礁岩等環境。前往賞鳥需要事先

安排交通、食宿、禦寒
衣物、雨具、且需要自備少許食
物。

最佳觀賞季節

每年十月至翌年四月，以十
月至十二月，二月至四月過境鳥
高峰期尤佳。

小白鷺

蒼燕鷗

第三章 台灣常見的鳥類介紹

雖然台灣地區鳥類記錄，多達450種，但是其中包括迷鳥、籠中逸鳥和許多罕見鳥種，所以常見種類一般不會超過250種。本章根據各種海拔及大環境差異，收納191種常見鳥類，並將常見的鳥種根據其主要出沒棲地區分為平地、中低海拔、中高海拔、溪澗、平原及濱海濕地、離島等六類，每類另將候鳥及留鳥加以分開。

在書末附錄中附檢索頁碼，以方便各位讀者查閱各鳥種在圖鑑中相關頁數。

圖鑑索引

留鳥　候鳥

空中→

開闊地　　　　　　草叢　　　　　　灌叢

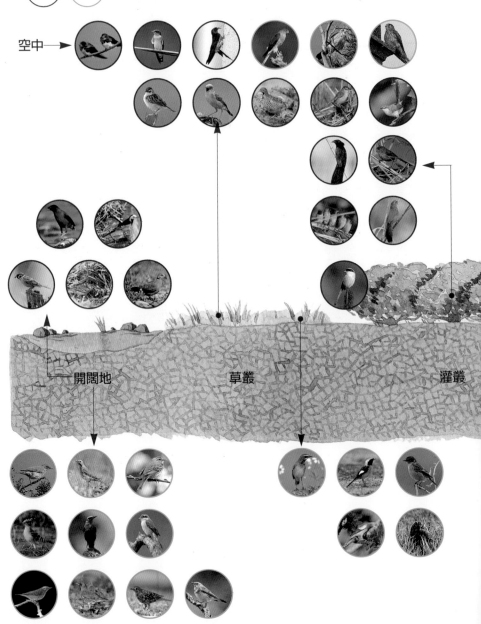

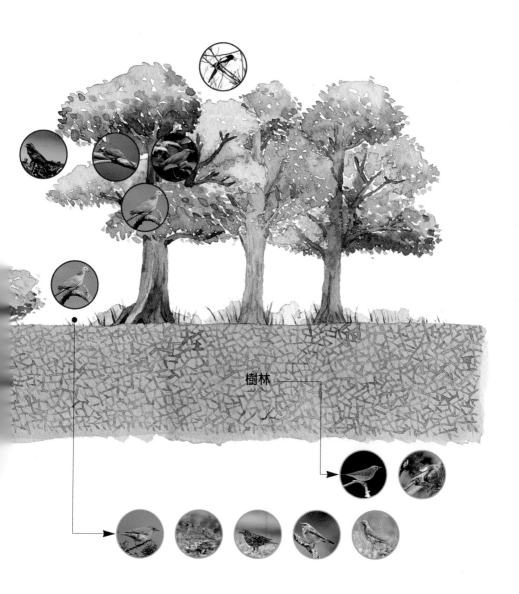

樹林

中文：**麻雀**
英名：Tree Sparrow
學名：*Passer montanus*

主角：麻雀，普遍之留鳥。
特徵：全身長約14cm。頭上栗褐色。背面紅褐色有黑色縱斑。臉頰白色有黑腮斑及黑喉線。後頸一環白環圈。腹面污白色，嘴粗短，呈圓錐形，黑色。幼鳥嘴基部白色臘膜，此為俗稱的「黃口」。
分布：平地至低海拔地區住家附近，分布極廣。
習性：雜食，平時以穀物為主，繁殖時捕食昆蟲。性群居，喜喧雜，不甚懼人，與人類居家甚為親密。築巢於屋簷下空隙中，故俗稱「厝角鳥」。

中文：**白頭翁**
英名：Chinese Bulbul
學名：*Pycnonotus sinensis*

主角：白頭翁，為普遍之特有亞種鳥類。
特徵：全身長約18cm。黑色的頭，後面有一大白斑，為其標幟。喉白色，眼後有一白斑。背面灰綠色。翼及尾羽黃綠色，非常華麗。腹面污白色，上胸及肋部淡褐色。
分布：台灣東北部及西半部向南至楓港附近之平地至中海拔樹林、農耕地，不見於恆春半島及花東地區。
習性：雜食性，喜食漿果。性喜鳴唱喧鬧，常小群活動。叫聲富有變化，似「巧克力、巧克力」之聲，且各地區叫聲略有差異，有如各地方言。築巢於樹叉枝處，以草桿、細枝編織，巢形成碗狀，蛋褐色，密佈深紅色之大小斑點。幼鳥似成鳥，惟後頭無白斑。

中文：綠繡眼
英名：Japanese White-eye
學名：*Zosterops japonica*

主角：綠繡眼，普遍之留鳥。

特徵：全身長約11cm。體上爲黃綠色，喉部及尾下覆羽爲黃色，腹面污白色。眼周圍有白色環圈，眼先一條黑紋，因而稱爲繡眼。

分布：平地至低海拔樹林及聚落地區。

習性：食昆蟲、漿果及吸吮花蜜。除繁殖期間成對出現外，餘喜群體活動，尤以秋冬之際，常成幾百隻群，相當熱鬧。平常發出尖細之「唧尹一」聲，繁殖時雄鳥於天微明時佇立高處鳴唱，音長而婉轉、築巢於庭院果樹，巢成杯狀，懸掛於細枝叉處，以細夫桿及蛛絲編織，相當精緻細密。

中文：粉紅鸚嘴
英名：Vinous-throated
　　　Parrotbill
學名：*Paradoxornis webbianus*

主角：粉紅鸚嘴，爲普遍之特有亞種鳥類。

特徵：全身長約12cm。頭大，粉栗紅色。嘴粗短，先端向下鉤，呈圓錐形，褐黑色，似鸚鵡嘴型。喉至上胸部份粉紫紅色，此爲命名之源由。

分布：平地至中海拔之草叢、灌叢、竹林中，以平地至低海拔較普遍。

習性：食性很廣，凡草籽、花朵、果莢及昆蟲等無一不吃。除繁殖時成對活動外，社會組織明顯的群居鳥種。覓食時非常吵雜，黑枕藍鶲及綠繡眼喜與之混群，一起覓食。

中文：斑文鳥
英名：Nutmeg Mannikin
學名：*Lonchura punctulata*

主角：斑文鳥，普遍之留鳥

特徵：全身長約11cm。體上褐色，體下成淡褐色。胸部及體側羽緣白色，形成褐色鱗狀斑紋。嘴粗短，先端尖，呈圓錐狀，灰黑色。幼鳥似成鳥，胸腹間無鱗狀斑。嘴臉部顏色較深，故俗稱「黑嘴鴨仔」。

分布：平地至低海拔之間開闊樹林、草原、農耕地。

習性：以麩草種籽及昆蟲爲主食。常成數十隻群於芒草叢及稻田中覓食。飛行時個體距離小，有如蜂群，以直線波浪式前進，降落芒草時相當謹慎。覓食時，幾隻輪流擔任警戒。常發出「啾、啾」輕柔聲。

主角：褐頭鷦鶯，普遍之特有亞種鳥類。

特徵：全身長約15cm。嘴褐色，末端黑色，細小略下彎。體上黃褐色，眉斑、眼先及耳羽乳白色。體下黃白色。腳肉色。尾羽甚長，爲鷦鶯類重要辨別特徵。

分布：平地至中海拔的農耕地、開闊的草原地帶，以平地最普遍。

習性：以昆蟲爲主食。生性活潑、好動，常發出單調、平緩的「弟、弟、弟…」聲。無強烈領域性，常小群活動。築巢於草叢裡，巢型編織成橢圓形吊袋，十分精緻。

中文：褐頭鷦鶯
英名：Tawny-flanked Prinia
學名：*Prinia subflava*

主角：灰頭鷦鶯，普遍之鳥。

特徵：全身長約14cm。具有鷦鶯特有的長尾。頭暗灰色，體上橄褐色。腮、喉、上胸爲白色。肋部黃褐色顯眼亮麗、多羽時頭上有白色短眉斑。嘴黑色，腳肉紅色。

分布：平地至低海拔山區的農耕地、草原等。以平地最普遍。

習性：食昆蟲爲主。單獨或成對活動，警覺性及領域性較褐頭鷦鶯明顯。秋、冬季時行蹤較隱密，大都於草叢中活動，甚少露臉，但當春季進入求偶期時，常見雄鳥挺立於芒草頂端，張大嘴高唱「氣死你得賠、氣死你得賠」之閩南語似音，甚爲有趣。平時僅發出「ㄐㄩ、ㄐㄩ、ㄐㄩ」或似貓叫之「ㄎㄧ」之聲，飛行時尾部會有規律的上下擺動。

中文：灰頭鷦鶯
英名：Yellow-bellied Prinia
學名：*Prinia flaviventris*

中文：小雲雀
英名：Oriental Skylark
學名：*Aluda gulgula*

主角：小雲雀，本省普遍之留鳥。

特徵：全身長約15cm。羽色大致黃褐色，腹下稍淡。羽上有著黑色斑紋，頭上冠羽發達，時常豎起。

分布：海邊、平地至丘陵的農耕地、草原開闊地等，以平地最普遍。

習性：食昆蟲為主。單獨或成對活動，警覺性及領域性極強，一遇侵擾即飛上高空停駐鳴叫，因而有半天鳥之稱呼。

中文：白鶺鴒
英名：White Wagtail
學名：*Motacilla alba*

主角：白鶺鴒，為普遍之多候鳥及部份的留鳥。

特徵：全身長約19cm。台灣有四種亞種記錄，其以喉部斑塊之大小，背部色潭灰、黑深淺及有無過眼線來區分，其中白面白鶺鴒為部份的留鳥。

分布：平地至低海之水域地帶及住家附近。

習性：食蟲。邊走邊啄食或飛撲驚飛的小蟲，站立時會不停地擺動尾羽。飛行時成波浪形且邊飛邊「唧、唧」或「唧唧唧」地鳴叫。

中文：家燕
英名：Barn Swallow
學名：*Hirundo rustica*

主角：家燕，普遍之留鳥及過境鳥。

特徵：全身長約17cm。體背黑色帶藍色光澤。面額鏽紅色，喉部有黑色橫帶。腹面白色。尾羽分叉不深。

分布：低海拔山區至平地之農村。

習性：喜於空中捕蟲及草籽。白天於空中及電線上棲息，夜晚則宿於芒草或甘蔗園中。近年在南投集集、水里等地甘蔗園在秋末有遷移大量集結現象，群燕蔽空，相當壯觀。

主角：洋燕，普遍之留鳥。
特徵：全身長約13cm。體背黑色帶藍色光澤，面額
鏽紅色，腹面淡褐色，尾下覆羽具白色斑紋。
分布：低海拔山區至平地。
習性：喜於農村、耕地、池塘等水域之空中捕食。常
於電線上棲息。

中文：洋燕
英名：Pacific Swallow
學名：*Hirundo tahitica*

主角：赤腰燕，普遍之留鳥及過境鳥。
特徵：全身長約19cm。體背黑色帶藍色光澤，腹面
淡橙色，有黑縱細斑。腰鏽紅色為其辨識特
徵，尾羽分叉深。
分布：低海拔山區至平地之農村。東部地區較少出
現。
習性：喜於空中捕蟲及草籽。飛行緩慢，常用力鼓翼
爬升後再滑翔前進，很少連續拍翅飛行。繁殖
期在地面啣起泥土混以唾液後，黏著於屋簷牆
壁上築巢。每年十二月起，成千上萬族群穿梭
在嘉南平原的玉米田上空，甚為壯觀。

中文：赤腰燕
英名：Red-rumped Swallow
學名：*Hirundo daurica*

主角：八哥，普遍之特有亞種鳥類。
特徵：全身長約26cm。全身黑亮。嘴、腳橙黃色。
上嘴基部長有黑色羽冠。翼上有白斑，飛行時
非常明顯。尾羽兩側末端白色。尾下覆羽綠白
色，形成白色橫紋。
分布：平地至低海之空曠樹林、農耕地及住家附近。
習性：雜食性。常於農地、牛背及垃圾堆裡拾食果
實、昆蟲及小型動物屍體。喜站立電線、樹梢
鳴叫，叫聲如「ㄦ、ㄦ、ㄦ……」音，有時也
會模仿其他鳥種叫聲。

中文：八哥
英名：Crested Myna
學名：*Acridotheres cristatellus*

中文：大卷尾
英名：Black Drongo
學名：*Dicrurus macrocercus*

主角：大卷尾，普遍之特有亞種鳥類。
特徵：全身長約29cm。全身黑亮，故俗名「烏秋」。尾羽甚長，末端較寬略向上翻捲，且呈深叉，為其辨識特徵。
分布：平地至低海拔山區樹林，農耕地。
習性：肉食性，以昆蟲為主，喜佇立高處或牛背上，等待捕食飛動的昆蟲。每當農田耕犁時，大群的大卷尾穿梭捕食飛蟲及撿食土中各式小型動物。生性凶猛且因尾羽構造利於飛行，飛行能力特強，常攻擊空中飛過的猛禽。築巢於樹林上層，也有築在電線上，相當自恃。

中文：珠頸斑鳩
英名：Spoted Dove
學名：*Streptopelia chinensis*

主角：珠頸斑鳩，又名斑頸鳩，為普遍之特有亞種鳥類。
特徵：全身長約30cm。頸後面是以黑色為底，佈滿藍白色斑點的塊斑，甚為醒目，為其辨識特徵。胸腹為淡葡萄紫色，足為紫紅色，背部、翼羽及尾羽為灰褐色。尾羽甚長，兩側末端白色。
分布：低海拔山區至平地樹林及農田。
習性：食穀物、草籽。習性似紅鳩，然族群數量並不龐大。求偶時雌雄鳥會發出「咕、咕、咕—」及「咕、咕、咕—咕」之聲相互對應、爾後一起往上飛高，比翼滑行而下，此行為稱為「婚降」，築巢於樹葉濃密之叉枝上。

中文：紅鳩
英名：Red Turtle Dove
學名：*Streptopelia tranquebarica*

主角：紅鳩，普遍之留鳥。
特徵：全身長約23cm。雄鳥頭頸鼠灰色，頸後有黑色似新月型之頸環，背腹為淡葡萄紫色，雌鳥環紋及背較淡，成褐色。尾羽黑色，兩側末端白色。
分布：低海拔山區至沿海樹林、農田及矮草生地。
習性：食穀物、草籽。成群活動，常於地面覓食，每當稻田及玉米田收割後，吸引整群啄食穀粒，數量龐大驚人。築巢於樹枝分叉處，以小樹枝及樹葉堆放成粗糙的窩，每巢約下2顆蛋，蛋純白無斑。

中文：錦鴝（棕扇尾鶯）（雄）
英名：Fan-tailed Warbler
學名：*Cisticola juncidis*

主角：錦鴝，為普遍之留鳥。
特徵：全身長約12cm。背灰褐色有白色花紋，白眉線，臉頰白色，腹泛白色。
分布：低海拔至海邊之草原及草叢地帶。
習性：錦鴝食小蟲，單獨活動，常於草叢中鑽進鑽出，在繁殖季來臨時，會在草叢突出物上鳴叫宣示領域，還會在空中以極大弧度的方式上下飛行、盤繞，邊飛邊發出「滴答」聲。築巢於灌叢枝葉分叉處。

中文：白頭錦鴝（黃頭扇尾鶯）（雄）
英名：Glod-capped Cisticola
學名：*Cisticola exills*

主角：白頭扇尾鶯，普遍之留鳥。
特徵：身長約10cm，雄鳥背後灰褐色。頭部夏羽乳白，多羽黃褐色，無明顯眉斑，雌鳥似錦鴝雄鳥，但背後無明顯花紋。
分布：丘陵地草坡至海邊草灌叢地帶。
習性：習性近似錦鴝，但叫聲在繁殖季時，似「咪咪鬼─」、「咪咪鬼─」，築巢形式較為特殊，以一株活的甜根子草或其他禾本科植物之整株或部份莖葉穿插交織而成，因巢整個組成為活組織，顏色鮮綠，不易發現。

中文：臺灣畫眉
英名：Hwa-Mei
學名：*Garrulax canorus*

主角：台灣畫眉，爲臺灣特有亞種，曾經十分普遍之留鳥。

特徵：全身長約24cm。全身大致灰褐色，帶有暗色細縱斑。

分布：常單獨或成對出現平地至低海拔的樹林下或周遭灌叢中，現因被捕捉飼養，或由籠中逸出，而在市區公園可見。

習性：領域性強，鳴聲悅耳嘹亮富變化。常單獨在草叢中活動，以小蟲及小型蜥蜴爲食，繁殖季時經常在草叢突出點或灌叢中鳴唱，宣示領域並徵求配偶，雌鳥不善鳴唱。

中文：烏頭翁
英名：Taiwan Bulbul
學名：*Pycnonotus taivanus*

主角：烏頭翁，爲局部普遍之特有種鳥類。

特徵：全身長18cm。羽色似白頭翁，但頭無白色斑。

分布：台灣特有種，分布侷限於東部蘇澳以南至恆春半島的平原至低海拔。

習性：喜立於枝頭張望，鳴聲與白頭翁相似，但聲較渾濁，常成小群活動，在樹林及灌叢中覓食，繁殖季時則成雙活動，築巢於樹林中、下層或灌叢邊緣，以各類漿果及果實爲食，繁殖時才較常捕蟲、昆蟲等小型節肢動物爲食。

中文：番鵑
英名：Lesser Coucal
學名：*Centropus bengalensis*

主角：番鵑，普遍之留鳥。

特徵：全身長39cm。夏羽全身除背、翼爲橙栗色外，全爲黑褐色。多羽則爲橙褐色雜有斑紋。

分布：留鳥，平地至低海拔下層及空曠地樹叢等地。

習性：鳴聲爲「叩叩叩」或「卜卜卜」。番鵑多夏羽顏色差異相當大，多季顏色樸素，且不鳴叫因此較少發現。番鵑以小型爬蟲及昆蟲爲食，築巢於草、灌叢中。築巢就地以禾本科植物交織而成，相當隱密，不易被發現。遇驚擾常不回巢，造成幼雛營養不良，或遭貓狗啃食。

中文：喜鵲
英名：Magpie
學名：*Pica pica*

主角：喜鵲，為不普遍之留鳥。
特徵：全身長45cm。頭頸、背、胸黑色，肩羽及腹為白色，尾甚長，為藍綠色。
分布：平地、山丘之高樹或農地。
習性：常單獨或小群於田野空曠處活動。警覺性高。振翅幅度大，成波浪狀飛行。三三兩兩在大樹頂端之間來去。築巢於大樹中、上層，以各種樹枝為巢材，巢相當大而醒目。

中文：**棕背伯勞**
英名：Black-headed Shrike
學名：*Lanius schach*

主角：棕背伯勞，為普遍之特有亞種鳥類。
特徵：全身長約25cm。雙翼及過眼線黑色，頭頂到上背為灰色，肩羽、尾上覆羽為橙褐色。
分布：平地農田、草生地、雜林地等。夏季時，會遷移至較高海拔處。
習性：肉食性，常停棲於突出物上，喜於相思林中築巢。模仿其他鳥類、動物聲音的能力相當強。常會躲在枝上，用聲音將其他小鳥吸引出來加以撲殺。

中文：**棕三趾鶉**
英名：Bustard Quail
學名：*Turnix suscitator*

主角：棕三趾鶉，為普遍之特有亞種鳥類。
特徵：全身長約14cm。雌鳥體赤褐色，密佈黑色橫條，及黑白相間的鱗狀斑。足僅三趾。雄鳥略小，與雌鳥不同處在於腮喉、上胸為白色而非黑色。
分布：平原、丘陵灌叢或耕地、村莊附近等。
習性：善於地面奔跑，很少飛行，常飛一小段距離便隱入草叢。因習性羞怯，觀看時不加躲藏，不容易見到。

中文：**藍磯鶇**
英名：Blue Rock Thrush
學名：*Monticola solitarius*

主角：藍磯鶇，爲普遍之冬候鳥。
特徵：全身長約12cm。台灣有二種亞種記錄。其一特徵爲：雄鳥除腹部棄紅色外，全身爲寶藍色佈有鱗狀斑。雌鳥則背呈暗灰色，腹呈淡灰色佈有鱗狀斑；另一種則是全身藍色的迷鳥「藍腹藍磯鶇」。
分布：平地至中海拔之空曠地帶。
習性：單獨棲立於枯木、石塊、水泥堤岸、住屋的屋脊，俗稱厝客、厝角鳥。藍磯鶇平地族群多爲冬候鳥，但在台灣高海拔地區山壁上有相當數量繁殖。

中文：**紅尾伯勞**
英名：Brown Shrike
學名：*Lanius cristatus*

主角：紅尾伯勞，爲普遍之冬候鳥。
特徵：全身長約18cm。台灣有二種亞種記錄，其一特徵爲：背面大致爲紅褐色，具黑色過眼線；另一亞種爲灰頭紅尾伯勞，主要特徵爲其頭背部呈灰色。
分布：平地農耕空曠地。
習性：領域性強，喜單獨停棲於突出物，尾巴常繞圈擺動，用以警示周圍同類不要侵入。紅尾伯勞肉食性，常撲殺地面小型鼠、蛇、蛙、鳥、昆蟲爲食，吃不完的食物會插在領域周圍枝條警示。

中文：**極北柳鶯**
英名：Arctic Warbler
學名：*Phylloscopus borealis*

主角：極北柳鶯，爲普遍之過境鳥。
特徵：全身長約12cm。體色爲暗橄綠色，有黃白色的眉斑，腹側近於白色。
分布：平地至低海拔山林中。
習性：喜單獨活動或混於其他鳥類群中，性活潑，飛翔時拍翅迅速，常做短距低空飛行。在台灣僅在春、秋過境時期較爲常見，春季北返時因繁殖季接近，經常在灌叢或樹叢中鳴叫，最易被觀察。

中文：**白腹鶇**
英名：Pale Thrush
學名：*Turdus pallidus*

主角：白腹鶇，為普遍之過境鳥或冬候鳥。
特徵：全身長約23cm。頭頸暗灰褐色，眼周橙褐色，尾羽外側末端有白斑，為主要辨視特徵。胸腹部至尾下覆羽為污白色。
分布：中低海拔樹林底層。
習性：領域性強，常單獨或兩三隻一起出現。喜活動於幽暗樹林底層。常發生柔細之「嗞—嗞」聲，受干擾時亦會發出「嘎嘎」之吵雜警戒聲。以果實，小蟲為主食。

中文：**赤腹鶇**
英名：Red-bellied Thrush
學名：*Turdus chrysolaus*

主角：赤腹鶇，為普遍之過境鳥或冬候鳥。
特徵：全身長約22cm。頭背部大致為橄綠色，腹面兩側的紅褐色為主要特徵，腹中央則為白色。
分布：自平地至2800公尺的山地森林。
習性：性羞怯，喜於地上覓食，秋冬亦喜食果實，常與白腹鶇混群遷移。

中文：**虎鶇**
英名：White's Ground Thrush
學名：*Turdus dauma*

主角：虎鶇，為不普遍之留鳥或過境鳥。
特徵：全身長約29cm。台灣有兩種亞種記錄。其一為過境之虎鶇，體背為金黃與褐色相間的鱗狀斑，腹側為黃白色。飛行時可見明顯之翼下白斑。另一亞種則是在外型與前者相似，但體型較小之稀有留鳥小虎鶇。
分布：平地到中海拔山區。
習性：因保護色極佳，常單獨活動於樹林底層中，或林道、開闊地邊緣。遇敵害常佇立不動，一有機會則振翅隱入草叢中。覓食時常小步快走，停下啄食，靜立不動，再找尋下個目標。

中文：**斑點鶇**
英名：Dusky Thrush
學名：*Turdus naumanni*

主角：斑點鶇，為不普遍之過境鳥。
特徵：全身長約25cm。頭至背為黑褐色，有乳白色眉斑，腮、喉及頸側乳白色，胸、腋呈斑點狀形成白色橫帶。
分布：平地或耕地。少見於低海拔山區。
習性：性羞怯，受驚嚇會沿著地面飛行。在地上覓食或走路總是斷斷續續走幾步停幾步。邊覓食邊警戒。

中文：**白眉鶇**
英名：Eye-browed Thrush
學名：*Turdus obscurus*

主角：白眉鶇，為普遍之過境鳥或冬候鳥。
特徵：全身長約22cm。眉斑、嘴基內側、腮為白色外，雄鳥頭頸部為橄灰色，背為暗灰色，雌鳥則背呈橄褐色，喉部具白色縱斑。
分布：平地至中低海拔山區。
習性：白眉鶇經常成小群活動，或混在其它鶇科鳥群之中，以植物果實及地面小蟲為食，過驚擾時會隱匿樹葉叢中，但危險過去繼續回到原點覓食。

中文：**樹鷚**
英名：Oriental Tree-Pipit
學名：*Anthus hodgsoni*

主角：樹鷚，為普遍之冬候鳥。
特徵：全身長約14cm。全身為橄綠褐色，雜有黑斑，胸腹佈有黑色縱紋，具白色眉斑、黑色過眼線，耳羽後之白色斑點為主要特徵。
分布：平地至中海拔開闊地。
習性：多成群於草生地覓食步行，遇危險則起飛停於鄰近樹枝上。在地面行走時，喜不停擺動尾羽。

中文：赤喉鷚
英名：Red-throated Pipit
學名：*Anthus cervinus*

主角：赤喉鷚，爲普遍之冬候鳥。
特徵：身長約15cm，頭頸胸爲紅褐色，背有黑色及
　　　　淡色縱斑。
分布：常於海岸附近農地、沼澤、溪畔等開闊地活
　　　　動。
習性：赤喉鷚春、秋季在西濱沿海濕地、農地相當普
　　　　遍。因顏色及體型與鶺鴒相近，若不注意常被
　　　　忽略。常成小群在田野捕食小蟲，及地棲昆
　　　　蟲。停棲時常，上下擺動尾羽。

中文：黃鶺鴒
英名：Yellow Wagtail
學名：*Motacilla flava*

主角：黃鶺鴒，爲普遍之冬候鳥。
特徵：身長約17cm，夏羽腹面爲鮮黃色，冬羽則以
　　　　灰褐色爲主，腳黑色。
分布：平地至低海拔水域附近、農耕地及草原均有分
　　　　布。
習性：經常單獨活動於溪邊、田野等開闊地帶，邊走
　　　　邊上下搖晃尾羽。性強悍，爲爭奪度冬領土打
　　　　鬥追逐不休。以啄食地面小蟲及飛蟲爲食。

中文：野鴝
英名：Siberian Rubythroat
學名：*Erithacus calliope*

主角：野鴝，爲不普遍之冬候鳥。
特徵：身長約16cm，背褐色，眉斑及頸線白色，雄
　　　　鳥喉爲紅色，雌鳥則無。
分布：出現於平原空曠草生地及農地。
習性：經常單獨或小群在田野上各據一方，有固定活
　　　　動範圍。春季來臨時，雄鳥會常於突出枝頭上
　　　　鳴唱。直線低空飛行，以跳躍方式前進。

中文：黃尾鴝
英名：Daurian Redstart
學名：*Phoenicurus auroreus*

主角：黃尾鴝，爲不普遍之冬候鳥。
特徵：身長約15cm，翼上有醒目白斑，雄鳥顏色較鮮豔，腹部及尾爲黃褐色，頭黑色，頭頂有銀白帶狀斑。
分布：冬候鳥，河口、平地至中低海拔闊葉林均可發現。
習性：喜停於突出物，停棲時會規律擺動尾部。領域性極強，會攻擊車輛照後鏡中的影像。以小昆蟲及飛蟲爲食。

中文：黑喉鴝
英名：Stonechat
學名：*Saxicola torquata*

主角：黑喉鴝，爲稀有之過境鳥。
特徵：身長約15cm，雄鳥夏羽頭黑色，頸側及翼上有白色斑，冬羽似雌鳥。雌鳥大致爲黃褐色，翼上亦有明顯白長斑。
分布：冬候鳥，生活於草原、農地、河床及蘆葦叢中。
習性：常單獨活動，喜站在突出草莖或灌木末稍，姿勢挺立，較少動作。以地面及草叢活動之小蟲爲食。

中文：噪林鳥(灰背椋鳥)
英名：Gray-backed Starling
學名：*Sturnus sinensis*

主角：噪林鳥，又名灰背椋鳥，爲不普遍之冬候鳥。
特徵：身長約19cm，大抵爲灰色，翼肩白色，翼尖黑色。
分布：冬候鳥，以南部、墾丁公園一帶較常見。
習性：聒噪好動，善於模仿學舌。成小群集體活動，以植物花果、地面小蟲爲食。

中文：短耳鴞
英名：Short-eared Owl
學名：*Asio flammeus*

主角：短耳鴞，在台灣為草原地帶多候鳥。
特徵：身長約40cm，黃白色臉盤，眼周呈黑色。耳羽短小。背黃褐色有黑縱斑。
分布：主要棲息於靠水的草原及農地。
習性：短耳鴞雖屬鴟鴞科猛禽，白天多數時間棲於草澤及灌叢中，但在嘉義鰲鼓農場、墾丁牧場，上午十點前，下午三點後，時常見牠們在草原上方定點鼓翼，伺機捕捉草叢中大型昆蟲及小型鼠類。

中文：赤腹鷹
英名：Chinese Sparrow Hawk
學名：*Accipiter soloensis*

主角：赤腹鷹，小型過境猛禽。
特徵：身長約30cm，背灰色，腹紅褐色。雄鳥眼紅色，雌鳥眼黃色。飛行時翼下白色，僅翼尖黑色。亞成鳥腹部有斑紋。
分布：過境鳥，數目佔過境猛禽第一位，平地到山區均可見。
習性：移棲時常組成大群共同遷徙。喜棲立於樹梢，當昆蟲飛來，立即飛出捕食，有時亦偷襲飛翔中的小鳥，或到地面捕食兩棲爬蟲類。墾丁地區及全省各地中、低海拔山地，常在九月中、下旬見到數十至數百隻成群由北往南遷移，墾丁的社頂公園是最易觀察之點。

中文：**灰面鵟鷹**（灰面鷲）
英名：Grey-faced
　　　Buzzard Eagle
學名：*Butastur indicus*

主角：灰面鵟鷹，中型過境猛禽。

特徵：身長約49cm，大致為赤褐色，臉頰灰色，喉白色，中央有黑色縱斑。

分布：過境鳥，秋季於恆春、春季於八卦山、大度山集結遷徙。

習性：灰面鵟鷹在每年十月初前後陸續由日本、東北、西伯利亞等地集結往南遷徙度冬，約在十月十日前後大量通過台灣地區，素有國慶鳥之稱。遷徙過程善利用地形風及熱帶流，喜於空中滑翔盤旋，「起鷹」及「落鷹」更是賞鷹人的最愛。以蟲、鼠、蛇等生物為食。

中文：**紅隼**
英名：Common Kestrel
學名：*Falco tinnunculus*

主角：紅隼，普遍多候鳥。

特徵：身長約30cm，雄鳥頭至後頸、尾羽為鼠灰色，雌鳥全身為栗紅色，飛行時雙翼狹尖。

分布：冬候鳥，出現於平地、河口、沼澤等，偶爾出現於高山。

習性：紅隼為小型猛禽，常於空中定點振翅尋捕獵物。食物種類以大型昆蟲及小型鳥類、鼠類為主。台灣地區沿海工業區及草原是牠們最喜歡出沒的地點，因領域性極強，時常見一塊草原上，先後抵達的個體為爭奪領域而纏鬥數小時不休。

中文：**戴勝**
英名：Hoopoe
學名：*Upupa epops*

主角：戴勝，稀有過境鳥或離島留鳥。

特徵：身長約28cm，背上有黑白相間的寬帶，頭上有扇狀的冠羽。

分布：在台灣屬稀有過境鳥，

習性：地棲性，喜單獨活動。冠羽受驚嚇或興奮時，冠羽會立刻豎立成扇狀。秋季的墾丁地區、春季的金山、野柳、東北角等地經常見到戴勝暫留，等待好天氣遷徙。在金門、馬祖地區為普遍的留鳥，時常見到在草地、墓地、農地啄食地表小昆蟲及蠕蟲。

中低海拔山區鳥類經常出現環境

留鳥 候鳥

空中→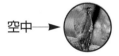

      ←

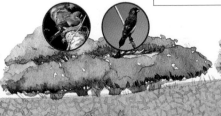

裸地　　　　短草叢　　　　　　灌叢

      ←

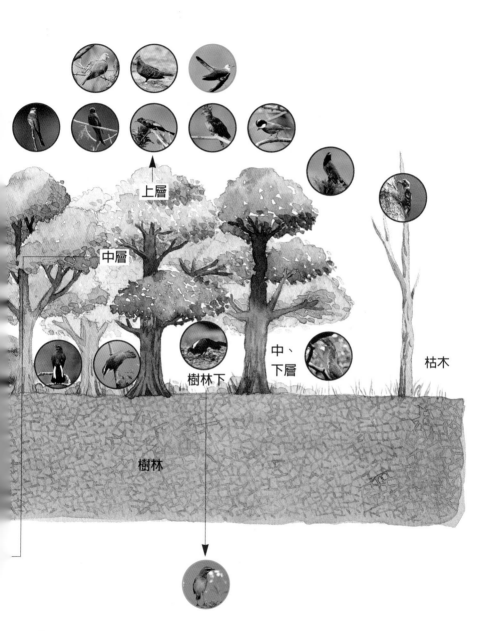

上層

中層

中、
下層

樹林下

枯木

樹林

中文：小卷尾
英名：Bronzed Drongo
學名：*Dicrurus aenens*

主角：小卷尾，普遍之特有亞種鳥類。
特徵：全身長約25cm。全身黑色而呈藍綠色光澤。尾長，末端較寬，分叉。體態似大卷尾。
分布：中、低拔之闊葉林。
習性：與大卷尾的習性相似，惟其喜愛於闊葉林上層活動，且常混於紅山椒鳥（灰喉山椒鳥）群中。叫聲嘹亮且婉轉富變化，音似「九、九、九」或「喂、喂、喂、總機」。繁殖時，常以快速俯衝驅趕敵害。

中文：台灣藍鵲
英名：Taiwan Blue Magpie
學名：*Urocissa caerulea*

主角：台灣藍鵲，不普遍之特有種鳥類。
特徵：全身長約64cm。全身除嘴、腳紅色及頭至項部、胸部為黑色外，其餘為藍色。尾羽甚長，末端白色，尤以中央二根特長，其餘依序遞減。
分布：中、低海拔之闊葉林及次生林。
習性：以植物果實為主食外，也捕食小型的鳥類、兩棲及哺乳類。生性群棲、兇悍，喜喧雜，具共同育幼行為。常三、五成群直線飛行，俗稱為「長尾陣」。

中文：白環鸚嘴鵯
英名：Collared Finchbill
學名：*Spizixos semitorques*

主角：白環鸚嘴鵯（ㄅㄟ），為普遍之特有亞種鳥類。
特徵：全身長約19cm。嘴黃色，粗短似鸚鵡嘴形。頭灰黑色，耳羽部有幾條細白紋。前項有白色環帶，其餘身體為橄欖綠色，腳褐色。
分布：低海拔山區樹林、墾植地、次生林。
習性：雜食性，喜漿果類果實，常小群活動。常停棲樹梢、草莖或電線上鳴唱，叫聲似「記得是誰、記得是誰、是誰——」。

中文：**鳳頭蒼鷹**
英名：Crested Goshawk
學名：*Accipiter trivirgatus*

主角：鳳頭蒼鷹，普遍之特有亞種鳥類。
特徵：全身長約42-48cm。頭部灰色，具冠羽。背部深褐色，胸有褐色縱斑。尾下覆羽白色為飛行時主要辨識特徵。
分布：中、低海拔之闊葉林及次生林。時常見到盤旋於上述地帶上空。
習性：領域性強，生性兇悍。除了以小形鳥類為食外，也捕食小型的兩棲及哺乳類。

中文：**繡眼畫眉**
英名：Gray-cheeked Fulvetta
學名：*Alcippe morrisonia*

主角：繡眼畫眉，為普遍之特有亞種鳥類。
特徵：全身長約12cm。頭、項部暗灰色，有條不明顯的黑褐色眉線。白眼環，似繡眼。背、腹是不同程度的黃褐色，腹面較淡，嘴黑竭色，腳肉褐色。
分布：低至高海拔之次生林、闊葉林及針葉林，尤以中海拔之闊葉林族群最大。
習性：喜於林下濃密灌叢裡成大群聚集合活動，常為森林內混合鳥群的主要鳥種，此混合鳥群以小型畫眉科為多，如山紅頭、綠畫眉，冬季鳥種數可達近二十種，是非常熱鬧的覓食團。平時常發出「唧、唧、唧」急促、粗啞的鳴聲，繁殖期會發出悅耳的「急－救兒、急－救兒、唧、唧」之鳴唱。

中文：**五色鳥**
英名：Muller's Barbet
學名：*Megalaima oorti*

主角：五色鳥，為普遍之特有亞種鳥類。
特徵：全身長約20cm，體型肥胖，嘴粗厚，基部有剛毛。頭大，腳粗短有力，翼型圓短。身體大致為翠綠色，頭部大致為藍色，額、喉黃色。眼光及前頸紅色。嘴及過眼線黑色。因此全身羽色以紅、黑、黃、藍、綠五種色調為主，故名為五色鳥。
分布：中、低海拔山區之闊葉林及次生林的中、上層密林中活動。
習性：雜食性。生性不好動，以其絕佳綠色保護色隱密於樹林中，甚難發現，然甚聒噪，常發出「郭、郭郭郭……」之喉音，似敲木魚之聲，故俗稱此鳥為花和尚。似啄木鳥般攀附於樹幹上鑿洞築巢。

中文：樹鵲
英名：Himalayan Tree Pie
學名：*Dendrocitta formosae*

主角：樹鵲，普遍之特有亞種鳥類。
特徵：全身長約34cm。額、腮、翼及尾羽為黑色，翼上有白色翼斑。頭頂至後項鼠灰色。背部及胸栗褐色。腹部污白色，尾下覆羽橙褐色。嘴型粗厚略為下彎。
分布：平地至低海拔之次生林及闊葉林。
習性：以昆蟲、植物果實為主食。成小群於樹林上層活動、警覺性高，常發出「嘎兒—葛哩哦」沙啞喉音或「嘎、嘎、嘎—」之警戒聲。飛行時鼓翼程度大成波浪形，翼上白斑清晰易見。

中文：黃胸藪眉（藪鳥）
英名：Steere's Liocichla
學名：*Liocichla steerii*

主角：黃胸藪眉，又名藪鳥，普遍之特有種鳥類。
特徵：全身長約17cm。體色大致為橄綠色，頭頂黑色，嘴基部有一橙黃色斑，非常顯眼，為其辨識特徵。嘴黑色，腳褐色。
分布：中海拔之闊葉林底層，冬季會移遷至低海拔度冬。
習性：雜食性。成小群在緊鄰草叢之地面活動，生性機警怕人，稍有動靜立即竄入草叢中，偶爾會似松鼠般依樹幹由下往上跳躍而上。鳴聲嘹亮，常發出「急—救兒」之聲，是中海拔山區主要之音籟之一。警戒時則改為「嘎、嘎」粗啞之喉音。

中文：山紅頭
英名：Red-headed Tree
　　　Babbler
學名：*Stachyris ruficeps*

主角：山紅頭，普遍之特有亞種鳥類。
特徵：全身長約11cm。全身背面暗褐色，腹面淡褐色。頭上紅色羽區為命名由來。
分布：中、低海拔灌叢地帶。
習性：性隱密，常於灌叢中發出虛弱之「噓-噓-噓-噓」四連聲。惟秋冬季節時常成群或與其它鳥種混群活動覓食，才容易見到。

中文：**紅嘴黑鵯**
英名：Black Bulbul
學名：*Hypsipetes madagascariensis*

主角：紅嘴黑鵯，為普遍之特有亞種鳥類。
特徵：全身長約24cm，全身黑色有光澤。嘴、腳紅色。頭頂略有冠羽。飛羽及尾羽羽緣灰白色。
分布：中、低海拔樹林、農耕地。
習性：雜食性，喜食漿果。常小群活動，停棲枯樹或大樹上，常發出如貓叫之「喵—」聲或「ㄍㄧ、ㄎㄚ、ㄍㄧ」三個音節，鳴聲非常吵雜。冬季時會結群成大群，有向高海拔昇遷之現象。

中文：**灰林鴿**
英名：Ashy Wood Pigenon
學名：Columba pulchricollis

主角：灰林鴿，普遍之鳥類。
特徵：全身長約34cm。頭灰色，頸項一圈乳白色，後頸有塊魚鱗斑。背深灰黑色，腹面由胸至尾下漸淡，胸兩側有綠色光澤。
分布：出現於中海拔闊葉林。
習性：以食果實為主。常於闊葉林中、上層活動，警覺性高。

中文：**赤腹山雀**
英名：Varied Tit
學名：*Parus varius*

主角：赤腹山雀，不普遍之特有亞種鳥類。
特徵：全身長約11cm。頭、項及上胸黑色，額、嘴基部至頰、頸側白色，頭頂中央一道白線條。背部鉛灰色，腹面栗褐色，非常醒目。
分布：低至中海拔闊葉林，以中部谷關地區較易發現。
習性：食蟲為主。常與冠羽畫眉、山紅頭與青背山雀混群於樹林中、上層活動。性喜成小群活動，若為落單，常一下子就飛走，找尋其他同伴。

中文：白耳畫眉
英名：Taiwan Sibia
學名：*Heterophasia auricularis*

主角：白耳畫眉，為普遍之特有種鳥類。
特徵：全身長約24cm。頭、項黑色，過眼線白色，再由耳羽向後延伸成突出的飾羽，末端散開，甚為顯眼，故曰白耳。胸、背部石板灰色，翼黑色而有光澤，羽外緣灰白色。腰及尾上、下覆羽橙褐色，腹面漸淡成黃褐色。尾長黑色，長短不一，各羽末端灰白色。
分布：中海拔闊葉林為主，冬季會移棲至較低海拔避寒。
習性：雜食性。常小群於樹林中、上層活動，生性機警，警戒時常發出似機關槍口「得、得、得……」連續聲，平時發出「回回回—悠」嘹亮悅耳的哨音。

中文：灰喉山椒鳥（紅山椒鳥）
英名：Gray-throated Minivet
學名：*Pericrocotus solaris*

主角：灰喉山椒鳥，又名紅山椒鳥，為普遍之留鳥。
特徵：全身長約18cm，雄鳥頭部、背及肩部灰黑色，翼黑色，喉部灰白色，翼上中段及胸腹、下背、尾羽兩側橙紅色。雌鳥大致似雄鳥，惟雄鳥橙紅色部份，雌鳥為黃色，故雌雄群飛時似秋天黃紅落葉紛飛。
分布：中、低海拔葉林的上層。
習性：食蟲。喜好佇立於樹梢或枝葉稀疏之樹林中層，捕食各種飛動的昆蟲，除繁殖期間成對活動外，常成小群覓食，小卷尾與朱鸝常與之共棲。飛行呈小波浪形，並會發出「ㄒㄧㄡ—ㄒㄧ ㄒㄧㄡ ㄒㄧ、」之鳴叫。築巢於樹枝分叉處，以苔蘚、地衣為巢材，巢形杯狀，小巧僅可供其腹部窩入。

中文：朱鸝
英名：Maroon Oriole
學名：*Oriolus traillii*

主角：朱鸝，為稀有的特有亞種鳥類。

特徵：全身長約25cm，雄鳥除頭至項部、上胸中央、翼黑色外，其餘為鮮豔的朱紅色。雌鳥似雄鳥，但色澤較暗淡，下腹為黑色縱斑。嘴粗長，略向下彎，灰黑色。

分布：低拔山區闊葉林，尤以溪谷林相地帶較易發現。

習性：以植物的果實及昆蟲為主食。常小群於樹林上層活動，飛行時成波浪狀。築巢於高大樹木梢端，本鳥種因低海拔山區闊葉林嚴重消失，族群稀少，極待保護。

中文：大冠鷲
英名：Crested Serpent Eagle
學名：*Spilornis cheela*

主角：大冠鷲（ㄐㄧㄡˉ），為普遍之特有亞種鳥類。

特徵：大型猛禽，全身長約70cm，全身大致呈黑褐色，頭頂冠羽黑白相間，肩羽、覆羽及胸腹部雜有白斑，眼睛、蠟膜、腳均為黃色，飛行時翼下及尾羽部各有一條白色寬帶，翼形為寬長型。

分布：中、低海拔之闊葉林，以林相完整之低海拔山區為普遍。

習性：喜食蛇類，故又名蛇雕，常小群活動，飛行時配合氣流作空中盤旋並發出嘹亮悠長的「忽、忽、忽悠—忽悠—」之鳴聲，天候不佳時甚少飛行，多於樹林內活動。

中文：黑枕藍鶲
英名：Black-naped Blue Monarch
學名：*Hypothymis azurea*

主角：黑枕藍鶲，普遍之特有亞種鳥類。

特徵：全身長約15cm。雄鳥除了腹部及尾下覆羽白色外，全身為有光澤的寶藍色，上嘴基部羽毛黑色，後頭有塊黑斑及前頸一黑環，此為命名之源由。雌鳥較暗淡，頭部灰藍，無黑枕及頸環，體背為灰褐色，腹面污白色。

分布：平地至低海拔樹林。

習性：食蟲。單獨或成對活動，領域性很強，常驅趕同種鳥類。喜於密林藤蔓糾葛之林內活動，覓食動作多樣，偶會表演定點捕食特技。喜與繡眼畫眉、粉紅鸚嘴、綠繡眼等鳥群一起覓食。築巢於藤蔓或樹枝分叉處，由雌雄共同擔任育雛工作。常發出「回、回、回、回」宏亮之鳴聲。

中文：竹雞
英名：Bamboo Partridge
學名：*Bambusicola*
　　　thoracica

主角：竹雞，爲普遍之特有亞種鳥類。
特徵：全身長約25cm。尾短，背大致爲暗灰褐色，
　　　雜有紅褐色及白斑。胸腹部呈橙褐色，兩側具
　　　赤褐色鱗斑。
分布：低海拔山區之濃密灌木、樹叢底層活動。
習性：生性隱密，易受驚，常成小群於低矮灌木叢
　　　中，鑽行覓食，發出急促響亮之「雞狗乖—雞
　　　狗乖」叫聲。

中文：小彎嘴畫眉
英名：Streak-breasted
　　　Scimitar Babbler
學名：*Pomatorhinus ruficollis*

主角：小彎嘴畫眉，爲普遍之特有亞種鳥類。
特徵：全身長約20cm。全身大致爲灰褐色，喉胸部
　　　白色，具黑色過眼線，嘴細長而下彎，上嘴爲
　　　黑色，下嘴爲淡黃色。
分布：平地至低海拔灌木叢。
習性：常成群活動於灌木叢間，性羞怯不善飛，以跳
　　　躍行進。鳴聲嘹亮多變，常以「嘎歸——」鳴
　　　叫。

中文：褐鷽
英名：Brown Bullfinch
學名：*Pyrrhula nipalensis*

主角：褐鷽，爲稀有之特有亞種鳥類。
特徵：全身長約15cm。雌、雄略有差異，雄鳥體色
　　　大致爲灰褐色、眼下有一白斑，初級飛羽爲黑
　　　色，次級飛羽外圍爲鮮紅色。雌鳥則大致似雄
　　　鳥，唯次級飛羽爲黃色。
分布：中低海拔之闊葉林。
習性：性好群棲，常棲息於闊葉林之上層，以昆蟲、
　　　果實爲食，常發出「隔離、隔離」之聲。

中文：綠啄花
英名：Plain Flowerpecker
學名：*Dicaeum concolor*

主角：綠啄花，為不普遍之特有亞種鳥類。
特徵：全身長約8cm。全身橄綠色，體下面較接近灰色。
分布：中低海拔之闊葉林。
習性：成群或單獨活動於闊葉林上層，多於其上的寄生植物如桑寄生等上覓食。因此也成為桑寄生等植物之傳粉者。
綠啄花除了傳粉之外，其排遺中的植物果實會在其他植物上萌芽，長成另一株新的寄生植物，之間的關係可以說是互利共生。

中文：白尾鴝
英名：White-tailed Blue Robin
學名：*Cinclidium leucurum*

主角：白尾鴝，為不普遍之特有種鳥類。
特徵：全身長約16cm。雄鳥全身寶藍色，雌鳥為褐色，兩者尾羽黑色，除中央一對外，其它各羽外瓣為白色，尾羽散開時白色極明顯。
分布：中海拔闊葉森林、溪流邊之陰暗林下，。
習性：性害羞，稍遇驚動則潛入灌木叢中，會慢慢舉起張開之扇形尾羽後，再慢慢放下，聲為細膩柔美之「咪—哆雷咪」。領域性強，繁殖季時會追趕同類，築巢於山壁或土坡上，巢材以苔蘚為主。

中文：領角鴞
英名：Collared Scops Owl
學名：*Otus bakkamoena*

主角：領角鴞，為不普遍之留鳥。
特徵：全身長約25cm。全身為黑褐色雜有斑點，腹部有深褐色縱紋，角羽灰褐色及其橙紅色的眼睛是主要辨識特徵。
分布：平地至低山帶之樹林常見，亦會出現於人聚集地或市區公園。
習性：夜行性，性隱密，繁殖季時常發出低沉的單音「互互——」。沒有月亮的夜間常會在山區路燈旁樹上等待捕捉被燈光吸引來的大型甲蟲和蛾類。築巢於樹洞或大樹樹幹裂縫中。

中文：黃嘴角鴞
英名：Spotted Scops Owl
學名：*Otus spilocephalus*

主角：黃嘴角鴞，為不普遍之特有亞種鳥類。
特徵：全身長約20cm。全身大致為褐色，頭上有小
羽角，黃色的嘴為主要特徵。
分布：低至中海拔的闊葉或針闊葉林間。
習性：性隱密，常單獨出現，夜間於大樹中、上層發
出有規律之上揚兩聲哨音　「呼呼——呼呼—
—」。繁殖季時雄鳥經常為了爭奪雌鳥大打出
手。築巢於大樹樹洞中。

中文：綠鳩
英名：Japanese Green
　　　Pigeon
學名：*Sphenurus sieboldii*

主角：綠鳩，為普遍之特有亞種鳥類。
特徵：全身長約21cm。體色為綠或黃綠色，尾羽外
側為黑色，腳肉紅色，雄鳥之中小覆羽呈暗紅
色，雌鳥則無。
分布：平地至中海拔之闊葉林。
習性：平常成群活動，繁殖季則成對活動。喜以各類
植物之果實或漿果為食，亦喜食嫩芽或花朵，
柿子或山紅柿，山櫻花的花及果實是她們喜愛
的食物之一。

中文：棕面鶯
英名：White-throated
　　　Flycatcher Warbler
學名：*Abroscopus albogularis*

主角：棕面鶯，為普遍之留鳥。
特徵：全身長約10cm。腹白色，背面為橄綠色，臉
部橘黃色，頭頂兩側各有明顯黑縱線。
分布：中低海拔闊葉林及次生林。
習性：常與畫眉及山雀科鳥類混棲。常成群於闊葉竹
林之中上層活動。叫聲為連串銀鈴聲　「鈴…
…」似電鈴，故又稱為「電鈴鳥」。

主角：頭烏線，爲普遍之特有亞種鳥類。

特徵：全身長約13cm。全身暗褐色，頭頂兩側各有一道黑線爲其主要特徵。

分布：中低海拔闊葉林下層之灌叢中。

習性：常成小群活動於低層灌木叢中，性極羞怯，加上保護色，故非常不易見，但卻可常聽到其圓潤悅耳的哨音「是誰打破氣球……」

中文：頭烏線
英名：Gould's Fulvetta
學名：*Alcippe brunnea*

主角：黑冠麻鷺，爲稀有之留鳥。

特徵：全身長約47cm。頭上有顯著黑色羽冠，體色大致爲赤褐色、眼先端爲藍色。

分布：低海拔密林及山泉溪澗中。

習性：性隱密，喜單獨活動遇侵擾則挺直脖子佇立不動，喉部常發出「波—波」之聲。經常在林下、溪澗、陰暗潮濕之處，憑藉部份聽力尋找獵物，啄食地表或地表下之蚯蚓、蝸蝓，節肢動物等生物爲食。

中文：黑冠麻鷺
英名：Tiger Bittern
學名：*Gorsakius melanolophus*

主角：白腰文鳥，爲普遍之留鳥。

特徵：全身長約11cm。喙呈黑色三角錐狀，腰有白色寬橫帶爲主要辨視特徵，中央尾羽長，末端成尖細狀，故又名尖尾文鳥。

分布：郊野至中低海拔樹林、灌叢等地。

習性：成小群活動於草叢、稻田中，啄食禾本科植物之種子爲食。邊飛邊發出狀似虛弱的「噓、噓」聲。築巢於山坡或林緣之灌叢中。

中文：白腰文鳥
英名：White-rumped Munia
學名：*Lonchura striata*

中文：金背鳩
英名：Rufous Turtle Dove
學名：*Streptopelia orinetalis*

主角：金背鳩，為普遍之特有亞種鳥類。
特徵：全身長約30cm。型似斑頸鳩，但體型略大，及其頸側黑色區塊具白斑，羽翼之羽緣呈紅褐色為主要之辨視特徵。
分布：低海拔之山區叢林。
習性：常於乾燥農地上覓食或棲坐於電線。飛行時拍翅聲大，速度快，呈直線，有時候會學鷲鷹科一般大弧度的滑翔。

中文：小啄木
英名：Grey-headed
　　　Pygmy Woodpecker
學名：*Dendrocopos
　　　canicapillus*

主角：小啄木，為普遍之留鳥。
特徵：全身長約17cm。面和頸側為白色，背為黑色，下背至腰密佈白斑。雄鳥頭後有紅斑，雌鳥則無。
分布：中低海拔之闊葉林或次生林。
習性：於樹幹上螺旋狀移動，以嘴敲擊樹幹後取食昆蟲。飛行呈波浪狀，時發出「唧—唧」之聲。

中文：藍腹鷴
英名：Swinhoe's Pheasant
學名：*Cophura Swinhoit*

主角：藍腹鷴，為稀有之特有種鳥類。
特徵：雄性體長約72cm，雌性體長約55cm。雌雄個體差異大。
分布：中低海拔之原始闊葉林中下層。
習性：晨昏活動，夏季通常於清晨5點開始活動覓食，冬季日出較晚常於6點後開始活動。夜宿於樹叢下層常於林下、林緣覓食，食物種類以植物果實與小型地棲無脊椎動物為食，通常為一夫一妻制。

中文：八色鳥
英名：Indian Pitta
學名：*Pitta brachyura*

主角：八色鳥，為稀有之夏候鳥。
特徵：身長約18cm，體色共8色：茶褐色、黑色、暗綠色、寶藍色、黃色、白色、紅色、青色、繽紛多彩，艷麗非凡。
分布：棲於密林深處。
習性：常於低海拔陰暗潮濕的樹林下活動。性羞怯，平常不善飛，以跳躍前進，喜啄食泥中之蚯蚓。築巢於樹幹、樹根、土壁、孔洞中。

中文：中杜鵑（筒鳥）
英名：Oriental Cuckoo
學名：*Cuculus saturatus*

主角：中杜鵑，又名筒鳥，夏候鳥。
特徵：身長約33cm，腹面有粗黑色橫斑，背面大致為鼠灰色。
分布：低到高海拔均有，但以低海拔丘陵地較常見。
習性：每年春夏交接由南洋地區飛來台灣中低海拔及丘陵地帶繁殖。常聞「卜卜——」聲。有托卵行為，常托卵於鶯亞科小型鳥之巢中。

中文：蜂鷹（雕頭鷹）
英名：Honey Buzzard
學名：*Pernis apivorus*

主角：蜂鷹，又名雕頭鷹。
特徵：身長約60cm，背面呈黑褐色，腹面因個體而有不同，尾羽有三條顯著黑褐色橫帶。飛行時特別突出的頭部為辨識的重要特徵。
分布：棲息於闊葉或針闊葉林，平地草原或農地。
習性：飛翔時善用寬廣的雙翼乘上昇氣流在空中盤旋。常在中高海拔樹林棲息，觀察飛來過往之蜜蜂，隨蜜蜂回巢，啄食蜜巢中之蜂卵及蜂蜜因而得名。

中高海拔山區鳥類經常出沒環境

留鳥 候鳥

空中→

樹林
上層

中層

下層

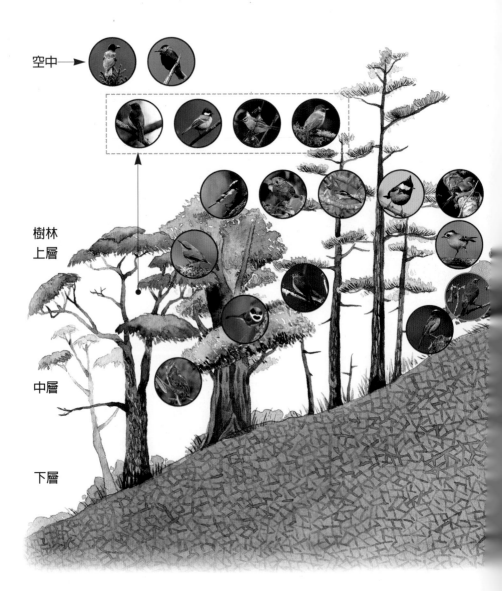

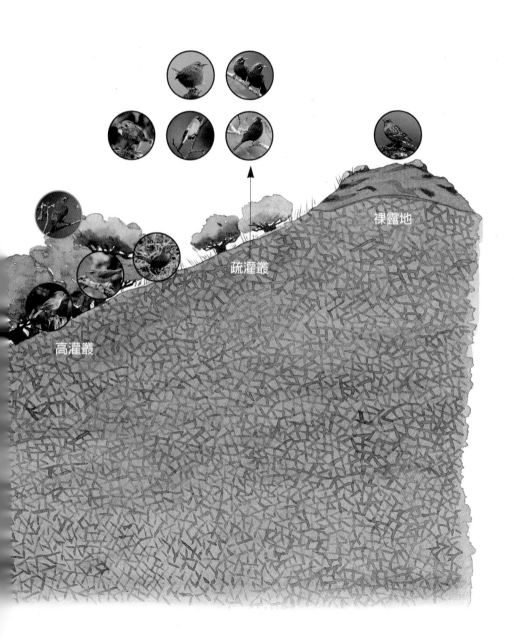

裸露地

疏灌叢

高灌叢

中文：**台灣噪眉**（金翼白眉）

英名：Taiwan Laughing
　　　Thrush

學名：*Garrulax morrisonianus*

主角：台灣噪眉，為普遍之特有種鳥類。

特徵：全身長約28cm，頭頸灰褐色，背及腹面大致
　　　　為橄褐色。眉斑、顎線白色，形成兩道白線，
　　　　又飛羽金黃色，故名為金翼白眉，其外觀羽色
　　　　非常亮麗。

分布：中、高海拔樹林底層或灌木叢中，冬季會移棲
　　　　至較低海拔山區渡冬。

習性：雜食性。常小群於地面上跳躍活動，不喜飛
　　　　行，跳躍時動作輕巧且尾部上下擺動，酷似松
　　　　鼠，活動時不甚懼人。喜撿食垃圾，在登山小
　　　　屋旁常在垃圾堆裡撿食米粒、麵條等。鳴聲宏
　　　　亮吵雜且為特有種鳥，故改名為台灣噪眉。

中文：**岩鷚**

英名：Alpine Accentor

學名：*Prunella Collaris*

主角：岩鷚（ㄌㄧㄡˋ），普遍之特有亞種鳥類。

特徵：全身長約15cm，嘴黑色，基部黃色。頭頸鼠
　　　　灰色。背部茶褐色，有黑褐2色縱斑。腹部及
　　　　胸部紅褐2色，背部紅褐2色。翼有兩條白色翼
　　　　帶。腳肉褐色。

分布：高海拔的裸露岩石及空曠地區。

習性：以昆蟲及種子為食。生性不懼人，常小群於步
　　　　道上與觀察者保持適當距離。常停棲於岩石
　　　　上，故名為岩鷚，為台灣分佈海拔最高之鳥
　　　　種。覓食時會發出粗啞的喉音。

中文：**鷦鷯**

英名：Wren

學名：*Troglodytes
　　　　troglodytes*

主角：鷦鷯，為普遍之特有亞種鳥類。

特徵：全身長約10cm。體型圓胖，嘴細翼短。尾短
　　　　往上翹。全身大致為栗褐色，背、腹部有黑褐
　　　　2色橫斑。尾下覆羽有灰白斑點。

分布：高海拔之草叢、開墾地或針葉林下層。

習性：主食昆蟲。生性隱匿，不易發現，常於箭竹叢
　　　　及林下灌木叢內覓食。常發出「呷、呷」警戒
　　　　聲，繁殖季時佇立樹枝高處張大嘴鳴唱，聲音
　　　　極為悅耳。

主角：栗背林鴝（ㄑㄩˊ），為普遍之特有種鳥類。

特徵：全身長約13cm。雄鳥頭項部黑色，有明顯白色眉線，下頸及肩羽橙紅色，背及翼部黑色。雌鳥背面大致為暗褐2色，白色眉線不甚明顯。尾下覆羽為白色。

分布：中、高海拔之樹林底層、灌木叢中。

習性：食蟲。通常單獨或成對活動，常在地面上跳躍覓食，不甚懼人。常站在地面突起物發出「嘎、嘎、嘎」喉音，驚嚇時跳入草叢內躲藏。

中文：**栗背林鴝**
英名：Collared Bush Robin
學名：*Erithacus johnstoniae*

主角：茶腹鳾（ㄕ），普遍之留鳥。

特徵：全身長約12cm。體上為藍灰色，體下為栗褐2色。頭部有條明顯黑色過眼線。尾短，尾羽兩側末端白色、腳灰黃色，強健有力，爪能深入樹幹。

分布：中、高海拔之樹林。

習性：以樹皮裂縫中的昆蟲、蟲卵為食，常成小群於樹幹上攀爬，或朝上、朝下迴旋覓食。朝下行走時，常仰頭觀看四週，此一倒立動作，其他鳥種無法達成。叫聲是輕快的「比、比、比」或「嘰、嘰、嘰」聲。

中文：**茶腹鳾**
英名：Eurasian Nuthatch
學名：*Sitta europaea*

主角：酒紅朱雀，為普遍之特有亞種鳥類。

特徵：全身長約15cm。雄鳥全身除翼、尾為黑褐色外，餘為朱紅色，眉斑白色。雌鳥背面黑褐色，腹面褐色，皆有黑色縱斑。

分布：中、高海拔針葉林林緣，冬季會移棲較低海拔避寒。

習性：以草籽為主食。常小群於林緣或步道地面上啄食草籽，不甚懼人。常發出「吱、吱、吱」金屬音極重之音調。飛行快速，成波浪形。

中文：**酒紅朱雀**
英名：Vinaceous Rosefinch
學名：*Carpodacus vinaceus*

主角：火冠戴菊鳥，普遍之特有種鳥類。

特徵：全身長約9cm，非常嬌小。背部橄綠色，腹面及腰黃色、眼周圍黑色環，外緣為白環，酷似貓熊的臉。雄鳥頭頂中央橙紅色，雌鳥為黃色。

分布：中、高海拔之針葉林中、上層，冬季會移棲至較低海拔避寒。

習性：食蟲。生性活潑，對樹種要求非常嚴格，只喜在針葉樹種上覓食，以高海拔的鐵杉林及冷杉林最為普遍。覓食時常如蜂鳥般垂直於枝幹下飛啄枝椏及葉梢間昆蟲，但鼓翼時間不長。常與煤山雀共棲，成群移動。常發出「嘶—嘶」由輕而重之聲。

中文：**火冠戴菊鳥**
英名：Taiwan Firecrest
學名：*Regulus goodfellowi*

中文：煤山雀
英名：Coal Tit
學名：*Parus ater*

主角：煤山雀、普遍之特有亞種鳥類。
特徵：全身長約10cm。頭頸部黑色，有冠羽。冠羽後方末端白色，臉頰有塊大白斑。背部暗灰色，腹面污黃白色。嘴短而尖，黑色。腳細、強健、黑色。
分布：高海拔之針葉林或針闊混生林。
習性：食蟲爲主。耐寒力強，嚴冬時仍停留在高海拔山區。常小群與紅頭山雀、火冠戴菊鳥及茶腹鳾一起活動。覓食方式以在枝椏間啄食昆蟲爲主，偶會飛起啄蟲。鳴聲爲單調輕快的「梯七、梯七」聲。

中文：巨嘴鴉
英名：Jungle Crow
學名：*Corvus macrorhynchos*

主角：巨嘴鴉，俗稱烏鴉，爲普遍之留鳥。
特徵：全身長約53cm。嘴粗厚且大，黑色，爲其他鴉科鳥類嘴型較大者，故名巨嘴鴉。全身墨黑而有紫色光澤。
分布：低至高海拔樹林，冬季會移棲至較低海拔山區。
習性：雜食性，喜啄食垃圾及腐肉，也會捕食兩棲類及小型哺乳類，因此山區的垃圾場常見其蹤跡。生性警覺，常「啊—啊—」地叫。飛行時振翅平緩，呈直線飛行，曾見追咬大冠鷲等大型猛禽尾羽，甚爲兇悍。

中文：松鴉（橿鳥）
英名：Jay
學名：*Garrulus glandarius*

主角：松鴉，又名橿鳥，普遍之特有亞種鳥類。
特徵：全身長約33cm。全身大致淺黃褐色，翼具白、藍，黑三色橫紋塊，嘴基有黑色延伸線紋。
分布：中、高海拔闊葉林及針闊混合林。
習性：以昆蟲、果實爲主食。常小群於樹林上層枝椏間活動，群棲時聲音吵雜，偶發出「嘎嘎」聲。與星鴉一樣有儲存食物的習慣。

中文：**紅頭山雀**
英名：Red-headed Tit
學名：*Aegithalos concinnus*

主角：紅頭山雀，普遍之留鳥。
特徵：全身長約10cm。頭至後頸橙紅色，有黑色寬粗過眼紋，背及尾羽灰色，頸項以下腹面大致白色，有紅黑斑塊。
分布：中、高海拔闊葉林及針闊混合林。
習性：以昆蟲、果實、花粉為主食。常大群於樹林上層枝椏間活動，不甚懼人。群棲時聲音吵雜，偶發出「吱、吱」聲。喜與其他山雀混群活動。

中文：**灰鷽**
英名：Beavan's Bullfinch
學名：*Pyrrhula erythaca*

主角：灰鷽，普遍之特有亞種鳥類。
特徵：全身長約15cm。頭至背部為灰色，胸腹淡黃褐色，初級飛羽及尾部黑色，臉有一塊黑色三角形斑。
分布：中、高海拔針葉林上層。
習性：以植物果實、花粉為主食。常小群於樹林上層枝椏間活動。偶而下至地面食草籽。

中文：**黃腹琉璃**
英名：Vivid Niltava
學名：*Niltava vivida*

主角：黃腹琉璃，為普遍之特有亞種鳥類。
特徵：全身長約16cm，雄鳥背面為紫藍色光澤，非常亮麗。飛羽黑褐色，羽緣帶藍色。胸以下橙褐色。雌鳥背面黃褐色，環環淡棕色。尾羽暗褐色，兩側栗褐色。雄鳥之亞成鳥色澤介於雄鳥與雌鳥間之綜合體，頭部及覆羽有淡色斑點。
分布：中海拔闊葉林上層，冬季會移棲至低海拔山區。
習性：停棲在樹林中、上層活動，佇立時身體姿勢挺直，不甚懼人。捕食飛蟲後，甚少飛回原處，不似紅尾鶲定點捕食的行為明顯。平常單獨或成對活動，常發出「伊悠─悠悠、悠伊」略帶哀怨的鳴聲。

中文：**青背山雀**
英名：Green-backed Tit
學名：*Parus monticolus*

主角：青背山雀，普遍之特有亞種鳥類。
特徵：全身長約12cm。頭、項、前胸黑色、臉頰有塊大白斑。背部黃綠色。腹面黃色，中央有一黑色縱線，雄鳥黑色縱帶較寬且延伸至生殖孔，雌鳥較細，僅至腹部。
分布：中海拔闊葉林，冬季會移棲至較低海拔山區。
習性：以食蟲為主。常與紅頭山雀及小型畫眉科鳥群一同活動。常於闊葉林中、上層活動，警覺性不高，且對環境要求無特定偏好。常發出「滴、滴—啾」或「唧、唧、唧、唧」聲，偶發「居—居—居」之哨音。喜築巢於樹洞、屋簷及牆壁洞穴中，以苔蘚、地衣為巢材。

中文：**冠羽畫眉**
英名：Taiwan Yuhina
學名：*Yuhina brunneiceps*

主角：冠羽畫眉，普遍特有種鳥類。
特徵：全身長約12cm。頭上暗褐色冠羽非常明顯，是命名的源由。臉部及胸、腹為灰白色。體上褐灰色。有條黑色過眼線及頸線，像是八字鬍。嘴黑色，腳灰黃色。
分布：中、高海拔闊葉林及針闊混合林。冬季會移棲低海拔闊葉林。
習性：以昆蟲、果實、花粉為主食。常大群於樹林上層枝椏間活動，不甚懼人。群棲時聲音吵雜，偶發出悅耳的「吐米酒」聲。喜食台灣鵝掌柴之花序及鄧氏胡子之果實。繁殖時有數對共同合作營巢、育雛的特殊行為。

中文：**紋翼畫眉**
英名：Taiwan Barwing
學名：*Actinodura morrisoniana*

主角：紋翼畫眉，不普遍之特有種鳥類。
特徵：全身長約24cm。頭部暗栗褐色。飛羽及尾羽栗色，有黑色及栗色相間的橫紋，故名為紋翼。腹面鼠灰色，有灰黑巴粗紋。腳肉色。
分布：中高海拔之闊葉林或針闊混合林之中上層活動。
習性：雜食性，以樹枝間小蟲為主。常小群活動，動作不甚靈活，警覺性不高。覓食時以攀附或倒懸於細枝上啄食小蟲。鳴聲為輕柔的「教、教」聲，警戒時改以粗啞、急促的「架、架、架」聲。

中文：**灰頭花翼**
英名：Streak-throated Fulvetta
學名：*Alcippe cinereiceps*

主角：灰頭花翼，又稱褐頭花翼，為普遍之特有亞種鳥類。
特徵：全身長約12cm。頭部灰色，背部暗褐色，胸腹淡黃色，眼圍一圈白色。
分布：中、高海拔箭竹林及灌叢中。
習性：以中、高海拔灌叢中之昆蟲為食。秋冬常小群於灌叢上層枝椏間活動，不甚畏人。春夏繁殖季節則配對於箭竹叢中築巢。

中文：**深山鶯**
英名：Verreaux's Bush
　　　Warbler
學名：*Cettia acanthizoides*

主角：深山鶯，普遍之特有亞種鳥類。
特徵：全身長約10cm。背褐色，胸腹黃色，具眉斑及過眼線。
分布：中、高海拔闊葉林及針闊混合林及灌叢中。
習性：以小蟲為主食。常單獨或成對於灌叢枝椏間活動。叫聲十分戲劇化，先發出「ア─、ア─、ア─」聲，頻率一路陡升，然後發出陡降抖音，每次叫聲持續近30秒，肺活量十足，雖不易窺見但令人印象深刻。

中文：**褐色叢樹鶯**
英名：Mountain Scrub
　　　Warbler
學名：*Bradypterus seebohmi*

主角：褐色叢樹鶯，為普遍留鳥。
特徵：全身長約13cm。背面為橄欖褐色，眉斑短，喉至上胸為白色，有暗褐色細斑點。腋及尾下覆羽褐色。
分布：出現於中、高海拔草叢、開闊灌叢。
習性：性隱密，常在地面或是近地面的草叢中活動，常見於垃圾堆中覓食，冬季會往低海拔山區遷移。聲「滴─答答滴‧‧」似打電報，故又稱「電報鳥」。

中文：林鵰
英名：Indian Black Eagle
學名：*Ictinaetus malayensis*

主角：林鵰，為稀有留鳥。
特徵：全身長約75cm。全身黑褐色，飛行時翼寬長，基部較窄，後緣略突出，尾呈角形。為大型猛禽。
分布：出現於中海拔闊葉林帶。
習性：常盤旋於森林上空，以蛙類、蜥蜴、大型昆蟲和鳥類為食。因翼形寬大，即使在無風的樹林和山谷中穿梭，可以不依靠熱氣流或地形風，也不須加以振翅，即能輕鬆盤飛穿過枝椏。

中文：黃山雀
英名：Taiwan Tit
學名：*Parus holsti*

主角：黃山雀，為不普遍的台灣特有種類。
特徵：全身長約13cm。臉、腹黃色，有冠羽。冠羽下至後頸中具白色，體背有蒼綠金屬光澤。雌鳥體色似雄鳥，但雄鳥肛門周圍有黑圈，雌鳥則無，為最大辨識特徵。
分布：活動於中海拔闊葉林上層。
習性：單獨或成對活動，常與其他山雀科如青背山雀、紅頭山雀混群覓食活動，聲音悅耳，輕快多變。一度被嚴重捕捉，野動法頒佈之後，在各中、高海拔少人活動之森林遊樂區和林道，現已較容易見到。

中文：鵂鶹
英名：Collared Pigmy Owlet
學名：*Glaucidium brodiei*

主角：鵂鶹，為不普遍留鳥。
特徵：全身長約16cm。體背褐色，頸側至後頭黃褐色，下頸有環狀黑褐色斑點。為台灣最小的鴟鴞科鳥類。
分布：中高海拔的濃密樹林中。
習性：活動於夜間或清晨，春夏雨季，白天亦常出現在森林邊緣。夜晚可聽見其「呼—呼—呼」或「虛—虛—虛」的叫聲。
鵂鶹喜以中大型昆蟲和小型鳥雀為食，但亦曾見攻擊赤腹鶇，因赤腹鶇體型太大，僅能抓著赤腹鶇身體邊飛邊跳。

中文：**星鴉**
英名：Nutcracker
學名：*Nucifraga caryrcatactes*

主角：星鴉，為普遍留鳥。

特徵：全身長約34cm。顏面、側頸、背、胸雜有白斑，尾羽羽端及尾下覆羽呈白色，飛行時非常明顯，為辨識的主要特徵，其餘為黑褐色。

分布：中高海拔針葉林中出現。冬季會往較低海拔遷移。

習性：喜停留在柏木或杉樹頂，常倒掛枝上，啄食松果，有儲食習慣，亦有固定進時的「餐桌」。常發出「嘎—嘎—」粗啞的聲音。

中文：**紅尾鶲**
英名：Ferruginous Flycatcher
學名：*Muscicapa ferruginea*

主角：紅尾鶲，為普遍留鳥或夏候鳥。

特徵：全身長約12cm。頭、臉暗灰色，眼有白圈，背呈暗栗褐色，上胸、肋、尾下覆羽橙紅色，故名為紅尾鶲，腹中央為白色。幼鳥體色似成鳥，但顏色較淡。

分布：中高海拔樹林出現。

習性：常單獨停在空曠的枝頭上，等待昆蟲，捕食後會飛回原點，「定點捕食」的現象極為明顯。築巢於中、高海拔闊葉林樹枝分叉處，以苔蘚、松蘿和地衣、蜘蛛網為巢材，一窩通常三隻雛鳥。繁殖季節結束後，親鳥連同幼鳥遷至低海拔或南洋地區。

中文：**紅胸啄花**
英名：Fire-breasted
　　　Flowerpecker
學名：*Dicaeum ignipectus*

主角：紅胸啄花，為普遍的特有亞種類。

特徵：全身長約9cm。雄鳥背至臉為略帶藍色光澤的黑綠色，胸、喉呈紅色，腹中央有藍色帶，尾甚短。雌鳥背為略帶藍色光澤的橄綠色。

分布：出現於中海拔樹林上層。

習性：性活潑，常單獨停留於高枝或在空中飛行鳴叫，常發出「滴、滴、滴」或「嗞、嗞」的金屬聲音，其音響亮，但因為體型小，觀察時常只聞其聲，不見其影。以昆蟲及花蜜為食。和高山各種寄生植物有共生關係，為其傳播花粉和種子。

主角：山麻雀，為不普遍的留鳥。

特徵：全身長約14cm。雄鳥背面為紅褐色，有黑色軸斑，臉、腹白色。雌鳥羽色較淡。整體體色似平地麻雀，但臉頰無黑色斑塊。

分布：中低海拔的開闊地或村落活動。

習性：多單獨活動，喜歡停留在屋頂、電線、樹枝或草地上。由於現今外在環境改變甚劇，其族群數量銳減，普遍性大不如前。目前僅在中橫梨山地區、南橫天池地區、台東霧台地區可見少數個體。

中文：**山麻雀**

英名：Cinnamon Sparrow

學名：*Passer rutilans*

主角：帝雉，為特有種，稀少。

特徵：體長雌雄有異，雄鳥約70cm，雌鳥較小，約47cm。雄鳥全身黑色有光澤，臉部皮膚為紅色，尾羽長有白色橫斑。雌鳥為暗褐色，胸、腹有黑色斑點或白色V字型斑。

分布：活動於中高海拔針葉林、混合林。

習性：性警慎。喜於雨後或晨昏時分出現於林道中覓食，受驚嚇後會遁入林中，不常驚飛。以昆蟲雜草種籽、果實為主食，亦發現啄食蚯蚓、小蛇。

中文：**帝雉**

英名：Mikado Pheasant

學名：*Syrmaticus mikado*

主角：藍尾鴝，為不普遍的冬候鳥。

特徵：全身長約14cm。雄鳥背、臉呈藍色，尾上腹羽藍色較深，有白色眉斑、胸側、肋橙黃色。雌鳥背、胸呈褐色，其餘同雄鳥。

分布：活動於中低海拔空曠林緣地。

習性：常單獨出現在中、高海拔林緣及灌叢地帶，度冬領域性仍強會驅趕同類，因習性和栗背林鴝接近，亦常被領域內栗背林鴝追趕。停棲時常擺動尾羽。

中文：**藍尾鴝**
英名：Red-flanker Bluetail
學名：*Tarsiger cyanurus*

主角：臘嘴雀，為稀有過境鳥。

特徵：全身長約18cm。雄鳥嘴灰褐色，翼黑褐色，有大塊白斑，頭、臉橙褐色，背為暗褐色。雌鳥羽色較淡。飛行時可見白色翼帶。

分布：活動於平地至低海拔樹林地。

習性：群棲性，有很強的飛行能力，以植物、種子為主食。在過境時節，台灣梨山等中海拔地區闊葉林可見，平地則以北部濱海等待天氣好轉時才易見到。

中文：**臘嘴雀**
英名：Hawfinch
學名：*Coccothraustes*
　　　 coccothraustes

中文：小剪尾
英名：Little Forktail
學名：*Enicurus scouleri*

主角：小剪尾，不普遍之特有亞種鳥類。

特徵：全身長約12cm。除額頭、尾上覆羽、尾羽兩側、翼帶及腹部白色外，餘爲黑色。因尾羽中間黑色、兩側白色且會時而不停張合，似把剪刀，故名爲剪尾。

分布：低至高海拔山區水域。

習性：食蟲。單獨或成對於淺水區行走覓食，行進時尾羽會不停地快速張合擺動，驚嚇後低空疾飛，竄入附近的樹叢中，並發出尖銳的「吱—吱—」聲。

中文：鉛色水鶇
英名：Plumbeous Water Redstart
學名：*Phoenicurus fuliginosus*

主角：鉛色水鶇（ㄉㄨㄥ），爲普遍之特有亞種鳥類。

特徵：全身長約13cm。雄鳥大致爲暗鉛灰色，尾上、下覆羽及尾羽爲黑褐色。幼鳥似雌鳥，惟密佈白色斑點。

分布：中、低海拔山區之溪澗。

習性：食蟲。單獨或成對活動，覓食時常以飛啄方式啄食停在附近植物上的小蟲或水面漂浮的水生昆蟲。雄鳥領域性甚強，常追趕領域內之各水鳥。停棲時尾羽會上下擺動及快速張合。雄鳥鳴唱宏亮悅耳，雌鳥只發出「茲、茲」之聲。

中文：河烏
英名：Brown Dipper
學名：*Cinclus pallasii*

主角：河烏，不普遍之留鳥。

特徵：全身長約22cm。全身羽色單純，爲暗褐色，尾短常往上翹，體態圓胖。幼鳥似成鳥，但全身有白色斑點。

分布：中、低海拔之清澈溪流。

習性：食魚類、水生昆蟲。棲息在清澈的溪流，覓食的方式多樣化，會飛撲捕食小蟲，也會浮游或潛水啄食水生昆蟲，甚而能於水底步行。喜站立於溪中岩石上，生性警覺，警戒時會上下擺動尾部。飛行時以貼近水面直線快速前進，築巢於溪岸岩壁或泥洞中。

中文：**翠鳥**
英名：Common Kingfisher
學名：*Alcedo atthis*

主角：翠鳥，俗稱魚狗，為普遍之留鳥。
特徵：全身長約16cm。嘴粗長而尖，圓胖身形，短尾短腳。頭及翼羽暗綠色而有光澤，且密佈藍色斑點，背羽藍色而有光澤。眼先至耳羽橙紅色，前後方有白斑，腹面橙色，非常鮮艷。腳紅色。雄鳥嘴全黑；雌鳥上嘴黑色，下嘴基部紅色，似擦口紅。
分布：低海拔山區至平地溪流、池塘、魚塭等水域。
習性：食魚。常佇立於高處（枯枝、岩石上），注視水中魚族，伺機衝入水中捕食，也會空中定點鼓翼，再俯衝入水中捕食，是捕魚的高手。常以貼近水面快速直線的飛行，並發出「唧—唧—」之鳴聲。

中文：**綠簑鷺**
英名：Striated Heron
學名：*Butorides striatus*

主角：綠簑鷺，為不普遍之留鳥或過境鳥。
特徵：全身長約　cm。全身大致蒼灰色，頭黑色，頸部、上頸有黑色長羽，眼、眼先及腳黃色，喉至腹部白色。幼鳥背部黃褐色，翼有白色斑點。
分布：中低海拔之溪澗或湖邊。
習性：性羞怯，保護色強，不易見。通常單獨停棲於溪澗或湖邊之岩石、樹枝上，伺機捕食水中之魚類。

中文：**小白鷺**
英名：Little Egret
學名：*Egretta garzetta*

主角：小白鷺，為普遍之留鳥。
特徵：全身長約61cm。全身白色，嘴黑色，眼黃色，繁殖期轉為紅色，繁殖季；頭後長出2根長飾羽，背及前頸下部亦長出飾羽，腳黑色，趾為黃綠色，是辨識特徵。
分布：中低海拔至平原之水庫、溪流、水田及沿海之魚塭、鹽田、河口等水域地區。
習性：食魚，覓食時，常以腳攪動水面，再捕食驚竄之魚，或成群圍捕隨潮水湧入之魚群。每年元月至八月間繁殖，常與黃頭鷺、夜鷺集體築巢於防風林、竹林、相思樹林，稱為「鷺鷥林」。

主角：鴛鴦，為稀有的留鳥或過境鳥。
特徵：全身長45cm。雄鳥羽色華麗，母鳥羽色樸素。
分布：中低海拔之開闊清澈溪流。
習性：常成對或小群活動，多於晨昏活動，野外族群目前以福山植物園，武陵農場的七家灣溪，青山水庫三處最為常見，築巢於樹洞中。

中文：**鴛鴦**
英名：Mandarin Duck
學名：*Aix galericulata*

主角：紫嘯鶇，為普遍之特有種鳥類。
特徵：全身長約30cm。全身呈藍黑色，具紅色眼，黑色嘴喙基部具剛毛。
分布：中低海拔之山澗溪流。
習性：喜棲息於溪流岩石上，性機敏，受干擾時，會直線低飛，常發出似腳踏車刹車時發出之尖銳聲「嗞一」。以溪流昆蟲、小型蛇類、兩爬、無脊椎生物和河岸植物果實為食。

中文：**紫嘯鶇**
英名：Taiwan Whistling
　　　Thrush
學名：*Myiophoneus insularis*

主角：灰鶺鴒，為普遍之冬候鳥或留鳥。
特徵：全身長約18cm。頭背部為橄灰色，腹部為黃色具白色眉斑，腳呈黃褐色，是與黃鶺鴒區別之主要特徵。
分佈：平地及中低海拔之山澗溪谷。
習性：主要棲息於水域或潮濕地帶，停棲時會上下擺動尾羽，飛行時呈大波浪狀前進。以地面小蟲、螞蟻、飛蟲為食。

中文：**灰鶺鴒**
英名：Gray Wagtail
學名：*Motacilla cinerea*

濕地鳥類經常出沒環境

留鳥　候鳥

潮間帶空中

離島　　　　　海域　　　磯石　　　　　潮間帶

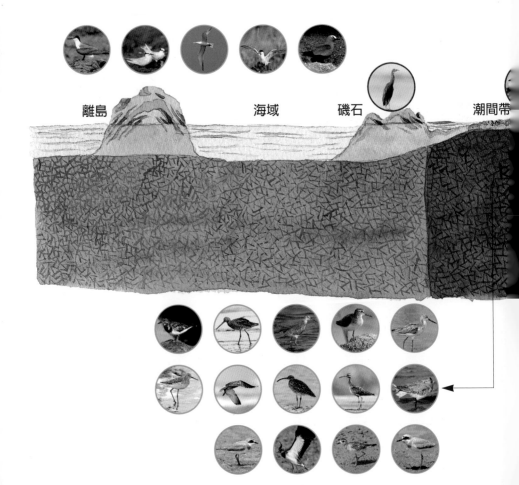

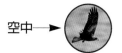

空中→

開闊溼地

水塘

短草叢

高草叢

旱地

中文：小鷿鷉
英名：Little Grebe
學名：*Podiceps ruficollis*

主角：小鷿（ㄆㄧˋ）鷉（ㄊㄧˊ），爲普遍之留鳥。

特徵：全身長約26cm。嘴黑色，先端乳黃色，基部鮮明的乳黃色斑爲其辨識特徵，夏羽臉頰及頸部爲紅褐色，體上黑褐色，腹部淡褐色，冬羽時羽色變淡，換成一身樸素。幼鳥頭頸部爲黑、白、紅褐色等相繫之花斑構成，爲甚佳之保護色。足爲半蹼，不善陸地上行走。

分布：低海拔山區至海岸之湖泊、池塘、沼澤等水域。

習性：除在繁殖期配對活動外，常成小群在一水域內活動，善游泳及潛水，以潛入水中爲覓食及避敵的方法，以水草及蘆葦等挺水植物爲營巢材料，遇敵時，親鳥會以水草覆蓋巢中的蛋，幼鳥孵出後隨親鳥活動，小鳥依附親鳥背上休憩及避敵。

中文：牛背鷺
英名：Cattle Egret
學名：*Bubulcus ibis*

主角：黃頭鷺，又稱牛背鷺，爲普遍之夏候鳥及部份留鳥。

特徵：身長約50cm，身白色，夏羽時頭、頸、背部換成橙黃色羽毛及飾羽。

分布：平地至低海拔之旱田、沼澤、草原及牧場等地區。

習性：以昆蟲爲主食，亦捕食魚及蛙類。常停憩於牛背上捕食蠅虻（因此被稱爲牛背鷺）；或隨於牛隻及耕耘機後，捕食被擾動之蟲族。繁殖季常與小白鷺、夜鷺營巢於防風林、竹林、相思林，形成鷺鷥林。

中文：夜鷺
英名：Black-crowned Night Heron
學名：*Nycticorax nycticorax*

主角：夜鷺，爲普遍的留鳥。

特徵：身長58cm，足黃，嘴黑，頭部藍黑色，背深藍色，餘近白色，頭部並長有白色飾羽。

分佈：沼澤、溪流、魚塘。

習性：常小群於晨昏時在水邊覓食，故有暗光鳥的稱號。常與小白鷺、牛背鷺一起於竹林或木麻黃林中築巢，形成鷺鷥林。

中文：**白腹秧雞**
英名：White-breasted Water
　　　Hen
學名：*Amaurornis phoenicurus*

主角：白腹秧雞，為普遍分布之留鳥。
特徵：全身長29cm。背面灰黑、臉至腹面黃色，嘴足皆黃，尾下覆羽紅棕色。
分布：沼澤、水田、濕地周圍水草叢生處。
習性：習性隱密，喜於晨昏時單獨或成對在水澤邊活動覓食，叫聲「苦阿苦阿…」連續不輟。

中文：**灰胸秧雞**
英名：Blue-breasted Banded
　　　Rail
學名：*Rallus striatus*

主角：灰胸秧雞，為不普遍留鳥。
特徵：全身長約25cm。背灰黑色、胸灰色，腹灰黑色，有白色橫斑，嘴、腳灰色。
分布：水田、濕地周圍草叢。
習性：性羞怯、敏感，以蝸牛、螺、淡水貝類、土中蠕蟲為食，常單獨或成對出現；遇驚擾躲入草叢中，久久不出。因對人為活動及噪音敏感，僅出沒在大面積水域之隱匿性高草叢。

中文：**緋秧雞**
英名：Ruddy-breasted Crake
學名：*Porzana fusca*

主角：緋秧雞，為不普遍分布之特有亞種鳥類。
特徵：身長19cm，腳紅色，背部橄欖色，腹部栗紅色。尾下覆羽有黑白橫紋縱斑。
分布：沼澤、水田、濕地周圍水草叢生處。
習性：習性羞澀，常單獨於清晨或無干擾的午後在水澤邊活動覓食，一遇風吹草動即匿入草叢中，過許多才會再出現，要觀察必須躲藏在偽帳中等待。

中文：水雉
英名：Pheasant-tailed Jacana
學名：*Hydrophasianus chirurgus*

主角：水雉，為臺灣稀有的留鳥。
特徵：身長52cm，中型水鳥，後頸金黃色，臉白色，趾長。
分布：臺灣中南部池塘、沼澤、菱角田等水域。
習性：常小群活動於浮水性植物上。水稚一妻多夫制，雄鳥負責營巢、孵蛋、育雛。雌鳥與雄鳥交尾後會在巢附近徘徊警戒其他雌鳥接近，直到雄鳥開始孵蛋之後才離去，找尋下一隻雄鳥傳宗接代。全省估計數量不到50隻，在台灣台南官田、隆田等地的菱角田為其僅存之繁殖地，葫蘆埤為唯一之度多地，近年因高速鐵路規劃通過，恐有消滅之虞。

中文：磯鷸
英名：Common Sandpiper
學名：*Tringa hypoleucos*

主角：磯鷸，為普遍之留鳥或冬候鳥。
特徵：全身長約18cm。嘴黑腳黃，有明顯白色過眼紋，背部淺褐，腹部白色，白色區域並向翼肩延伸，此為主要辨識特徵之一。
分布：平地至沿海地帶之水田、溝渠、魚塭、沼澤、溪流等濕地。
習性：外號獨行俠，常單獨出現上述區域，活動停止時會不時上下翹動尾羽。磯鷸主要以濕地之底棲無脊椎小生物為食，繁殖季時築巢於少人為干擾之濕地淺草叢中。

中文：紅冠水雞
英名：Moorhen
學名：*Gallinula chloropus*

主角：紅冠水雞，為普遍之留鳥。
特徵：全身長約33cm。嘴黃近基部紅色，紅色部位延伸至前額。身體大體呈黑色，背部略帶褐色，體側各有一排白斑，腳大呈黃色或黃綠色。
分布：平地至沿海地帶之水田、溝渠、魚塭、沼澤等濕地。
習性：常單獨或小群於上述環境活動，游水或行走時喜上下擺動尾部，遇驚擾時會貼近水面奔跑，做短距離飛行。繁殖季時會為爭奪配偶或地盤而久鬥不休。亞成鳥會幫忙餵食剛出殼之雛鳥。

中文：**小環頸鴴**
英名：Little-Ringed Plover
學名：*Charadrius dubius*

主角：小環頸鴴，為普遍的留鳥或冬候鳥。
特徵：身長16cm，嘴黑足黃，夏羽有金色眼圈，及黑色過眼帶及黑色胸圈。
分佈：出現河川、水田、沼澤、沙洲上。
習性：喜小群活動於地面上，啄食地表小蟲或無脊椎生物。性機敏，常以類似打嗝的挺身動作觀察周遭情況。覓食時會以足輕拍地面，再快速啄食受驚擾之小蟲或小型無脊椎生物。

中文：**東方環頸鴴**
英名：Kentish Plover
學名：*Charadrius alexandrinus*

主角：東方環頸鴴，為普遍的留鳥或冬候鳥。
特徵：身長18cm，嘴足皆黑，夏羽有黑色過眼線，及在胸前中斷的黑色頸圈。
分布：海岸線上的河口、沙洲、魚塭、潮間帶等濕地。
習性：常小群於濕地上覓食，繁殖季時築巢於開闊的旱荒地的石礫上。以腳扒出淺坑，然後在附近地面撿食小石子、碎片；產卵後，持續撿回小石子，直至幼雛孵化離巢。

中文：**高蹺鴴**
英名：Black-winged Stilt
學名：*Himantopus himantopus*

主角：高蹺鴴，局部普遍的留鳥或過境鳥。
特徵：身長32cm，頭及腹面黃色，嘴及背為黑色，足紅色。
分布：海岸線上的沙洲、濕地、魚塭。
習性：常成群於淹水的淺水地帶覓食，覓食時邊走邊將喙在水中左右攪晃，在喙離水的瞬間吞下食物。棲息時單腳站立水中，頭埋於翼下。台南的四草地區為本土最大留鳥族群。

中文：彩鷸
英名：Painted Snipe
學名：*Rostratula benghalensis*

主角：彩鷸，留鳥。
特徵：身長約25cm，眼周和眼後突出似的柄斑紋明顯，雌鳥體色較雄鳥鮮艷。
分布：出現於河畔、稻田、池塘。
習性：多於晨昏及夜間活動，白天多隱沒草叢中，活動頻度較低；繁殖季時由雄鳥抱卵、育幼，雌鳥負責找雄鳥交配產卵，習性特殊。

中文：栗小鷺
英名：Cinnamon Bittern
學名：*Ixobrychus cinnamomeus*

主角：栗小鷺，為濕地普遍之留鳥。
特徵：身長約40cm，雄鳥背部為栗紅色，雌鳥另雜有斑點。
分布：平地至低海拔農地、沼澤、池塘。
習性：遇驚擾常伸長脖子佇立於草叢，為一種擬態行為，不易被發現。以小型兩爬魚類為食，築巢於大叢的禾本植物中心，如甜根子草、象草等。

中文：黃小鷺
英名：Chinese Little Bittern
學名：*Ixobrychus sinensis*

主角：黃小鷺，為濕地不普遍之留鳥。
特徵：身長約36cm，體色呈黃褐色系，雄鳥頭頂黑色，雌鳥胸部有棕色縱斑。
分布：留鳥，單獨出現平地至低海拔沼澤、稻田中。
習性：十分羞怯，遇風吹草動常挺直身子，保持靜立以擬態的方式躲避敵害。經常棲於水邊水生植物上，靜待小魚、蝦、蝌蚪浮近水面，快速啄食。

中名：小白鷺
英名：Little Egret
學名：*Egretta garzetta*

主角：小白鷺，為普遍之留鳥。
特徵：全身長約61cm。全身白色，腳黑趾黃色，嘴黑色，眼黃色，夏羽眼轉紅色，後頭及背、前頭均有長出飾羽。
分布：活動於河口、海岸、魚塭地或平地、山區溪流中。
習性：覓食小魚、蝦、昆蟲時，以腳掃動水中魚蝦再吞食。繁殖時常和夜鷺、黃白鷺集體築巢於竹林、相思林中。

中文：岩鷺
英名：Eastern Reef Egret
學名：*Egretta sacra*

主角：岩鷺，為局部普遍之留鳥。
特徵：全身長約62cm。有白色及黑色型，後者居多，前者與黃頭鷺之區別在於腳趾黃綠色。但嘴、腳顏色的變異極大，嘴由黃褐色到黑色都有，而腳有黃褐到黃綠等顏色不同。
分布：常單獨出現於沿海礁岩地帶。
習性：於海邊覓食活動，常靜佇於岩石上，待魚游近後伺機啄食。飛行速度不快，常在岩棚上低空飛行。

中文：老鷹
英名：Black kite
學名：*Mivus migrans*

主角：老鷹，局部普遍的留鳥。
特徵：全身長約55cm。全身暗褐色，頭及腹部有淡褐色縱斑，初級飛羽基部白色，為飛行時主要辨識特徵。幼鳥似成鳥，但體色較淡，目雜有斑點。
分布：出現於港口、河口及海岸地區。
習性：常於海岸、河川、湖泊上空盤旋。雜食性，以魚類及動物屍體為主。

中文：**白眉燕鷗**
英名：Bridled Tern
學名：*Sterna anaethetus*

主角：白眉燕鷗，為局部普遍之夏候鳥。
特徵：身長約36cm，嘴、腳、頭至後頸黑色，有白色眉斑，黑色過眼線顯著，頭、頸至胸為白色，背灰褐色。
分布：出現於島嶼岩壁地帶。
習性：性群棲，喜於岩堆下的蔭蔽處築巢，以小魚和甲殼類為食。通常集體在島嶼的崖壁或地上築巢。在澎湖許多無人小島上有少數群體繁殖。遇驚擾時，發出似貓叫的警戒聲。

中文：**小燕鷗**
英名：Little Tern
學名：*Sterna albifrons*

主角：小燕鷗，為局部普遍之夏候鳥。
特徵：身長約28cm。夏羽為嘴、腳橙黃色，全身大致為白色，前頭至後頭過眼線黑色，冬羽似夏羽，但嘴、腳為黑色。
分布：活動於海岸、河口、魚塭等溼地。
習性：善逆風飛行，常於空中定點鼓翼，瞄準目標後即直接衝入水中，並在躍出水面的同時吞食所捕獵物。
夏季於台灣濱海開闊沙地及礫石地上築巢、育雛；繁殖季節結束，再返回南洋等熱帶地區度冬。

中文：**蒼燕鷗**
英名：Black-naped Tern
學名：*Sterna sumatrana*

主角：蒼燕鷗，為局部普遍之夏候鳥。
特徵：全身長約30公分，嘴腳及過眼線，頭頸黑色。除背部及中央尾羽淡灰色，餘皆白色。
分布：通常夏季出現在台灣附近的離島上。
習性：在島嶼附近海域俯衝入水捕食小魚。有集體在岩礁上營巢的習性。

中文：鳳頭燕鷗
英名：Greater Crested Tern
學名：*Sterna bergii*

主角：鳳頭燕鷗，為稀有夏候鳥。
特徵：全身長約45cm。嘴鮮黃色，夏羽，頭及後頸
　　　為黑色、具羽冠因而得名；冬羽時頭頂有灰、
　　　白相雜之細紋點子。
分布：島嶼、海岸岩壁、河口帶。
習性：振翅動作較其它小燕鷗慢，並常發出嘶啞的鳴
　　　聲在岩礁築巢。警戒心強，會成群攻擊入侵
　　　者，如人類或軍艦鳥。

中文：紅燕鷗
英名：Roseate Tern
學名：*Sterna dougallii*

主角：紅燕鷗，為稀有夏候鳥。
特徵：全身長約31cm。全身大致為白色，夏羽時嘴
　　　腳紅色，嘴末端黑色，頭頂到頭後為黑色；冬
　　　羽嘴黑色，腳褐色，額、頭頂黑白相間。
分布：海岸、岩礁、島嶼地帶。
習性：不善游泳，具集體營巢之現象，以魚蝦為主
　　　食。

中文：燕鴴
英名：Large Indian Pratincole
學名：*Glareola maldivarum*

主角：燕鴴，為稀有夏候鳥。
特徵：全身長約24cm。嘴、足、過眼線黑色，上體
　　　黃褐色，下腹白色。嘴黑色、基部呈紅色，尾
　　　羽分又如燕，故得名。
分布：海岸附近之沙地、旱田、沼澤。
習性：在草原或開闊地上空捕食飛蟲，棲息於地面。
　　　每年4月，由澳洲移棲至台灣濱海地區，常成
　　　群活動、集體營巢，並有擬傷行為。以昆蟲為
　　　主食。

中文：玄燕鷗
英名：Brown Noddy
學名：*Anous stolidus*

主角：玄燕鷗，為局部普遍之夏候鳥。
特徵：全身長約 39cm。全身深灰褐色，額頭灰白色。
分布：無人島嶼之岩石峭壁地帶，澎湖貓嶼、基隆外海之彭佳嶼較多。
習性：當棲息於海岸岩邊、峭壁，以魚蝦為食。

中文：魚鷹
英名：Osprey
學名：*Pandion haliaeetus*

主角：魚鷹，為稀有之過境鳥或留鳥。
特徵：體型雄長約54cm，雌長約62cm。嘴、過眼線、後頸、背部黑色，頭頂具雜斑、胸前帶有深棕色斑塊，通常雌鳥較為明顯，其餘部分羽色白色。
分布：濱海、湖泊、水庫區域。
習性：空中定點振翅、俯衝入水以爪捕魚為食。喜棲於高大突出之枯木或電桿頂端進食、休息或營巢。

中文：澤鵟
英名：Marsh Harrier
學名：*Circus aeruginosus*

主角：澤鵟，為稀有之過境鳥。
特徵：體型雄長約48cm，雌長約58cm。雄鳥腹白色，頭、背色帶白色細斑；雌鳥體茶褐色，腹部羽色較淡，胸前有黑白色細縱斑。
分布：出現河口、沼澤、湖泊地帶。
習性：主要活動在長草的水澤地帶，腳爪細長擅長於草叢中捕捉蛇鼠為食，有時亦會撿拾水面動物屍體為食。

中文：黑面琵鷺
英名：Black-faced Spoonbill
學名：*Platalea minor*

主角：黑面琵鷺，為稀冬夏候鳥。

特徵：全身長約74公分嘴長，黑色，成匙狀，額、嘴基部、眼光黑色而相連，夏羽時後頭長出黃色飾羽，胸轉為黃色。

分布：海岸、河口、沙洲等淺水地帶。

習性：以嘴撈取小魚蝦為食，集體在台灣曾文溪口渡冬，遷徙季節於各大溪流出海口或濱海溼地偶爾可見。白天於離岸約二、三百公尺溪水處成群停棲，於傍晚黃昏成小群飛至附近魚塭、沙洲覓食，為夜行性鳥類。

中文：大白鷺
英名：Great Egret
學名：*Egretta alba*

主角：大白鷺，為普遍冬候鳥。

特徵：冬羽嘴黃色，足黑色，通體羽色白色，夏羽嘴轉變為黑色。脖子常彎成「S」狀。

分布：海岸、河口、湖泊、池塘之淺水及沙洲地帶。

習性：每年10月抵台，次年4月離台，性機警，常單獨或混於中白鷺或小白鷺群中漫步捕食魚蝦、昆蟲、兩生類為主。

中文：中白鷺
英名：Intermediate Egret
學名：*Egretta intermedia*

主角：中白鷺，為普遍冬候鳥或留鳥。

特徵：全身約長70cm。全身白色，腳趾黑色，眼光黃色，夏羽嘴黑色，背、前頭有飾羽，冬羽嘴為黃色，先端黑色。

分布：海岸，河口溼地。

習性：性群棲，常與大、小白鷺混群，覓食方式也似大白鷺，但脖子比例較短，不若大白鷺彎曲。

中文：**池鷺**
英名：Chinese Pond
　　　 Heron
學名：*Ardeola bacchus*

主角：池鷺，為不普遍之過境鳥。
特徵：全身長約45cm。嘴足黃色，嘴先端黑色，頭
　　　頸胸咖啡色，背翅暗鼠灰色，下腹及翼白色。
　　　夏羽時頭頸部赤褐色，背部石板灰色，其餘白
　　　色；冬羽頭頸為黑白相間之縱線，背黃褐色。
分布：沼澤、湖泊、池塘、菱角田等水域地帶。
習性：常單獨活動，捕食小魚蝦及水面昆蟲，夜間棲
　　　於水邊灌叢中。

中文：**蒼鷺**
英名：Gray Heron
學名：*Ardea cinerea*

主角：蒼鷺，為普遍之冬候鳥。
特徵：全身長約93cm。頭部白色後方具有2根黑色飾
　　　羽，頸白色，前具有2-3條縱白斑。嘴、腳為
　　　黃褐色。
分布：沿海之沙洲、海口、沼澤地等。
習性：常群聚，靜立於水中，主要以魚蝦為食。

中文：**翻石鷸**
英名：Ruddy Turnstone
學名：*Arenaria interpres*

主角：翻石鷸，為普遍之冬候鳥。
特徵：全身長約22cm。嘴短、腳橙紅色，夏羽時臉、
　　　頭側有黑斑，背部橙紅色，黑、白斑相間；冬
　　　羽時頭、頸、胸之黑褐色，背則變為暗褐色。
分布：沿海沙洲岩岸。
習性：常與其它岸鳥一同活動，因會用嘴翻動石塊吃
　　　藏匿於底下之食物，而得名。

中名：**紅領瓣足鷸**
英名：Northern Phalarope
學名：*Phalaropus lobatus*

主角：紅領瓣足鷸，為普遍過境鳥。
特徵：全身長約19cm。細嘴、腳黑色，夏羽時眼後及頭部紅褐色，故名為紅領，背石板黑色，有橙紅縱線；冬羽眼後有明顯黑斑，背灰黑色，飛行可見翼上顯目的白色翼帶，幼鳥體色似成鳥冬羽，但背面有黃褐色。
分布：於河口、海岸、沼澤、海洋出現。
習性：喜成群活動，常於水中漂游，身體不斷繞圈打轉。飛離原地時，會先在低空盤旋幾圈後再飛離，以水上的浮游生物為主食。

中文：**斑尾鷸**
英名：Bar-tailed Godwit
學名：*Limosa lapponica*

主角：斑尾鷸，為稀有之過境鳥。
特徵：全身長約41cm。冬羽嘴紅棕色尖端黑色略向上翹，腹部白色，背部灰褐色。夏羽頭至後頸紅褐色，具縱紋，頭至腹面栗紅色，尾下覆羽白色，尾上覆羽有黑褐色斑點，故稱斑尾。
分布：單獨或小群出現於河口沙洲沼澤地帶。
習性：於上列地點淺水地帶，啄食小型底棲生物及無脊椎生物。

中文：**黃足鷸**
英名：Gray-tailed Tattler
學名：*Tringa brevipes*

主角：黃足鷸，為普遍冬候鳥。
特徵：全身長約25cm。腳稍短，黃色，故名為黃足鷸，為辨識的一個特徵，夏羽時背暗灰褐色，有白色眉斑及黑色過眼線胸、胸側暗褐色浪形模斑；冬羽色較淡，胸及胸側模斑消失，成淡灰色、腹白色。
分布：河口、沙洲、沼澤地帶。
習性：常成小群活動，停棲時會不停擺動尾羽。於沼澤、河口、沙洲等淺水地帶覓食，以小型底棲生物為主食。

中文：鷹斑鷸
英名：Wood Sandpiper
學名：*Tringa glareola*

主角：鷹斑鷸，為普遍冬候鳥。
特徵：全身長約22cm。嘴黑色，腳黃綠色，眉斑、腹白色，頸胸有細黑紋，背黑褐色有白色縱斑，顏色較淡，紅色斑不顯著，似猛禽斑紋，故名鷹。
分布：活動於沙洲、沼澤、水邊。
習性：喜於內陸之潮溼地成小群活動。常佇立停棲於岩堆內，保護色甚強，有時不易發現，以底棲生物為主食。

中文：青足鷸
英名：Greenshank
學名：*Tringa nebularia*

主角：青足鷸，為普遍之冬候鳥。
特徵：全身長約35公分，嘴灰黑色略向上翹與小青足鷸除體型差異外，最大不同的辨識特徵。冬羽足、背灰色，腹白色；夏羽則轉為灰褐色的背部。
分布：冬季常小群出現河口、沙洲、沼澤、池塘、漁塭之淺水地帶。
習性：擅長合作圍捕魚群，亦以底棲無脊椎生物為食，叫聲通常為「丟、丟、丟」。

中文：小青足鷸
英名：Marsh Sandpiper
學名：*Tringa stagnatilis*

主角：小青足鷸，為不普遍之冬候鳥。
特徵：全身長約25公分，嘴黑色細長且直，不同於青足鷸略上翹的嘴，足暗黃綠色、冬羽背灰色，腹白色；夏羽除下背至腰為白色。餘大至呈灰褐色，目有斑點。
分布：冬季常單獨或小群出現河口、沙洲、沼澤、池塘、漁塭之淺水地帶。
習性：常以底棲無脊椎生物為食，叫聲通常為「丟、丟」。

中文：**大杓鷸**
英名：Eurasian Curlew
學名：*Numenius arquata*

主角：大杓鷸，為局部普遍之冬候鳥。
特徵：全身長約60cm。嘴長向下彎，故名大杓，下嘴喙基部肉紅色，腳鼠灰色，背黃褐色，胸淡黃色有細縱斑，下腹白色，有黑色箭矢斑。
分布：單獨或成群出現在沙洲河口濱海地帶，漲潮時會飛入漁塭棲息。
習性：喜食大型無脊椎底棲生物如蟹類、端腳類，常用嘴插入泥中探尋獵物，抽出獵物用水洗淨，甩落蟹腳再吞食。

中文：**中杓鷸**
英名：Whimbrel
學名：*Numenius phaeopus*

主角：中杓鷸，為普遍之冬候鳥。
特徵：身長約42公分，體型特徵略似大杓鷸，但體型較小，腳較黑，且頭有黃色頂線及黑色側線。飛行時腰部白色極為顯著。
分布：單獨或成群出現在沙洲、河口、濱海、沼澤地帶。
習性：大步而緩慢邊走邊食，以嘴插入土中探尋食物，以底棲生物為主食。

中文：**小杓鷸**
英名：Little Curlew
學名：*Numenius minutus*

主角：小杓鷸，為不普遍之過境鳥。
特徵：身長約31公分，外型略似中杓鷸但體型較小，嘴僅先端下彎，長度與頭部比例較相近，腳鼠灰色。
分布：常單獨或成群出現沙洲或河口之草原、旱田、農耕地。
習性：常於較乾旱之地面啄食地面或接近地表土中之蠕蟲或小昆蟲。食性與停棲處和大杓鷸、中杓鷸非常不同。

中文：濱鷸
英名：Dunlin
學名：*Calidris alpina*

主角：濱鷸，為普遍之冬候鳥。
特徵：身長約19公分，嘴略長向下彎，腳黑色，冬羽腹部白色，背部灰色；夏羽背轉為紅色腹部黑色，又稱黑腹濱鷸。
分布：常成群出現沙洲或河口。
習性：步行快速，常急停以嘴插入泥中表層覓食。以底棲生物、軟體動物及昆蟲和昆蟲的幼蟲為主食。

中文：田鷸
英名：Common Snipe
學名：*Gallinago gallinago*

主角：田鷸，為普遍之冬候鳥。
特徵：全身長約27cm。體型肥短，嘴粗長且直。體色大致褐色。喉白色，腹色有黑褐色橫斑、背和肩羽、羽緣乳黃色。
分布：常出現於水田及岸邊濕地、沼澤。
習性：常在溼地活動，將嘴插入泥土中覓食，性機警，如有動靜則迅速引入草叢中，且羽紋與環境枯草相似，故不易被發現。常單獨或兩三隻飛行鳴叫，速度甚快。多於晨昏活動覓食，白天則蹲伏草叢中。

中文：紅嘴鷗
英名：Black-headed Gull
學名：*Larus ridibundus*

主角：紅嘴鷗，為不普遍之冬候鳥。
特徵：全身長約40cm。嘴、腳紅色，夏羽時頭上半部為黑色特徵，至冬羽轉白，頭下至胸白色，背影灰白。
分布：河岸、河口、魚塭。
習性：以強健的蹼擾動水底，捕食受驚浮出水面之魚，較不怕人，遷徙時常會排成V字型的隊伍。

中文：**黑嘴鷗**
英名：Saunder's Gull
學名：*Larus saundersi*

主角：黑嘴鷗，為不普遍之冬候鳥。
特徵：全身長約33cm。全身大致為白色，腳紅色，
　　　　嘴黑色，故名黑嘴鷗。初級飛羽外緣為黑色，
　　　　夏羽頭部為黑色，冬羽頭部白色，耳羽具黑色
　　　　斑。
分布：河岸、河口、魚塭。
習性：身體左右傾斜飛翔以尋覓海中獵物，且以蜻蜓
　　　　點水的方式捕捉泛出水面的魚，食物不限於魚
　　　　及水生昆蟲，亦攝食一些植物性食物。

中文：**黑脊鷗**
英名：Herring Gull
學名：*Larus argentatus*

主角：黑脊鷗，為稀有冬候鳥。
特徵：全身長約60cm。嘴黃，下喙前端有一些紅斑
　　　　，背部淺鼠灰色，腳呈肉紅色。
分布：河岸、河口。
習性：成群於海上覓食，亦會跟在船隻後捕食泛出海
　　　　面之魚類，飛翔時左右擺動以搜索食物，以滑
　　　　翔方式降落水面，常集體於礁岩或堤岸、船隻
　　　　上休息。

中文：**大黑脊鷗**
英名：Slaty-backed Gull
學名：*Larus schistisagus*

主角：大黑脊鷗，為稀有冬候鳥。
特徵：全身長約60cm。嘴黃，下喙前端有一些紅斑
　　　　，背部淺鼠灰色，腳紅色似黑脊鷗，但背部為
　　　　較深之灰黑色，且體型較大。
分布：河口海岸地帶。
習性：常成群於漁場附近，捕魚維生。藉風力於空中
　　　　盤旋飛行中，振翅緩慢，常直線飛行，因無法
　　　　長時間於海上游泳故常飛回陸地休息。

主角：白冠雞，為不普遍之冬候鳥。

特徵：全身長約40cm。全身大致為黑色，嘴及額板白色，趾間有半蹼。

分布：平地至低海拔下層之水域的草叢地帶。

習性：善潛水，需於水面助跑而能起飛，攝食禾本科植物嫩葉，及水生昆蟲、小魚。常發出似「咕—嗞、咕—嗞」之聲。

中文：**白冠雞**
英名：Coot
學名：*Fulica atra*

主角：反嘴鴴，為過境稀有鳥。

特徵：全身長約42cm。羽色黑白分明，嘴細長上翹，為其最大特徵，也是命名由來，全身大致白色，頭至後頸及初級飛羽，雨覆羽和肩羽黑色，腳藍灰色。

分布：成群出現於海邊魚塭、沼澤。

習性：於淺水中會不斷行走，並以長而上翹的嘴喙掃動覓食。偶單獨離群混於其它鷸科、鴴科或鷺科鳥群中共同活動，以底棲生物為主食。

中文：**反嘴鴴**
英名：Avocet
學名：*Recurvirostra avosetta*

主角：小辮鴴，為不普遍之過境鳥。
特徵：全身長約34cm。背部呈現暗綠色光澤，後頭
　　　上翹似辮子的黑色冠羽為其最大特徵。胸黑
　　　色，腹部、喉部白色，尾下覆羽橙褐色。冬羽
　　　略似夏羽，但頰轉淡黃褐色。
分布：停棲於空曠溼草原、旱、水田。
習性：性羞怯，飛行時振翅緩慢，並發出「喵－喵」
　　　之似貓叫聲。

中文：小辮鴴
英名：Lapwing
學名：*Vanellus vanellus*

主角：金斑鴴，為普遍之冬候鳥。
特徵：全身長約24cm。夏羽臉至胸腹部為黑色，背
　　　散布金黃色斑點，眉、胸側、頸側有乙字型白
　　　色縱帶。冬羽臉至胸腹部的黑色羽消失，喉至
　　　腹面轉為黃褐色。
分布：出現於沿海沙洲，水田、沼澤及空曠草原帶
習性：單獨或成群出現，在飛行或行走而突然停止
　　　時，常上下擺動身體。持續探頭動作為其警戒
　　　姿勢。食物為昆蟲或貝類。

中文：金斑鴴
英名：American Golden
　　　Plover
學名：*Pluvialis dominica*

中文：**灰斑鴴**
英名：Black-bellied Plover
學名：*Pluvialis squatarola*

主角：灰斑鴴，爲普遍多候鳥。
特徵：全身長約30cm。夏羽前胸至腹黑色，但背有灰褐斑點，額至胸側白色，體色分布似金斑鴴。冬羽頭羽前胸部分轉爲黑色縱斑。
分布：出現於河口、水田、沙洲、旱田等地。
習性：單獨或小群出現，飛行或步行忽然停棲時會擺動尾羽。警戒時，會不停探頭。以昆蟲貝或螃蟹爲食。

中文：**鐵嘴鴴**
英名：Greater Sand Plover
學名：*Charadrius eschenaultii*

主角：鐵嘴鴴，爲普遍多候鳥。
特徵：全身長約22cm。體型略大於蒙古鴴，嘴腳略長，腳黃褐色，是和蒙古鴴最大不同處之一。夏羽胸橙紅部分較窄，頭、背部灰褐色，黑色過眼線，冬羽腹面不帶黃褐色，胸部橙紅色消失，與過眼線皆轉爲灰褐色。
分布：活動於河口、沼澤等溼地。
習性：常二、三隻或小群活動，常和蒙古鴴混群，喜不停奔跑。

中文：**蒙古鴴**
英名：Mongolian Plover
學名：*Charadrius mongolus*

主角：蒙古鴴，爲普遍多候鳥。
特徵：全身長約20cm。嘴粗短，腳灰綠色，異於鐵嘴鴴。夏羽時後頭、頭側、前頭至上胸連成一橙紅色橫帶，背部灰褐色，有黑色過眼線，冬羽似鐵嘴鴴，但腹面略帶黃褐色。
分布：河口、沙洲等溼地。
習性：二、三隻或成小群和其它鴴科混群活動，常不停奔跑。

NATURAL SERIES

用鏡頭記錄　以文字書寫

晨星自然書友回函卡

自然公園　自然地圖　台灣生態館

　　在這份回函，您可以寫下對晨星自然書系的建議，同時訂購晨星的自然書。請將回函郵寄或傳真 04-3597123 ，您將成為晨星的自然書友，我們會不定期的提供相關資訊給您。當然您也可以 E-mail•mornimg@tcts.net.tw，我們絕對可以聽見您的聲音。

利用回函卡訂購自然書籍，可獲贈自然生態明信片一套。

購買書名：＿＿＿＿＿＿＿＿＿＿＿

本書評價：⊙封面＿＿＿＿⊙內容＿＿＿＿⊙版面編排＿＿＿＿⊙文筆＿＿＿＿⊙價格＿＿＿＿
　　　　　　⊙圖片＿＿＿＿＿＿⊙建議參考相關書籍＿＿＿＿＿＿
　　　　　　⊙其他＿＿＿＿＿＿＿＿＿＿＿

出書建議：哪些類別、形式、主題是您一直想找卻找不到，建議可以在自然公園、自然地圖、台灣生態館出版。

　　自然公園＿＿＿＿＿＿＿＿＿＿＿＿＿＿＿＿＿＿＿

　　自然地圖＿＿＿＿＿＿＿＿＿＿＿＿＿＿＿＿＿＿＿

　　台灣生態館＿＿＿＿＿＿＿＿＿＿＿＿＿＿＿＿＿＿＿

自然系列書籍，哪一家出版社是您的最佳品牌：＿＿＿＿＿＿＿＿＿

最喜愛的自然書（不限晨星出版）：＿＿＿＿＿＿＿＿＿＿＿＿

最喜愛的自然作家：＿＿＿＿＿＿＿＿＿＿＿＿

您的相關資料：

姓名／＿＿＿＿＿＿＿　性別／□女□男　出生／＿＿＿年＿＿＿月＿＿＿日

教育程度／＿＿＿＿＿＿　職業／＿＿＿＿＿　月收入／＿＿＿＿＿　興趣／＿＿＿＿＿

| 訂購書籍 | ● 訂購兩本以上，享九折優惠價 ● |

書　名	
	□郵購：帳號 02319825　戶名：晨星出版社
	□信用卡：傳真專線 04-3597123
	信用卡：□ 聯合卡 □ VISA □ MASTER □ JCB
	發卡銀行：＿＿＿＿＿＿卡號：＿＿＿＿＿＿
	有效期限：至＿＿年＿＿月止　持卡人簽名：＿＿＿＿
	電話：（H）＿＿＿＿（O）＿＿＿＿其他＿＿＿＿
	收件人姓名：＿＿＿＿＿＿＿＿＿＿
小計：　　本　　元	收書地址：＿＿＿＿＿＿＿＿＿＿
	發票抬頭／統編：＿＿＿＿＿＿＿＿＿＿

晨星與您一起關心台灣這一塊土地

廣告回函
台灣中區郵政管理局
登記證第 267 號
■免貼郵票■

4 0 7

晨星出版社　收

台中市工業區 30 路 1 號

地址：

縣　市

鄉鎮　市區

路（街）　段　巷　弄　號　樓

姓名：

讀者編號：

宅：（　）

公：（　）

傳真：（　）

中文：**蠣鴴**
英名：Oystercatcher
學名：*Haematopus ostralegus*

主角：蠣鴴，為稀有之迷鳥。
特徵：全身長約45cm。全身由黑白兩色組成，嘴、腳紅色。夏羽：頭、頸、背為黑色，胸腹部及尾部為白色，眼下一白色斑點。冬羽：大致與夏羽相似，惟頸部多一白色橫帶。
分布：海岸、沙洲、河口地。
習性：喜成對或小群活動，性羞怯不易近，常於漲潮時，在岩礁上排成縱隊，單腳佇立休息。以魚類、軟體動物為食。

中文：**小水鴨**
英名：Green-winged Teal
學名：*Anas crecca*

主角：小水鴨，為普遍多候鳥。
特徵：全身長約38cm。雄鳥頭頸呈栗褐色，眼周圍暗綠色延伸至頭頸，尾下腹羽兩側呈黃色三角形斑，冬時似雌鳥全身黑褐色。雌鳥則全身呈黑褐色、腹面呈白色。
分布：河口、湖泊、溼地及內陸溪流地帶。
習性：常成群飛行，直接迅速出水振翅起飛，衝天直上，不需在水面助跑。喜於淺水帶之水域覓食各種水生動植物。

中文：**琵嘴鴨**
英名：Northern Shoveler
學名：*Anas clypeata*

主角：琵嘴鴨，為普遍之冬候鳥。
特徵：全身長約50cm。較大扁平似琵琶，雄鳥羽色顯著，頭頸部羽色閃亮綠色光澤。雌鳥體型較小，大致為暗褐色。
分布：開闊地區的湖泊、池塘及和沼地。
習性：不善飛行，游速不快且顯少潛入水中，不喜於植物叢生的水域覓食，而選擇近岸泥地及流緩慢的沙灘上，以水生動物及種子為食。濾食或以鏟形嘴掘泥沙取食。

主角：綠頭鴨，為稀有之冬候鳥。
特徵：全身長約59cm。雌雄外型差異大，雄鳥之頭頸部為綠色，故因而得名，嘴淡黃色，胸頸部具一白色環帶，尾端黑色，其它部位則為灰色，雌鳥嘴橙黃色具黑斑，全身褐色，具黑色斑紋。
分布：河口、沿岸之沙洲沼澤等地。
習性：常混於其它鴨群中。

中文：綠頭鴨
英名：Mallard
學名：*Anas platyrhynchos*

主角：赤頸鴨，為普遍之冬候鳥。
特徵：全身長約50cm。雄鳥有紅棕色頸毛而得名，又有「火燒鴨」之稱，頭頂中央淡黃色縱帶。雄鳥大致為黃褐色。
分布：白天長群集於海中、河、湖中央，夜宿於水田沼澤地帶。
習性：常在較淺的湖沼及河岸覓食，尤善水草叢多的岸邊，常直線飛離水面而不在水面環繞，與其他野鴨混群遷徙。

中文：赤頸鴨
英名：Eurasian Wigeon
學名：*Anas penelope*

主角：花嘴鴨，為普遍之冬候鳥或留鳥。
特徵：全身長約60cm。因嘴前端的鮮黃色斑紋得名，雌雄羽色相似，白色眉斑顯著，翼鏡有藍綠色金屬光澤。
分布：主要棲息於內陸大型湖泊和河口沿海一帶。
習性：喜潛泳，常與其他鴨類混群覓食水生動植物，為雜食性鳥類，繁殖期時雌雄共同育雛。

中文：花嘴鴨
英名：Spot-billed Duck
學名：*Anas Poecilor hyncha*

中文：尖尾鴨
英名：Pintail
學名：*Anas acuta*

主角：尖尾鴨，為普遍多候鳥。
特徵：全長雄性約75cm，雌性約53cm。雄鳥和雌鳥嘴皆為黑色。雄鳥周邊鉛色，腳灰黑色；雌鳥全身褐色，有黑褐色斑。雄鳥之非繁殖羽似雌鳥，但嘴周邊鉛色。雄鳥後頭側有一白線下延至頸部，與胸部接連成一白色塊；中央兩根尾羽特長。雌鳥尾羽較尖，但短。
分布：河口、沼澤、沙洲、湖泊地帶。
習性：遷移時，只要有食物之各類內陸河湖、沼澤均有其蹤影。食性廣雜，翅強善飛，羞怯怕人。

中文：磯雁
英名：Common Pochard
學名：*Aythya ferina*

主角：磯雁，為台灣稀有迷鳥。
特徵：全身長約45cm。雄鳥背部、腹、脇淡灰色，有灰色細橫斑。尾上、下覆羽黑色，尾羽灰色。雌鳥臉部有一淡色弧線，背部、脇腹灰色，有暗褐色細紋。尾下覆羽暗褐色。雄鳥頭頸栗褐色，胸黑色，眼紅色；雌鳥頭頸胸棕褐色，眼黑色。
分布：河口、沼澤、沙洲、湖泊地帶。
習性：擅於潛水覓食，需於水面助跑才能起飛。

中文：澤鳧
英名：Tufted Duck
學名：*Aythya fuligula*

主角：澤鳧，為局部普遍多候鳥。
特徵：全身長約40cm，眼黃，除體下白色外，其餘皆紫黑色，有羽冠；雌鳥繁殖期時後頭飾羽較短。雄鳥之非繁殖羽似雌鳥，但背部羽色較暗，腹以下淡灰褐色，脇有淡色斑紋。
分布：河口、湖泊、沼澤。
習性：腳、蹼強健，善潛水，但行走笨拙；於水面游泳時，尾部向下垂拖。性群棲。

主角：鈴鴨，為不普遍多候鳥。

特徵：全身長約45cm。頭頸有綠色光澤，眼黃色，背白色且帶黑褐色細浪紋；雌鳥嘴基部內側白色。雄鳥之非繁殖羽頭、頸胸黑褐色，嘴基部內側有不明顯之淡色斑點。背部、脇淡褐色，有淡色斑紋。

分布：河口、湖泊、沼澤。

習性：擅於潛水取食，飛行迅速，行走緩拙。常與澤鳧混群。

中文：**鈴鴨**
英名：Greater Scaup
學名：*Aythya marila*

主角：鸕鷀，為不普遍過境鳥。

特徵：全身長約82cm。全身黑色，嘴先端鉤狀，眼周圍及嘴基內側黃色，眼周圍有白色裸露之皮膚。夏羽腰側有三角形白斑。冬羽大致似夏羽，但頰後方、後頭無白色細羽毛、脇無白斑。亞成鳥全身為暗茶褐色，腹面羽較淡。

分布：過境鳥。海灣、河口、沼澤。

習性：性群棲，善潛水捕魚，翅、腳可同時划動增速；需助跑起飛，呈直線飛行；喜於礁岩、樹枝上休息並曬乾羽毛。

中文：**鸕鷀**
英名：Great Cormorant
學名：*Phalacrocorax carbo*

主角：玉枕鴉，又名玉頸鴉，為台灣稀有之迷鳥。

特徵：全身長約48cm。全身大致為黑色，具紫色光澤，後頸部有一白色橫帶，橫越頸側、胸部，至上背，如同玉環之頸因而得名。

分布：原分布於中國華中及東南沿海名省之田野河灘地。

習性：性機敏。常與巨嘴鴉混群，雜食性，以種子、昆蟲、垃圾及腐肉為食。

中文：**玉枕鴉（玉頸鴉）**
英名：Collared Crow
學名：*Corvus torquatus*

主角：鵲鴝，為金門留鳥或本省過境／籠中逸鳥。

特徵：全身長約20cm。雄鳥體色黑白相間，下胸腹、尾下覆羽，尾羽外側與飛羽與覆羽間為白色，其它部位則為黑色至寶藍色。雌鳥似雄鳥，惟其體色較近於灰褐色。

分布：原分布於中國華中、華南、西南和東南沿海一帶之低海拔開發之果林、疏林。

習性：具固定之棲息地，常停於樹梢上鳴叫，叫聲婉轉優美。以昆蟲為主食。

中文：**鵲鴝**
英名：Mogpie Robin
學名：*Copsychus saularis*

主角：栗喉蜂虎。

特徵：全身長約30cm。頭、頸、背為橄欖綠色，具黑色過眼線，過眼線上下各有一藍色橫斑，腮喉部呈淡黃色，下喉部為栗褐色，尾羽呈淺藍色。

分布：自地之農村、農耕地等。

習性：常群聚於樹梢、電線上，以昆蟲為主食。

中文：**栗喉蜂虎**
英名：Blue-cheeked Bee Eater
學名：*Merops Superciliosus*

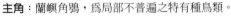

主角：蘭嶼角鴞，為局部不普遍之特有種鳥類。
特徵：全身長約20cm。全身大致暗褐色，耳羽赤褐色、胸腹黃褐色，具黑色縱斑。
分布：蘭嶼地區內之濃密森林。
習性：夜行性，白晝潛藏於森林中，到夜間才活動覓食。以大型的蚱蜢為主食。常發出「ㄅㄨ ㄅㄨ ㄨˋ」之聲。

中文：**蘭嶼角鴞**
英名：Scops Owl
學名：*Otus scops*

主角：綬帶鳥，為稀有之留鳥。
特徵：雄鳥長約35cm。頭、胸部為藍黑色，具冠羽，眼周具淺藍色之色環，背和翅膀為暗褐色，下胸腹和尾下覆羽為白色，尾羽細長呈藍黑色，似綬帶因而得名。雌鳥長約18cm，冠羽較短，背呈暗褐色，尾羽較短。
分布：低海拔之平地、丘陵等地。
習性：不詳。

中文：**綬帶鳥**
英名：Black Paradise
　　　Flycatcher
學名：*Terpsiphone atrocaudata*

主角：長尾鳩，為局部普遍之留鳥。
特徵：全身長約40cm。全身大致栗褐色，背部、翅膀及尾羽長約體長的1/2，呈暗褐色，腳呈鮮紅色。
分布：主要分布於蘭嶼地區之森林。
習性：常成小群活動，性羞怯，主要以野草莓和麵包樹的果實為食。

中文：**長尾鳩**
英名：Large Brown Cuckoo
　　　Dove
學名：*Macropygia phasianella*

附録

台灣地區常見鳥類名錄

迷：迷鳥　　　過：過境鳥　　　留：留鳥　　　　冬：冬候鳥
普：普遍分布　　稀：稀有種類　　局普：局部普遍

種類

■ **鷿鷈目** ORDER PODICIPEDIFORMES

鷿鷈科 Family Podicipedidae

冠鷿鷈　Podiceps cristatus Great-crested Grebe · · · · · · · · · · · · · 過

小鷿鷈　Podiceps ruficollis Little Grebe · · · · · · · · · · · · · · · · · 留／普

■ **鸌形目** ORDER PROCELLARIIFORMES

水薙鳥科 Family Procellariidae

大水薙鳥　Calonectris leucomelas White-faced Shearwater · · · · · 留／稀

■ **鵜形目** ORDER PELECANIFORMES

鵜鶘科 Family Pelecanidae

灰鵜鶘　Pelecanus philippensis Spot-billed Pelican · · · · · · · · · · · 迷

鰹鳥科 Family Pelecanidae

白腹鰹鳥　Sula leucogaster Brown Booby · · · · · · · · · · · · · 留／稀

鸕鷀科 Family Phalacrocoracidae

鸕鷀　Phalacrocorax carbo Great Cormorant · · · · · · · · · · 冬／局普

丹氏鸕鷀　Phalacrocorax filamentosus Japanese Cormorant · · · · · 過／稀

軍艦鳥科 Family Fregatidae

白斑軍艦鳥　Fregata ariel Lesser Frigate Bird · · · · · · · · · · · 過／稀

軍艦鳥　Fregata minor Great Frigate Bird · · · · · · · · · · · · · 過／稀

■ **鸛形目** ORDER CICONIIFORMES

鷺科 Family Ardeidae

蒼鷺　Ardea cinerea Gray Heron · · · · · · · · · · · · · · · · 冬／普

紫鷺　Ardea purpurea Purple Heron · · · · · · · · · · · · · · 冬／稀

池鷺　Ardeola bacchus Chinese Pond Heron · · · · · · · · · · 過／不普

大麻鷺　Botaurus stellaris Eurasian Bittern · · · · · · · · · · · 過／稀

黃頭鷺　Bubulcus ibis Cattle Egret · · · · · · · · · · · · · · · 夏／普

綠簑鷺　Butorides striatus Striated Heron · · · · · · · · · 留·過／局普

大白鷺　Egretta alba Great Egret · · · · · · · · · · · · · · · · 冬／普

唐白鷺　Egretta eulophotes Chinese Egret ・・・・・・・・・・・過／不普

小白鷺　Egretta garzetta Little Egret ・・・・・・・・・・・・・留／普

中白鷺　Egretta intermedia Intermediate Egret ・・・・・・・・・・・冬／普

岩鷺　Egretta sacra Eastern Reef Heron ・・・・・・・・・・・留／局普

麻鷺　Gorsakius goisagi Japanese Night Heron ・・・・・・・・・過／稀

黑冠麻鷺　Gorsakius melanolophus Tiger Bittern ・・・・・・・・留／稀

栗小鷺　Ixobrychus cinnamomeus Cinnamon Bittern ・・・・・・・留／普

秋小鷺　Ixobrychus eurhythmus Schrenck's Little Bittern ・・・・・留／不普

黃頸黑鷺　Ixobrychus flavicollis Black Bittern ・・・・・・・・・過／稀

黃小鷺　Ixobrychus sinensis Chinese Little Bittern ・・・・・・・留／不普

夜鷺　Nycticorax nycticorax Black-crowned Night Heron ・・・・留・過／普

鸛科　Family Ciconiidae

白鸛　Ciconia ciconia White Stork ・・・・・・・・・・・・・・過／稀

黑鸛　Ciconia nigra Black Stork ・・・・・・・・・・・・・・・・過／稀

朱鷺科　Family Threskiornithidae

琵鷺　Platalea leucorodia White Spoonbill ・・・・・・・・・・冬／稀

黑面琵鷺　Platalea minor Black-faced Spoonbill ・・・・・・・・・過／稀

黑頭白䴉　Threskiornis melanocephalus Oriental Ibis ・・・・・・・過／稀

■雁形目　ORDER ANSERIFORMES

雁鴨科　Family Anatidae

鴛鴦　Aix galericulata Mandarin Duck ・・・・・・・・・・・留・過／稀

尖尾鴨　Anas acuta Pintail ・・・・・・・・・・・・・・・・・冬／普

葡萄胸鴨　Anas americana American Wigeon ・・・・・・・・・・過／稀

琵嘴鴨　Anas clypeata Northern Shoveler ・・・・・・・・・・・冬／普

小水鴨　Anas crecca Green-winged Teal ・・・・・・・・・・・・冬／普

羅文鴨　Anas falcata Falcated Teal ・・・・・・・・・・・・・過／稀

巴鴨　Anas formosa Baikal Teal ・・・・・・・・・・・・・・・過／稀

赤頸鴨　Anas penelope Eurasian Wigeon ・・・・・・・・・・・冬／普

綠頭鴨　Anas platyrhynchos Mallard ・・・・・・・・・・・・・冬／稀

花嘴鴨　Anas poecilorhyncha Spot-billed Duck ・・・・・・・・冬・留／普

白眉鴨　Anas querquedula Garganey ・・・・・・・・・・・・・冬／普

赤膀鴨　Anas strepera Gadwall ・・・・・・・・・・・・・・・過／稀

白額雁　Anser albifrons White-fronted Goose ・・・・・・・・・過／稀

鴻雁　Anser cygnoides Swan Goose ・・・・・・・・・・・・・過／稀

小白額雁　Anser erythropus Lesser White-fronted Goose ・・・・・・・・迷

豆雁　Anser fabalis Bean Goose ・・・・・・・・・・・・・・・過／稀

青頭潛鴨　Aythya baeri Baer's Pochard ·················迷

磯雁　Aythya ferina Common Pochard ·················迷

澤鳧　Aythya fuligula Tufted Duck ················冬／局普

鈴鴨　Aythya marila Greater Scaup ················冬／不普

美洲磯雁　Aythya valisineria Canvasback ···············迷

白秋沙　Mergus albellus Smew ···················迷

川秋沙　Mergus merganser Common Merganser ··········冬／稀

海秋沙Mergus serrator Red-breasted Merganser ··········冬／稀

瀆鳧　Tadorna ferruginea Ruddy Shelduck ············過／稀

花鳧　Tadorna tadorna Common Shelduck ············過／稀

■鷹形目　ORDER FALCONIFORMES

鷲鷹科　Family Accipitridae

蒼鷹　Accipiter gentilis Goshawk ····················迷

松雀鷹　Accipiter gularis Japanese Lesser Sparrow Hawk ···過　特亞／普

雀鷹　Accipiter nisus Sparrow Hawk ············過／稀

赤腹鷹　Accipiter soloensis Chinese Sparrow Hawk ··········過／普

鳳頭蒼鷹　Accipiter trivirgatus Crested Goshawk ·········特亞／普

禿鷲　Aegypius monachus European Black Vulture ···········迷

花鵰　Aquila clanga Greater Spotted Eagle ··········過／稀

白肩鵰　Aquila heliaca Imperial Eagle ················迷

灰面鷲鷹　Butastur indicus Gray-faced Buzzard Eagle ·······過／普

鵟　Buteo Buteo Common Buzzard ·············過／稀

毛足鵟　Buteo lagopus Rough-legged Buzzard ··········過／稀

澤鵟　Circus aeruginosus Marsh Harrier ············過／稀

灰澤鵟　Circus cyaneus Hen Harrier ·············過／稀

花澤鵟　Circus melanoleucos Pied Harrier ···········過／稀

白尾海鵰　Haliaeetus albicilla White-tailed Sea Eagle ·········迷

白腹海鵰　Haliaeetus leucogaster White-bellied Sea Eagle ········迷

虎頭海鵰　Haliaeetus pelagicus Steller's Sea Eagle ···········迷

林鵰　Ictinaetus malayensis Indian Black Eagle ·········留／稀

老鷹　Milvus miguans Black Kite ···············留／局普

魚鷹　Pandion haliaetus Osprey ···············留、過／稀

鵰頭鷹　Pernis apivorus Honey Buzzard ············過／稀

大冠鷲　Spilornis cheela Crested Serpent Eagle ·········特亞／普

熊鷹　Spizaetus nipalensis Hodgson's Hawk Eagle ··········留／稀

隼科　Family Falconidae

隼　Falco peregrinus Peregrine Falcon ・・・・・・・・・・・・・過／稀

燕隼　Falco subbuteo Hobby ・・・・・・・・・・・・・・過／稀

紅隼　Falco tinnunculus Common Kestrel ・・・・・・・・・・・多／普

■夜鷹目　ORDER CAPRIMULGIFORMES

夜鷹科　Family Caprimulgidae

台灣夜鷹　Caprimulgus affinis Allied Nightjar ・・・・・・・・・留／局普

普通夜鷹　Caprimulgus indicus Jungle Nightjar ・・・・・・・・・・・迷

■雞形目　ORDER GALLIFORMES

雉科　Family Phasianidae

深山竹雞　Arborophila crudigularis Taiwan Hill Partridge ・・・・・特／不普

竹雞　Bambusicola thoracica Bamboo Partridge ・・・・・・・・・・特亞／普

小鵪鶉　Excalfactoria chinensis Indian Blue Quail ・・・・・・・特亞／稀

鵪鶉　Coturnix coturnix Common Quail ・・・・・・・・・・・・過／稀

藍腹鷴　Lophura swinhoii Swinhoe's Pheasant ・・・・・・・・・特／稀

環頸雉　Phasianus colchicus Ring-necked Pheasant ・・・・・・・特亞／稀

帝雉　Syrmaticus mikado Mikado Pheasant ・・・・・・・・・特／稀

■鶴形目　ORDER GRUIFORMES

三趾鶉科　Family Turnicidae

棕三趾鶉　Turnix suscitator Bustard Quail ・・・・・・・・・・・特亞／普

林三趾鶉　Turnix sylvatica Little button Quail ・・・・・・・・・・留／稀

秧雞科　Family Rallidae

白腹秧雞　Amaurornis phoenicurus White-breasted Water Hen ・・・・留／普

白冠雞　Fulica atra Coot ・・・・・・・・・・・・・・・・・・冬／不普

董雞　Gallicrex cinerea Water Cock ・・・・・・・・・・・・夏／稀

紅冠水雞　Gallinula chloropus Moorhen ・・・・・・・・・・留／普

緋秧雞　Porzana fusca Ruddy-breasted Crake ・・・・・・・・特亞／不普

灰腳秧雞　Rallina eurizonoides Bnded Crake ・・・・・・・・・特亞／稀

秧雞　Rallus aquaticus Water Rail ・・・・・・・・・・・・・過・留／稀

灰胸秧雞　Rallus striatus Blue-breasted Banded Rail ・・・・・・・特亞／稀

■鷸形目　ORDER CHARADRIIFORMES

水雉科　Family Jacanidae

水雉　Hydrophasianus chirurgus Pheasant-tailed Jacana ・・・・・・・留／稀

彩鷸科　Family Rostratulidae

彩鷸　Rostratula benghalensis Painted Snipe ・・・・・・・・・・留／普

蠣鴴科　Family Hematopodidae

蠣鴴　Haematopus ostralegus Oystercatcher ・・・・・・・・・・・過／稀

鴴科　Family Charadriidae

東方環頸鴴　Charadrius alexandrinus Kentish Plover ・・・・・・過・留／普

紅胸鴴　Charadrius asiaticus Caspian Plover ・・・・・・・・・過／稀

小環頸鴴　Charadrius dubius Little Ringed Plover ・・・・・・・冬・留／普

環頸鴴　Charadrius hiaticula Ringed Plover ・・・・・・・・・・過／稀

鐵嘴鴴　Charadrius leschenaultii Greater Sand Plover ・・・・・・・冬／普

蒙古鴴　Charadrius mongolus Mongolian Plover ・・・・・・・・冬／普

劍鴴　Charadrius Placidus Long-billed Ringed Plover ・・・・・・過／稀

跳鴴　Microsarcops cinereus Gray-headed Lapwing ・・・・・・・過／稀

金斑鴴　Pluvialis dominica American Golden Plover ・・・・・・・冬／普

灰斑鴴　Pluvialis squatarola Black-bellied Plover ・・・・・・・冬／普

小辮鴴　Vanellus vanellus Lapwing ・・・・・・・・・・・・・過／不普

鷸科　Family Scolopacidae

翻石鷸　Arenaria interpres Ruddy Turnstone ・・・・・・・・・冬／普

尖尾鷸　Calidris acuminata Sharp-tailed Sandpiper ・・・・・・・冬／普

濱鷸　Calidris alpina Dunlin ・・・・・・・・・・・・・・・冬／普

漂鷸　Calidris canutus Red Knot ・・・・・・・・・・・・過／不普

滸鷸　Calidris ferruginea Curlew Sandpiper ・・・・・・・・・冬／普

小濱鷸　Calidris mauri Western Sandpiper ・・・・・・・・・・・・迷

美洲尖尾鷸　Calidris melanotos Pectoral Sandpiper ・・・・・・・冬／普

穉鷸　Calidris ruficollis Rufous-necked Stint ・・・・・・・・・冬／普

雲雀鷸　Calidris subminuta Long-toed Stint ・・・・・・・・・過／不普

丹氏穉鷸　Calidris temminckii Temminck's Stint ・・・・・・・・過／不普

姥鷸　Calidris tenuirostris Great Knot ・・・・・・・・・・・冬／不普

三趾鷸　Crocethia alba Sanderling ・・・・・・・・・・・・冬／不普

琵嘴鷸　Eurynorhynchus pygmeus Spoon-billed Sandpiper ・・・・・・過／稀

田鷸　Gallinago gallinago Common Snipe ・・・・・・・・・・冬／普

中地鷸　Gallinago megala Swinhoe's Snipe ・・・・・・・・・過／稀

針尾鷸　Gallinago stenura Pintail Snipe ・・・・・・・・・・過／稀

寬嘴鷸　Limicola falcinellus Broad-billed Sandpiper ・・・・・・・冬／不普

半蹼鷸　Limnodromus semipalmatus Asian Dowitcher ・・・・・・・過／稀

斑尾鷸　Limosa lapponica Bar-tailed Godwit ・・・・・・・・・過／稀

黑尾鷸　Limosa limosa Black-tailed Godwit ・・・・・・・・・過／不普

大杓鷸　Numenius arquata Eurasian Curlew ・・・・・・・・・冬／局普

黦鷸　Numenius madagascariensis Far-Eastern Curlew ・・・・・・冬／不普

小杓鷸　Numenius minutus Little Curlew ・・・・・・・・・・過／不普

中杓鷸　Numenius phaeopus Whimbrel ・・・・・・・・・・・・・・冬／普

流蘇鷸　Philomachus pugnax Ruff ・・・・・・・・・・・・・・過／稀

山鷸　Scolopax rusticola Eurasian Woodcock ・・・・・・・・・・・過／稀

黃足鷸　Tringa brevipes Gray-tailed Tattler ・・・・・・・・・・・冬／普

鶴鷸　Tringa erythropus Spotted Redshank ・・・・・・・・・・冬／不普

鷹斑鷸　Tringa glareola Wood Sandpiper ・・・・・・・・・・・冬／普

諾氏鷸　Tringa guttifer Spotted Greenshank ・・・・・・・・・・過／稀

磯鷸　Tringa hypoleucos Common Sandpiper ・・・・・・・・冬・留／普

青足鷸　Tringa nebularia Greenshank ・・・・・・・・・・・・冬／普

白腰草鷸　Tringa ochropus Green Sandpiper ・・・・・・・・・・冬／不普

小青足鷸　Tringa stagnatilis Marsh Sandpiper ・・・・・・・・・冬／不普

赤足鷸　Tringa totanus Redshank ・・・・・・・・・・・・・・冬／普

反嘴鷸　Xenus cinereus Terek Sandpiper ・・・・・・・・・・冬／普

反嘴鴴科　Family Recurvirostridae

高蹺鴴　Himantopus himantopus Black-winged Stilt ・・・・・・留、過／不普

反嘴鴴　Recurvirostra avosetta Avocet ・・・・・・・・・・・過／稀

瓣足鷸科　Family Phalaropodidae

灰瓣足鷸　Phalaropus fulicarius Red Phalarope ・・・・・・・・・・過／稀

紅領瓣足鷸　Phalaropus lobatus Northern Phalarop ・・・・・・・・過／普

燕鴴科　Family Glareolidae

燕鴴　Glareola maldivarum Large Indian Pratincole ・・・・・・・・夏／局普

鷗科　Family Laridae

玄燕鷗　Anous stolidus Brown Noddy ・・・・・・・・・・・・夏／局普

黑脊鷗　Larus argentatus Herring Gull ・・・・・・・・・・・・冬／稀

海鷗　Larus canus Common Gull ・・・・・・・・・・・・・・冬／稀

黑尾鷗　Larus crassirostris Black-tailed Gull ・・・・・・・・・冬／不普

紅嘴鷗　Larus ridibundus Black-headed Gull ・・・・・・・・・冬／不普

黑嘴鷗　Larus saundersi Saunders's Gull ・・・・・・・・・・冬／不普

大黑脊鷗　Larus schistisagus Slaty-backed Gull ・・・・・・・・・冬／稀

小燕鷗　Sterna albifrons Little Tern ・・・・・・・・・・・夏、留／普

白眉燕鷗　Sterna anaethetus Bridled Tern ・・・・・・・・・・・夏／局普

鳳頭燕鷗　Sterna bergii Greater Crested Tern ・・・・・・・・・・夏／稀

裏海燕鷗　Sterna caspia Caspian Tern ・・・・・・・・・・・・過／稀

紅燕鷗　Sterna dougallii Roseate Tern ・・・・・・・・・・・・夏／稀

烏領燕鷗　Sterna fuscata Sooty Tern ・・・・・・・・・・・・夏／稀

燕鷗　Sterna hirundo Common Tern ・・・・・・・・・・・・過／不普

黑腹燕鷗　Sterna hybrida Whiskered Tern · · · · · · · · · · · · ·過／普

白翅黑燕鷗　Sterna leucoptera White-winged Black Tern · · · · · · ·過／普

鷗嘴燕鷗　Sterna nilotica Gull-billed Tern · · · · · · · · · · · · ·過／稀

蒼燕鷗　Sterna sumatrana Black-naped Tern · · · · · · · · · · ·夏／局普

海雀科　Family Alcidae

海雀　Synthliboramphus antiquus Ancient Murrelet · · · · · · · · · · · ·迷

■鴿形目　ORDER COLUMBIFORMES

鳩鴿科　Family Columbidae

翠翼鳩　Chalcophaps indica Emerald Dove · · · · · · · · · · · ·留／局普

烏鳩　Columba janthina Japanese Wood Pigeon · · · · · · · · · · · ·迷

灰林鴿　Columba pulchricollis Ashy Wood Pigeon · · · · · · · · · ·留／普

野鴿　Columba livia Rock Dove · · · · · · · · · · · · · · · · ·留／稀

長尾鳩　Macropygia'phasianella Large Brown Cuckoo Dove · · · ·留／局普

小綠鳩　Ptilinopus leclancheri Black-chinned Fruit Dove · · · · · · · · ·迷

橙胸綠鳩　Sphenurus bicincta Orange-breasted Green Pigeon · · · · · · ·迷

紅頭綠鳩　Sphenurus formosae Red-capped Green Pigeon · · · · ·特亞／稀

綠鳩　Sphenurus sieboldii Japanese Green Pigeon · · · · · · · ·特亞／普

斑頸鳩　Streptopelia chinensis Spooted Dove · · · · · · · · · ·特亞／普

金背鳩　Streptopelia orientalis Rufous Turtle Dove · · · · · · ·特亞／普

紅鳩　Streptopelia tranquebarica Red Turtle Dove · · · · · · · · · ·留／普

■鵑形目　ORDER CUCULIFORMES

杜鵑科　Family Cuculidae

番鵑　Centropus bengalensis Lesser coucal · · · · · · · · · · · ·留／普

冠郭公　Clamator coromandus Red-winged Crested Cuckoo · · · · · · · ·迷

布穀　Cuculus canorus Cuckoo ·迷

小杜鵑　Cuculus poliocephalus Little Cuckoo · · · · · · · · · · ·夏／稀

筒鳥　Cuculus saturatus Oriental Cuckoo · · · · · · · · · · · · ·夏／普

鷹鵑　Cuculus sparverioides Large Hawk Cuckoo · · · · · · · · ·夏／普

噪鵑　Eudynamys scolopacea Koel · · · · · · · · · · · · · · · · · ·迷

■鴞形目　ORDER STRIGIFORMES

鴟鴞科　Family Strigidae

短耳鴞　Asio flammeus Short-eared Owl · · · · · · · · · · · · ·過／稀

長耳鴞　Asio otus Long-eared Owl · · · · · · · · · · · · · · ·過／稀

鵂鶹　Glaucidium brodiei Collared Pigmy Owlet · · · · · · · · ·留／不普

黃魚鴞　Ketupa flavipes Tawny Fish-Owl · · · · · · · · · · · · ·留／稀

褐鷹鴞　Ninox scutulata Brown Hawk Owl · · · · · · · · · · ·留・過／稀

領角鴞　Otus bakkamoena Collared Scops Owl ·········留／不普

角鴞　Otus scops Scops Owl ··············特亞·過／稀

黃嘴角鴞　Otus spilocephalus Spotted Scops Owl ·······特亞／不普

灰林鴞　Strix aluco Tawny Owl ················留／稀

褐林鴞　Strix leptogrammica Brown Wood Owl ·········留／稀

草鴞科　Family Tytonidae

草鴞　Tyto capensis Grass Owl ··············特亞／稀

■佛法僧目　ORDER CORACIIFORMES

翡翠科　Family Alcedinidae

翠鳥　Alcedo atthis Common Kingfisher ··········留／普

赤翡翠　Halcyon coromanda Ruddy Kingfisher ·········過／稀

黑頭翡翠　Halcyon pileata Black-capped Kingfisher ···········迷

蒼翡翠　Halcyon smyrnensis White-breasted Kingfisher ····冬、過／局普

佛法僧科　Family Coraciidae

佛法僧　Eurystomus orientalis Broad-billed Roller ········過／稀

戴勝科　Family Upupidae

戴勝　Upupa epops Hoopoe ················過／稀

■鴷形目　ORDER PICIFORMES

五色鳥科　Family Capitonidae

五色鳥　Megalaima oorti Muller's Barbet ··········特亞／普

啄木鳥科　Family Picidae

小啄木　Dendrocopos canicapillus Gray-headed Pygmy Woodpecker ·留／普

大赤啄木　Dendrocopos leucotos White-backed Woodpecker ····特亞／稀

地啄木　Jynx torquilla Wryneck ·············過／稀

綠啄木　Picus canus Gray-headed Green Woodpecker ·······特亞／稀

■雨燕目　ORDER APODIFORMES

雨燕科　Family Apodidae

小雨燕　Apus affinis House Swift ·············留／普

白腰雨燕　Apus pacificus Northern White-rumped Swift ····過·留／不普

針尾雨燕　Chaeture caudacuta White-throated Needle-tailed Swift ··夏／稀

■雀形目　ORDER PASSERIFORMES

八色鳥科　Family Pittidae

八色鳥　Pitta brachyura Indian Pitta ············夏／稀

百靈科　Family Alaudidae

雲雀　Alauda gulgula Oriental Skylark ··········留／普

燕科　Family Hirundinidae

毛腳燕　Delichon urbica House Martin ・・・・・・・・・・・・・留／普

赤腰燕　Hirundo daurica Red-rumped Swallow ・・・・・・・・・留・過／普

家燕　Hirundo rustica Barn Swallow ・・・・・・・・・・・・過・留／普

洋燕　Hirundo tahitica Pacific Swallow ・・・・・・・・・・・・留／普

棕沙燕　Riparia paludicola Brown-throated Sand Martin ・・・・・・留／普

灰沙燕　Riparia riparia Bank Swallow ・・・・・・・・・・・過／稀

鶺鴒科　Family Motacillidae

赤喉鷚　Anthus cervinus Red-throated Pipit ・・・・・・・・・・・冬／普

白背鷚　Anthus gustavi Pechora Pipit ・・・・・・・・・・・過／稀

樹鷚　Anthus hodgsoni Oriental Tree-Pipit ・・・・・・・・・冬／普

大花鷚　Anthus novaeseelandiae Richard's Pipit ・・・・・・・冬／不普

褐色鷚　Anthus spinoletta Water Pipit ・・・・・・・・・・・過／稀

山鶺鴒　Dendronanthus indicus Forest Wagtail ・・・・・・・・・・・迷

白鶺鴒　Motacilla alba White Wagtail ・・・・・・・・・留・冬／普

灰鶺鴒　Motacilla cinerea Gray Wagtail ・・・・・・・・・・冬・留／普

黃頭鶺鴒　Motacilla citreola Citrine Wagtail ・・・・・・・・・・・迷

黃鶺鴒　Motacilla flava Yellow Wagtail ・・・・・・・・・・・冬／普

山椒鳥科　Family Campephagidae

黑翅山椒鳥　Coracina melaschistos Lesser Cuckoo Shrike ・・・・・・・・迷

花翅山椒鳥　Coracina novaehollandiae Large Cuckoo Shrike ・・・・留／稀

灰山椒鳥　Pericrocotus divaricatus Ashy Minivet ・・・・・・・・・過／稀

紅山椒鳥　Pericrocotus solaris Yellow-throated Minivet ・・・・・・・留／普

鵯科　Family Phcnonotidae

棕耳鵯　Hypsipetes amaurotis Cheatnut-eared Bulbul ・・・・特亞・迷／局普

紅嘴黑鵯　Hypsipetes madagascariensis Black Bulbul ・・・・・・特亞／普

白頭翁　Pycnonotus sinensis Chinese Bulbul ・・・・・・・・・特亞／普

烏頭翁　Pycnonotus taivanus Taiwan Bulbul ・・・・・・・・・特／局普

白環鸚嘴鵯　Spizixos semitorques Collared Finchbill ・・・・・・・特亞／普

伯勞科　Family laniidae

紅頭伯勞　Lanius bucephalus Bull-headed Shrike ・・・・・・・・・・過／稀

紅尾伯勞　Lanius cristatus Brown Shrike ・・・・・・・・・・・冬／普

棕背伯勞　Lanius schach Black-headed Shrike ・・・・・・・・・特亞／普

連雀科　Family Bombycillidae

朱連雀　Bombycilla japonica Japanese Waxwing ・・・・・・・・・・過／稀

河烏科　Family Cinclidae

河烏　Cinclus pallasii Brown Dipper ・・・・・・・・・・・・・留／不普

鷦鷯科　Family Troglodytidae

　　鷦鷯　Troglodytes troglodytes Wren ・・・・・・・・・・・・・・特亞／普

岩鷚科　Family Prunellidae

　　岩鷚　Prunella collaris Alpine Accentor ・・・・・・・・・・・・特亞／普

鶲科　Family Muscicapidae

鶇亞科　Subfamily Turdinae

　　小翼鶇　Brachypteryx montana Blue Shortwing ・・・・・・・・・特亞／普

　　白尾鴝　Cinclidium leucurum White-tailed Blue Robin ・・・・・・特亞／普

　　小剪尾　Enicurus scouleri Little Forktail ・・・・・・・・・・・特亞／不普

　　栗背林鴝　Erithacus johnstoniae Collared Bush Robin ・・・・・・・・特／普

　　鴝鳥　Erithacus akahige Japanese Robin ・・・・・・・・・・・・・迷

　　野鴝　Erithacus calliope Siberian Rubythroat ・・・・・・・・・・冬／不普

　　白眉林鴝　Erithacus indicus White-browed Bush Robin ・・・・・・・特亞／稀

　　藍磯鶇　Monticola solitarius Blue Rock Thrush ・・・・・・・・・・・冬／普

　　紫嘯鶇　myiophoneus insularis Taiwan Whistling Thrush ・・・・・・・特／普

　　黃尾鴝　Phoenicurus auroreus Daurian Redstart ・・・・・・・・・・冬／不普

　　鉛色水鶇　Phoenicurus fuliginosus Plumbeous Water Redstart ・・・特亞／普

　　黑喉鴝　Saxicola torquata Stonechat ・・・・・・・・・・・・・・過／稀

　　藍尾鴝　Tarsiger cyanurus Red-flanker Bluetail ・・・・・・・・・・冬／不普

　　烏灰鶇　Turdus cardis Gray Thrush ・・・・・・・・・・・・・・・過／稀

　　赤腹鶇　Turdus chrysolaus Red-bellied Thrush ・・・・・・・・・・・過／普

　　虎鶇　Turdus dauma White's Ground Thrush ・・・・・・・・・過・留／不普

　　灰背赤腹鶇　Turdus hortulorum Gray-backed Thrush ・・・・・・・・・過／稀

　　黑鶇　Turdus merula Blackbird ・・・・・・・・・・・・・・・・過／稀

　　斑點鶇　Turdus naumanni Dusky Thrush ・・・・・・・・・・・・過／不普

　　白頭鶇　Turdus niveiceps Island Thrush ・・・・・・・・・・・・特亞／稀

　　白眉鶇　Turdus obscurus Eye-browed Thrush ・・・・・・・・・・・過／普

　　白腹鶇　Trudus pallidus Pale Thrush ・・・・・・・・・・・・・・過／普

　　白眉地鶇　Turdus sibiricus Siberian Thrush ・・・・・・・・・・・・過／稀

畫眉亞科　Subfamily Timalinae

　　紋翼畫眉　Actinodura morrisoniana Taiwan Barwing ・・・・・・・特／不普

　　頭烏線　Alcippe brunnea Gould's Fulvetta ・・・・・・・・・・・特亞／普

　　褐頭花翼　Alcippe cinereiceps Streak-throated Fulvetta ・・・・・・特亞／普

　　繡眼畫眉　Alcippe morrisonia Gray-cheeked Fulvetta ・・・・・・・特亞／普

　　白喉笑鶇　Garrulax albogularis White-throated Laughing Thrush ・・特亞／稀

　　竹鳥　Garrulax caerulatus Gray-sided laughing Thrush ・・・・・・・特亞／普

畫眉　Garrulax canorus hwa-Mei・・・・・・・・・・・・・・・・・特亞／不普

金翼白眉　Garrulax morrisonianus Taiwan Laughing Thrush・・・・・特／普

白耳畫眉　Heterophasia auricularis Taiwan Sibia・・・・・・・・・・特／普

藪鳥　Liocichla steerii Steere's Liocichla・・・・・・・・・・・・・特／普

鱗胸鷦鷯　Pnoepyga pusilla Pygmy Wren Babbler・・・・・・・・・特亞／普

大彎嘴　Pomatorhinus ruficollis Streak-breasted Scimitar Babbler・・特亞／普

山紅頭　Stachyris ruficeps Red-headed Tree Babbler・・・・・・・特亞／普

冠羽畫眉　Yuhina brunneiceps Taiwan Yuhina・・・・・・・・・・・特／普

綠畫眉　Yuhina zantholeuca White-bellied Yuhina・・・・・・・・・・留／普

鸚嘴亞科　Subfamily Paradoxornithinae

黃羽鸚嘴　Paradoxornis nipalensis Blyth's Parrotbill・・・・・・・特亞／不普

粉紅鸚嘴　Paradoxornis webbianus Vinous-throated Parrotbill・・・特亞／普

鶯亞科　Subfamily Sylviinae

棕面鶯　Abroscopus albogularis White-throated Flycatcher-Warbler・・留／普

雙眉葦鶯　Acrocephalus bistrigiceps Black-browed Reed Warbler・・・・・迷

大葦鶯　Acrocephalus orientalis Oriental Great Reed Warbler・・・・・冬／普

褐色叢樹鶯　Bradypterus seebohmi Mountain Scrub Warbler・・・・・留／普

深山鶯　cettia acanthizoides Verreaux's Bush Warbler・・・・・・・特亞／普

短翅樹鶯　Cettia diphone Bush Warbler・・・・・・・・・・・・・・過／普

小鶯　Cettia fortipes Strong-footed Bush Warbler・・・・・・・・・特亞／普

短尾鶯　Cettia squameiceps Short-tailed Bush Warbler・・・・・・・過／稀

黃頭扇尾鶯　Cisticola exills Gold-capped Cisticola・・・・・・・・・特亞／普

棕扇尾鶯　Cisticola juncidis Fan-tailed Warbler・・・・・・・・・・・留／普

黃眉鵐　Locustella fasciolata Gray's Grasshopper Warbler・・・・・・・・・迷

茅斑蝗鶯　Locustella lanceolata Lanceolated Grasshopper Warbler・・過／稀

花尾鵐　Locustella ochotensis Middendorff's Grasshopper Warbler・・・・・迷

極北柳鶯　Phylloscopus borealis Arctic Warbler・・・・・・・・・・・過／普

褐色柳鶯　Phylloscopus fuscatus Dusky Warbler・・・・・・・・・・・・・迷

黃眉柳鶯　Phylloscopus inornatus Yellow-browed Warbler・・・・・・過／普

冠羽柳鶯　Phylloscopus occipitalis Crowned Willow Warbler・・・・・・・迷

黃腰柳鶯　Phylloscopus proregulus Pallas's Leaf Warbler・・・・・・・・迷

灰腳柳鶯　Phylloscopus tenellipes Pale-legged Willow Warbler・・・・・・迷

斑紋鷦鶯　Prinia polychroa Brown Hill Warbler・・・・・・・・・特亞／普

褐頭鷦鶯　Prinia subflava Tawny-flanked Prinia・・・・・・・・・特亞／普

火冠戴菊鳥　Regulus goodfellowi Taiwan Firecrest・・・・・・・・・・特／普

戴菊鳥　Regulus regulus Goldcrest・・・・・・・・・・・・・・・・・・迷

鶲亞科　Subfamily Muscicapinae

白腹琉璃　Cyanoptila cyanomelana Blue-and-White Flycatcher・・・・過／稀

黃胸青鶲　Ficedula hyperythra Thicket Flycatcher・・・・・・・・特亞／普

白眉黃鶲　Ficedula mugimaki Mugimaki Flycatcher・・・・・・・・過／稀

黑枕藍鶲　Hypothymis azurea Black-naped Blue Monarch・・・・・特亞／普

紅尾鶲　Muscicapa ferruginea Ferruginous Flycatcher・・・・・・・・留／普

灰斑鶲　Muscicapa griseisticta Gray-spotted Flycatcher・・・・・・過／不普

寬嘴鶲　Muscicapa latirostris Brown Flycatcher・・・・・・・・・過／稀

鮮卑鶲　Muscicapa sibirica Sooty flycatcher・・・・・・・・・・過／稀

黃腹琉璃　Niltava vivida Vivid Niltava・・・・・・・・・・・・・特亞／普

綬帶鳥　Terpsiphone atrocaudata Black Paradise Flycatcher・・・過・留／稀

長尾山雀科　Family Aegithalidae

紅頭山雀　Aegithalos concinnus Red-headed Tit・・・・・・・・・・留／普

山雀科　Family Paridae

煤山雀　Parus ater Coal Tit・・・・・・・・・・・・・・・・特亞／普

黃山雀　Parus holsti Taiwan Tit・・・・・・・・・・・・・・・特／不普

白頰山雀　Parus major Great Tit・・・・・・・・・・・・・・・・・迷

青背山雀　Parus monticolus Green-backed Tit・・・・・・・・特亞／普

赤腹山雀　Parus varius Varied Tit・・・・・・・・・・・・特亞／不普

鳾科　Family Sittidae

茶腹鳾　Sitta europaea Eurasian Nuthatch・・・・・・・・・・・・留／普

啄花鳥科　Family Dicaeidae

綠啄花　Dicaeum concolor Plain Flowerpecker・・・・・・・特亞／不普

紅胸啄花　Dicaeum ignipectus Fire-breasted Flowerpecker・・・・・特亞／普

繡眼科　Family Zosteropidae

綠繡眼　Zosterops japonica Japanese White-eye・・・・・・・・・・留／普

鵐科　Family Emberizidae

金鵐　Emberiza aureola Yellow-breasted Bunting・・・・・・・・・・過／稀

黃眉鵐　Emberiza chrysophrys Yellow-browed Bunting・・・・・・過／稀

草鵐　Emberiza cioides Siberian Meadow Bunting・・・・・・・・・迷

黃喉鵐　Emberiza elegans Yellow-throated Bunting・・・・・・・・過／稀

赤胸鵐　Emberiza fucata Gray-headed Bunting・・・・・・・・・過／稀

葦鵐　Emberiza pallasi Pallas's Reed Bunting・・・・・・・・・・・迷

小鵐　Emberiza pusilla Little Bunting・・・・・・・・・・・・・過／稀

田鵐　Emberiza rustica Rustic Bunting・・・・・・・・・・・・・・迷

銹鵐　Emberiza rutila Chestnut Bunting・・・・・・・・・・・・・・迷

蘆鵐　Emberiza schoeniclus Reed Bunting・・・・・・・・・・・・・迷

黑臉鵐　Emberiza spodocephala Black-faced Bunting・・・・・・・・・冬／普

野鵐　Emberiza sulphurata Japanese Yellow Bunting・・・・・・・冬／不普

白眉鵐　Emberiza Tristrami Tristram's Bunting・・・・・・・・・・・迷

冠鵐　Melophus lathami Crested Bunting・・・・・・・・・・・・・・迷

雀科　Family Fringillidae

金翅雀　Carduelis sinica Oriental Greenfinch・・・・・・・・・・過／不普

黃雀　Carduelis spinus Eurasian Siskin・・・・・・・・・・・・過／不普

普通朱雀　Carpodacus erythrinus Scarlet Finch・・・・・・・・・・・迷

朱雀　Carpodacus vinaceus Vinaceous Rosefinch・・・・・・・・特亞／普

臘嘴雀　Coccothraustes coccothraustes Hawfinch・・・・・・・・過／稀

小桑鳲　Eophona migratoria Chinese Grosbeak・・・・・・・・・過／不普

桑鳲　Eophona personata Japanese Grosbeak・・・・・・・・・・・・迷

花雀　Fringilla montifringilla Brambling・・・・・・・・・・・過／不普

灰鷽　Pyrrhula erythaca Beavan's Bullfinch・・・・・・・・・・特亞／普

褐鷽　Pyrrhula nipalensis Brown Bullfinch・・・・・・・・・・特亞／稀

文鳥科　Family Ploceidae

黑頭文鳥　Lonchura malacca Black-headed Munia・・・・・・・・特亞／稀

斑文鳥　Lonchura punctulata Nutmeg Mannikin・・・・・・・・・・留／普

白腰文鳥　Lonchura striata White-rumped Munia・・・・・・・・・留／普

麻雀　Passer montanus Tree Sparrow・・・・・・・・・・・・・・留／普

山麻雀　Passer rutilans Cinnamon Sparrow・・・・・・・・・・・留／不普

八哥科　Family Sturnidae

八哥　Acridotheres cristatellus Crested Myna・・・・・・・・・特亞／普

灰椋鳥　Sturnus cineraceus Gray Starling・・・・・・・・・・・過／不普

小椋鳥　Sturnus philippensis Violet-backed Starling・・・・・・・・過／稀

絲光椋鳥　Sturnus sericeus Silky Starling・・・・・・・・・・・・・迷

噪林鳥　Sturnus sinensis Gray-backed Starling・・・・・・・・・冬／不普

歐洲八哥　Sturnus vulgaris Common Starling・・・・・・・・・・・過／稀

黃鸝科　Family Oriolidae

黃鸝　Oriolus chinensis Black-naped Oriole・・・・・・・・・留・過／稀

朱鸝　Oriolus traillii Maroon Oriole・・・・・・・・・・・・・特亞／局普

卷尾科　Family Dicruridae

小卷尾　Dicrurus aeneus Bronzed Drongo・・・・・・・・・・・特亞／普

大卷尾　Dicrurus macrocercus Black Drongo・・・・・・・・・・特亞／普

鴉科　Family Corvidae

禿鼻鴉　Corvus frugilegus Rook ・・・・・・・・・・・・・・・・・・・過／稀

巨嘴鴉　Corvus macrorhynchos Jungle Crow ・・・・・・・・・・・・留／普

寒鴉　Corvus monedula Jackdaw ・・・・・・・・・・・・・・・・・・・迷

樹鵲　Dendrocitta formosae Himalayan Tree Pie ・・・・・・・・特亞／普

橿鳥　Garrulus glandarius Jay ・・・・・・・・・・・・・・・・特亞／普

星鴉　Nucifraga caryocatactes Nutcracker ・・・・・・・・・・・特亞／普

喜鵲　Pica pica Magpie ・・・・・・・・・・・・・・・・・・・・・留／不普

台灣藍鵲　Urocissa caerulea Taiwan Blue Magpie ・・・・・・・・特／不普

圖鑑鳥名索引

　　各位讀者可以根據鳥名筆劃順序，輕易查到該鳥在第三章鳥圖鑑中之頁次，以瞭解其一般習性特徵。（鳥圖鑑中頁次）

附錄三

中華民國野鳥學會賞鳥活動記錄表

表號：＿＿＿＿＿＿

日　期	年　月　日	時　間	時　分至　時　分	陰　曆	日
地　點	縣市	座　標		區　天　氣	
經過路線					
環　境		海　拔	至　　　　m	潮　汐	潮
記錄人				活動類別	

鷿鷈科	＿松雀鷹	＿濱鷸	＿珠頸斑鳩	＿黃鶺鴒	＿藪鳥	**鵐科**
＿小鷿鷈	＿赤腹鷹	＿漂鷸	＿金背鳩	**山椒鳥科**	＿鱗胸鷦眉	＿金鵐
＿冠鷿鷈	＿鳳頭蒼鷹	＿滸鷸	＿紅鳩	＿灰喉山椒鳥	＿大彎嘴畫眉	＿銹鵐
鸌科	＿灰面鵟鷹	＿鷗鷸	＿紅頭綠鳩	＿花翅山椒鳥	＿小彎嘴畫眉	＿黃喉鵐
＿大水薙鳥	＿鵟	＿雲雀鷸	＿綠鳩	＿灰山椒鳥	＿山紅頭	＿小鵐
鰹魚科	＿灰澤鵟	＿丹氏鷚鷸	**杜鵑科**	**鶲科**	＿冠羽畫眉	＿野鵐
＿白腹鰹鳥	＿林鵰	＿姥鷸	＿番鵑	＿棕耳鶲	＿綠畫眉	＿黑臉鵐
鸕鷀科	＿鳶	＿三趾鷸	＿中杜鵑	＿紅嘴黑鵯	**鴉雀亞科（鶯科）**	**雀科**
＿鸕鷀	＿蜂鷹	＿田鷸	＿鷹鵑	＿白頭翁	＿黃羽鸚嘴	＿花雀
軍艦鳥科	＿大冠鷲	＿針尾鷸	**鷗鵑科**	＿烏頭翁	＿粉紅鸚嘴	＿黃雀
＿白斑軍艦鳥	＿赫氏角鷹	＿寬嘴鷸	＿短耳鴞	＿白環鸚嘴鵯	**鷦亞科（鶯科）**	＿酒紅朱雀
鷺科	**隼科**	＿斑尾鷸	＿鵂鶹	**伯勞科**	＿棕面鶯	＿小桑鳲
＿蒼鷺	＿遊隼	＿黑尾鷸	＿褐鷹鴞	＿紅尾伯勞	＿大葦鶯	＿灰鷽
＿紫鷺	＿紅隼	＿小杓鷸	＿領角鴞	＿棕背伯勞	＿褐色叢樹鶯	＿褐鷽
＿池鷺	＿燕隼	＿中杓鷸	＿蘭嶼角鴞	**河烏科**	＿深山鶯	**梅花雀科**
＿牛背鷺	**雉科**	＿大杓鷸	＿黃嘴角鴞	＿河烏	＿短翅樹鶯	＿斑文鳥
＿唐白鷺	＿竹雞	＿鷸	＿灰林鴞	**鶲鶹科**	＿台灣小鶯	＿白腰文鳥
＿小白鷺	＿深山竹雞	＿流蘇鷸	**夜鷹科**	＿鶲鶹	＿棕扇尾鶯	**織布鳥科**
＿中白鷺	＿環頸雉	＿磯鷸	＿林夜鷹	**岩鷚科**	＿黃頭扇尾鶯	＿麻雀
＿大白鷺	＿帝雉	＿鶴鷸	**雨燕科**	＿岩鷚	＿極北柳鶯	＿山麻雀
＿岩鷺	＿藍腹鷴	＿鷹斑鷸	＿小雨燕	**鶇亞科（鶲科）**	＿黃眉柳鶯	**椋鳥科**
＿黑冠麻鷺	＿三趾鶉科	＿白腰草鷸	＿白腰雨燕	＿小翼鶇	＿灰頭鷦鶯	＿八哥
＿栗小鷺	＿棕三趾鶉	＿小青足鷸	＿針尾雨燕	＿小剪尾	＿褐頭鷦鶯	＿家八哥
＿黃小鷺	**秧雞科**	＿青足鷸	**翠鳥科**	＿野鴝	＿斑紋鷦鶯	＿白尾八哥
＿夜鷺	＿白腹秧雞	＿赤足鷸	＿翠鳥	＿藍磯鶇	＿戴菊	＿灰椋鳥
＿綠簑鷺	＿白冠雞	＿黃足鷸	**戴勝科**	＿台灣紫嘯鶇	＿火冠戴菊鳥	＿噪林鳥
䴉科	＿紅冠水雞	＿反嘴鷸	＿戴勝	＿白尾鴝	**鶺亞科（鶲科）**	＿絲光椋鳥
＿黑面琵鷺	＿緋秧雞	＿紅領瓣足鷸	**翡翠科**	＿黃尾鴝	＿黃胸青鶲	**黃鸝科**
＿聖䴉	＿灰胸秧雞	**鷗科**	＿五色鳥	＿藍尾鴝	＿黑枕藍鶲	＿黃鸝
鴨科	**雉科**	＿玄燕鷗	**啄木鳥科**	＿鉛色水鶇	＿黃腹琉璃鳥	＿朱鸝
＿鴛鴦	＿水雉	＿黑脊鷗	＿小啄木	＿黑喉鴝	＿紅尾鶲	**卷尾科**
＿尖尾鴨	**彩鷸科**	＿黑嘴鷗	＿白背啄木	＿白腹林鴝	＿灰斑鶲	＿小卷尾
＿琵嘴鴨	＿彩鷸	＿紅嘴鷗	＿綠啄木	＿栗背林鴝	＿寬嘴鶲	＿大卷尾
＿小水鴨	**反嘴鷸科**	＿黑嘴鷗	＿大赤啄木	＿虎鶇	＿烏鶲	**鴉科**
＿羅文鴨	＿高蹺鴴	＿小燕鷗	**百靈科**	＿白腹鶇	＿紫壽帶	＿巨嘴鴉
＿赤頸鴨	＿反嘴鷸	＿白眉燕鷗	＿小雲雀	＿斑點鶇	**長尾山雀科**	＿松鴉
＿綠頭鴨	**燕鴴科**	＿鳳頭燕鷗	**燕科**	＿白眉鶇	＿紅頭山雀	＿星鴉
＿花嘴鴨	＿燕鴴	＿紅燕鷗	＿家燕	＿赤腹鶇	**山雀科**	＿樹鵲
＿白眉鴨	＿洋燕	＿鷗	＿洋燕	＿白頭鶇	＿煤山雀	＿喜鵲
＿赤膀鴨	＿東方環頸鴴	＿黑腹燕鷗	＿赤腰燕	**畫眉亞科（鶯科）**	＿黃山雀	＿台灣藍鵲
＿磯雁	＿小環頸鴴	＿白翅燕鷗	＿毛腳燕	＿紋翼畫眉	＿青背山雀	**其他－**
＿澤鳧	＿鐵嘴沙鴴	＿鷗嘴燕鷗	＿棕沙燕	＿鳥頭翁	＿赤腹山雀	＿
＿鈴鴨	＿蒙古沙鴴	**八色鳥科**	＿灰沙燕	＿灰頭花翼	**鳾科**	＿
＿白額雁	＿金斑鴴	＿八色鳥	**鶺鴒科**	＿繡眼畫眉	＿茶腹鳾	＿
＿豆雁	＿灰斑鴴	＿蒼燕鷗	＿赤喉鷚	＿白陵笑鶇	**啄花鳥科**	＿
鶚科	＿小辮鴴	＿裏海燕鷗	＿樹鷚	＿台灣畫眉	＿綠啄花	＿
＿魚鷹	**鷸科**	**鳩鴿科**	＿田鷚	＿金翼白眉	＿紅胸啄花	＿
鷹科	＿翻石鷸	＿翠翼鴿	＿水鷚	＿竹鳥	**繡眼鳥科**	＿
＿北雀鷹	＿尖尾鷸	＿灰林鴿	＿白鶺鴒	＿白耳畫眉	＿綠繡眼	＿

鳥類觀察記錄表

頁次： ／

日期	年 月 日		路線		天氣	F C R	溫度		溼度		氣壓	
記錄			人員									

序號	地點	時間(24H)	物種	♂/♀	位置					植被							行為									
																	覓食		繁殖			棲息		領域		
					水域中	低灘地	高灘地	堤上	空中	其他	裸地	草生地	低灌叢	高灌叢	林下	林中上	樹椿上	其他	進食	等候	求偶	築巢	育雛	休息	理毛	追逐	鳴唱	其他

備註

台灣地區自然保留（護）區位置圖

　　台灣有許多自然保護區或保留區的劃設，目的在保護當地特殊的景觀環境或生物資源。這些區域因為受到良好保護，人為干擾程度低，野生動物族群也相當豐富，自然也是賞鳥的樂園；但是要進到這些區域參觀必須事先提出特殊要求申請，否則不易批准。各位讀者可以將這些區域列為賞鳥地點的終極目標，向各區主管機關申請進入。

◆國有林自然保留區
　① 淡水紅樹林自然保留區
　② 坪林臺灣油杉自然保留
　③ 烏石鼻自然保留區
　④ 南澳闊葉樹林自然保留區
　⑤ 插天山自然保留區
　⑥ 三義火炎山自然保留區
　⑦ 阿里山臺灣一葉蘭自然保留區
　⑧ 出雲山自然保留區
　⑨ 臺東紅葉村臺灣蘇鐵自然保留區
　⑩ 大武山自然保留區
　⑪ 大武臺灣穗花杉自然保留區
◆國有林自然保護區
　⑫ 觀音海岸自然保護區
　⑬ 礁溪臺灣油杉自然保護區
　⑭ 達觀山自然保護區
　⑮ 觀霧臺灣擦樹自然保護區
　⑯ 雪霸自然保護區
　⑰ 武陵櫻花鉤吻鮭自然保護區
　⑱ 雪山坑溪自然保護區
　⑲ 二水臺灣獼猴自然保護區
　⑳ 瑞岩溪自然保護區
　㉑ 阿里山針闊葉樹林自然保護區
　㉒ 鹿林山針闊葉樹林自然保護區
　㉓ 浸水營闊葉樹林自然保護區
　㉔ 茶茶牙賴山自然保護區
　㉕ 北大武山針闊葉樹林自然保護區
　㉖ 甲仙四德化石自然保護區

　㉗ 雙鬼湖自然保護區
　㉘ 十八羅漢山自然保護區
　㉙ 臺東海岸山脈闊葉樹林自然保護區
　㉚ 海岸山脈臺灣蘇鐵自然保護區
　㉛ 關山臺灣胡桃自然保護區
　㉜ 關山臺灣海棗自然保護區
　㉝ 臺東臺灣獼猴自然保護區
　㉞ 大武臺灣油杉自然保護區
　㉟ 玉里野生動物自然保護區
◆其他自然保留區
　㊱ 挖子尾自然保留區
　㊲ 關渡自然保留區
　㊳ 哈盆自然保留區
　㊴ 鴛鴦湖自然保留區
　㊵ 澎湖玄武岩自然保留區
　㊶ 烏山頂泥火山自然保留區
　㊷ 墾丁高位珊瑚自然保留區
◆野生動物保護區
　㊸ 澎湖貓嶼海鳥保護區
　㊹ 高雄縣三民鄉楠梓仙溪溪流魚類保護區
　㊺ 宜蘭縣無尾港水鳥保護區
　㊻ 台北市中興橋叢江橋野生動物保護區
　㊼ 台南市四草野生動物保護區
　㊽ 澎湖縣望安島綠蠵龜產卵棲地保護區
　㊾ 大肚溪口野生動物保護區
　㊿ 棉花嶼、花瓶嶼野生動物保護區
　51 櫻花鉤吻鮭野生動物保護區
　52 蘭陽溪口水鳥保護區

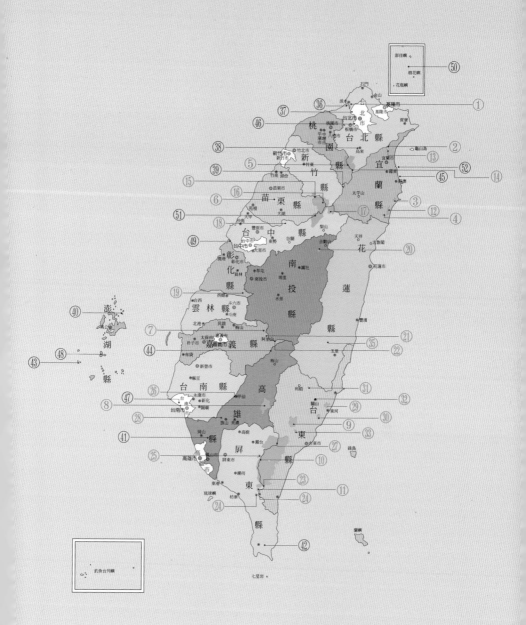

臺灣國有林自然保護（留）區介紹

名　稱	面　積 （公頃）	地　點	保護對象	海　拔 （M）	管理單位
淡水紅樹林 自然保留區	76.10	淡水鎮竹圍 （區外保安林）	水筆仔純林及其 伴生之動植物	0-10	羅　東 （台北站）
坪林臺灣油 杉自然保留 區	34.6	文山事業區 28、29、40 、41林班	臺灣油杉	350-650	羅　東 （台北站）
烏石鼻自然 保留區	347	南澳事業區 11林班	特殊地景、海岸 闊葉林、鳩鴿科 、鷲鷹科鳥類	0-300	羅　東 （南澳站）
觀音海岸自 然保護區	531.50	和平事業區 91、92林班	亞熱帶常綠闊葉 林野生動物	0-400	羅　東 （和平站）
礁溪臺灣油 杉自然保護 區	7.223	宜蘭事業區 25林班部份	80餘株16~30cm 油杉、2Ha密集 182株	300-400	羅　東 （礁溪站）
南澳闊葉樹 林自然保留 區	200	和平事業區 87林班	原始闊葉林、湖 泊、水生植物、 野生動物	700-1500	羅　東 （和平站）
插天山自然 保留區	7759.17	大溪事業區 13~15、24 ~6、32及33 林班（扣除 達觀山自然 保護區之範 圍） 烏來事業區 18、41~45 、49~53林 班及35林班 （扣除滿月 圓森林遊樂 區用地）	櫟林帶、檜木巨 木群、臺灣山毛 櫸群落、臺灣黑 熊、大紫蛺蝶及 其他稀有動植物	1000-2100	新　竹 （大溪站） （龜山站）
達觀山自然 保護區	75	大溪事業區 33林班部份 （插天山自 然保留區之 緩衝區）	紅檜、扁柏巨木	1400-1500	新　竹 （大溪站）

名　稱	面　積 （公頃）	地　點	保護對象	海　拔 （M）	管理單位
觀霧臺灣檫樹自然保護區	23.50	大安溪事業區49林班	臺灣檫樹	1900-2000	新　竹 （竹東站）
三義火炎山自然保留區	219.04	大安溪事業區3林班	原生馬尾松及特殊地型景觀	160-585	新　竹 （大湖站）
雪霸自然保護區	21254.09	大安溪事業區53~54，56~64林班。仙山事業區76~84林班	香柏原生林、針闊葉原生林、特殊地形景觀、冰河遺跡及野生動物	1100-3886	新　竹 （竹東站） 東　勢 （麗陽站） （梨山站） 大安溪事業區屬新竹處轄
武陵櫻花鈎吻鮭自然保護區	7069.30	大甲溪事業區24~37林班	武陵櫻花鈎吻鮭及七家灣溪流域生態	1700-3886	東　勢 （梨山站）
雪山坑溪自然保護區	350.99	大安事業區101、106林班	朱樟、烏心石、金線蘭等珍稀植物	1000-1800	東　勢 （雙崎站）
二水臺灣獼猴自然保護區	94.02	彰化縣二水鄉鼻子頭段（區外保安林）	臺灣獼猴	250-400	南　投 （台中站）
瑞岩溪自然保護區	1450	埔里事業區132~135林班（135林班3，4，6，7）	檜木及雉科、鶲鴉科等珍稀動植物及代表性生態體系	1210-3416	南　投 （埔里站）
雙鬼湖自然保護區	43214.88	屏東事業區18~27林班（扣除礦區）荖濃事業區4~21林班，延平事業區32~39林班	野生動物資源	800-3000	屏　東 （潮州站） （六龜站） 臺　東 （關山站）
十八羅漢山自然保護區	200	旗山事業區55林班部份	特殊地形、地質景觀	200-500	屏　東 （六龜站）

名　稱	面　積 （公頃）	地　點	保護對象	海　拔 （M）	管理單位
臺東海岸山脈闊葉樹林自然保護區	1779.03	成功事業區41、42、44林班	低海拔闊葉林、牛樟、朱鸝、臺灣長鬃山羊	200-1400	臺　東 （成功站）
海岸山脈臺灣蘇鐵自然保護區	38	成功事業區31、32林班	臺灣蘇鐵	500-800	臺　東 （成功站）
關山台灣胡桃自然保護區	30	關山事業區19林班	臺灣胡桃	1300-1600	臺　東 （關山站）
關山臺灣海棗自然保護區	54.53	關山事業區4、5、12、2、5林班	臺灣海棗	400-500	臺　東 （關山站）
臺東紅葉村臺灣蘇鐵自然保留區	290.46	26林班 延平事業區19、23、40林班	臺灣蘇鐵、野生動物	300-900	臺　東 （關山站）
臺東臺灣獼猴自然保護區	368.69	臺東事業區7林班	臺灣獼猴等野生動物	400-1500	臺　東 （知本站）
大武臺灣油杉自然保護區	5.04	大武事業區41林班	臺灣油杉	600-700	臺　東 （大武站）
大武山自然保護區	47,000	大武事業區2～10、12～20、24～30林班；臺東事業區18~26、35～43、45～51林班；屏東事業區25林班	野生動物及其棲息地、原始林、高山湖泊	200-3100	臺　東 （知本站） （大武站） 屏東事業區屬屏東處轄
大武臺灣穗花杉自然保留區	86.40	大武事業區39林班	臺灣穗花杉	900-1600	臺　東 （大武站）
玉里野生動物自然保護區	11,147	玉里事業區32～37林班	紅檜、臺灣杉、野生動物	1500-3100	花　蓮 （大武站）

其他自然保留區

名　稱	面　積 （公頃）	地　點	保護對象	海　拔 （M）	管理單位
挖子尾自然保留區	30	台北縣八里鄉埤頭村	水筆仔存林及其伴生之動物	0-10	台北縣政府
關渡自然保留區	55	台北市	紅樹林沼澤及其伴生生物	0-10	台北市政府
哈盆自然保留區	332.7	台北縣烏來鄉福山村與宜蘭縣員山鄉湖西村交界國有林地內	保留生態系內天然闊葉林及鳥類、淡水魚類	400-1030	台灣省林業試驗所福山分所
鴛鴦湖自然保留區	374	新竹、宜蘭、桃園三縣交界大漢溪上游	保護山地沼澤、湖泊生態系以及檜木、東亞黑山稜等植物	1650-2430	行政院退除役官兵輔導委員會森林開發處
澎湖玄武岩自然保留區	30.87	由澎湖群島東北海域之小白沙嶼、雞善嶼、錠鉤嶼所組成	保護垂直柱狀節理的玄武岩	0-60	澎湖縣政府
烏山頂泥火山自然保留區	4.89	高雄縣燕巢鄉深水村烏山巷	保護噴泥火山	175	高雄縣政府
墾丁高位珊瑚礁自然保留區	137.625	屏東縣恆春鎮社頂里	保護高位珊瑚礁原始林及其特殊生態系	200-300	台灣省林業試驗所恆春分所

台灣地區野生動物保護區

名　　稱	面　積（公頃）	地　　點	保護對象	海　拔（M）	管理單位
澎湖縣貓嶼海鳥保護區	10.02	澎湖縣望安鄉大、小貓嶼	大小貓嶼生態環境及海鳥景觀資源	0-70	澎湖縣政府
高雄縣三民鄉楠梓仙溪溪流魚類保護	274.22	高雄縣三民鄉全鄉段之楠梓仙溪溪流	溪流魚類及其棲息環境	300-2,481	高雄縣政府
宜蘭縣無尾港水鳥保護區	101.62	宜蘭縣蘇澳鎮功勞埔小坑罟小段、港口段港口小段、嶺腳小段等海岷保安林地內	珍貴濕地生態環境及其棲息之鳥類	0-20	宜蘭縣政府
台北市中興橋華中橋野生動物保護區	203	台北市中興橋至華中橋間公有河川地及水域	水鳥及稀有動植物	0-10	台北市政府
台南市四草野生動物保護區	515.1	台南市安南區四草地區	珍貴濕地生態環境及其棲息之鳥類	0-5	台南市政府
澎湖縣望安島綠蠵龜產卵棲地保護區	23.3283	澎湖縣望安鄉望安島	綠蠵龜、卵及其產卵棲地	0-10	澎湖縣政府
大肚溪(烏溪)口野生動物保護區	2669.73	台中縣龍井鄉、彰化縣伸港、和美鄉，跨台中縣與彰化縣境之大肚溪(烏溪)河口及沿海地區	河口、海岸生態系及其棲息之鳥類、野生動物	0-10	彰化縣政府及台中縣政府
棉花嶼、花瓶嶼野生動物保護區	226.38	基隆市北方外海約65公里處之島嶼	基隆市北方外海約65公里處之島嶼	0-61（棉）0-63（花）	基隆市政府
櫻花鉤吻鮭野生動物保護區	7124.7	台中縣和平鄉武陵農場七家灣溪集水區	櫻花鉤吻鮭	1,700-3,886	台中縣政府
蘭陽溪口水鳥保護區	206	宜蘭縣壯圍鄉及五結鄉境內	水鳥及河口溼地生態系	0-10	宜蘭縣政府

（以上資料來源：台灣省林務局）

台灣最佳賞鳥地點推薦

臺灣海峽

太平洋

台北關渡
台北烏來
新竹客雅溪口
宜蘭沼澤區
桃園拉拉山
彰化漢寶
台中大雪山森林遊樂區
台中八仙山
台中東勢
台中武陵
花蓮太魯閣
大禹嶺
台中谷關
南投梅山
澎湖風景特定區
南投溪頭
花蓮富源
嘉義阿里山
南投玉山國家公園
高雄藤枝扇平
台南曾文溪口
台東知本
屏東墾丁國家公園

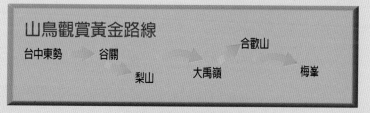

山鳥觀賞黃金路線

| 台中東勢 | 谷關 | 合歡山 |
| 梨山 | 大禹嶺 | 梅峯 |

入山證申請辦法

　　台灣部份山區雖都已開發成熱門的森林遊樂區，但還是有些地區仍然屬於山地管制區；為了避免敗興而歸，在出發前最好先了解是否該辦理入山證，以及入山證的申請辦法，讓行程能規劃得更周詳。

(一)申請甲種入山證

　　為維護山地治安及人民利益，將部份山地列入經常管制區，依照「戒嚴期間台灣省山地管制辦法」之規定實施管制。凡是進入山區的民眾必須持有相當證明文件和正當理由，向當地警察機關申請甲種入山證。

　　1.證明文件：各級機關、學校、公營機構、登記有案之各種團體所發給的入山申請證明文件。

　　2.申請人名冊：名冊包括申請人姓名、性別、籍貫、出生年月日、職業、身份證號碼等，團體申請應齊備四份。欲攀登3000公尺以上高山，須檢附計畫書及路線圖，並由領有嚮導證的嚮導隨行。

　　3.期限以二個月為限。

　　4.申請進入山地管制區，每次以一鄉為限。

　　5.申請地點：台灣省警務處或當地警察機關。

　　6.可委託登山協會辦理。

(二)申請乙種入山證

　　為配合地方發展觀光事業，在山地經常管制區內，將具遊覽價值且對山地治安無影響的風景名勝列為管制遊覽區。想進入的民眾，只須憑身份證向當地警察機關申請乙種入山證即可。

　　在當地派出所辦理，齊備身份證和工本費，隨到隨辦。

※對入山證申請有任何疑問請洽

全省登山團體名錄		台中縣登山會	(04)5245442
中華民國山岳協會	(02)25942108	南投縣綠野協會	(049)232215
中華民國健行登山會	(02)27510938	彰化縣登山協會	(04)7240783
台北市山岳協會	(02)5586034	嘉義市登山協會	(05)2229422
台北市健行會	(02)5537800	嘉義縣登山協會	(05)2253654
台北縣山岳協會	(02)9653301	台南市登山會	(06)2357257
基隆市登山會	(02)4236453	台南縣登山協會	(06)6326258
桃園縣山岳協會	(03)3346701	高雄市登山會	(07)2232833
新竹市登山協會	(035)228383	高雄縣登山會	(07)3364546
苗栗縣野外育樂協會	(037)266881	屏東縣登山會	(08)7663837
台中市登山協會	(04)3727638	宜蘭登山協會	(039)550876

王惠姿

1966年生，

中山醫學院畢業，

美國華盛頓州西堤大學教育碩士，

南達科達科州大學博士班學生，

現任中台醫專講師。

長年投注於鳥類自然生態觀察，

爲臺灣省野鳥學會資深會員。

周大慶

1966年生，

東海大學生物學研究所畢業，

康乃爾大學畜牧系博士班學生。

長年投注於鳥類自然生態觀察與研究，

現任中華民國自然與生態攝影學會理事、

臺灣省野鳥學會理事、

任職民翔環境工程顧問有限公司。

著有《東興生態之美》、

《台灣之美—昆蟲生態篇年曆》、

《雪霸國家公園雪山步道景觀資源調查》、

《藍色的精靈—黑枕藍鶲的生活史》、

《魚鷹之戀——魚鷹的生活史》等書。

自然
地圖
02

台灣賞鳥地圖

著　　者	王惠姿、周大慶
攝　　影	陳加盛、許晉榮、周大慶
文字編輯	陳銘民、周大慶
美術設計	林姿秀

發行人	陳銘民
發行所	晨星出版社
	台中市工業區30路1號
	TEL:(04)3595820　FAX:(04)3595493
	郵政劃撥：02319825
	行政院新聞局局版台業字第2500號
法律顧問	甘龍強 律師
印刷	耀隆印刷廠
製作	知文企業（股）公司　TEL:(04)3595819-120
初版	中華民國88年5月30日

總經銷	知己有限公司
	〈台北公司〉台北市羅斯福路二段79號4F之9
	TEL:(02)23672044　FAX:(02)23635741
	〈台中公司〉台中市工業區30路1號
	TEL:(04)3595819　　FAX:(04)3595493

定價580元
（缺頁或破損的書，請寄回更換）
ISBN.957-583-743-6
Published by All Right Reserved Morning Star
Publishing Inc.
Printed in Taiwan

國家圖書館出版品預行編目資料

台灣賞鳥地圖＝The map of wild bird watching
／王惠姿、周大慶　文；陳加盛、許晉榮、
周大慶　攝影－－初版.－－臺中市：晨星
發行，民88　面；　　公分. －－（自然地
圖；02）
　ISBN 957-583-743-6(平裝)
　1.鳥—臺灣　　2.賞鳥　　3.臺灣—描述與遊記

388.82　　　　　　　　　　　　88005264